大瓷商

(中)

南飛雁 著

高寶書版集團

戲非戲　DN145

大瓷商（中）

作　　者：南飛雁
編　　輯：余純菁
出 版 者：英屬維京群島商高寶國際有限公司台灣分公司
　　　　　Global Group Holdings, Ltd.
地　　址：台北市內湖區洲子街88號3樓
網　　址：gobooks.com.tw
電　　話：(02) 27992788
E-mail：readers@gobooks.com.tw（讀者服務部）
　　　　　pr@gobooks.com.tw（公關諮詢部）
電　　傳：出版部(02) 27990909　行銷部（02）27993088
郵政劃撥：19394552
戶　　名：英屬維京群島商高寶國際有限公司台灣分公司
發　　行：希代多媒體書版股份有限公司/Printed in Taiwan
初版日期：2010年8月

國家圖書館出版品預行編目資料

大瓷商（中）/南飛雁著. -- 初版. -- 臺北市：
高寶國際出版：希代多媒體發行, 2010.08
　面； 公分. --（戲非戲；DN145）

ISBN 978-986-185-486-1（平裝）

857.7　　　　　　　　99010340

·目　錄·

拾

九州之鐵鑄一字

對神戽鎮人來說，盧家大少爺從京城大牢裡回來之後，就像一把撒在小青河裡的鹽，從此消失在人們的視線裡。只有偶然在鎮上的酒館中，還能看見他獨自買醉的情景。見到的人都說，盧家大少爺算是廢了，再也不是從前那個南下千里運糧、大鬧洛陽城和開封府、首創鈞興堂汴號的盧豫川了。經歷一場牢獄之災後，當初意氣風發的盧豫川已經死了，取而代之的是一個心灰意冷的落魄男人。然而有人卻不這麼認為。四月春深的夜晚，就在留世場開工前夕，在一個誰都想不到的地方，盧豫川的對面，悄然坐了一個誰都想不到的人。

盧豫川冷冷地端起酒杯，一飲而盡道：「想不到是你。」

董克溫笑道：「不僅是你，要是在半年前，我也想不到我會跟你坐在一起飲酒。」

一旁陪坐的梁少寧打圓場道：「好了好了，不打不相識嘛。兩位大少爺今天喝了這杯酒，就是朋友了，別這麼劍拔弩張的，都給我個面子行嗎？」

盧豫川又飲了一杯，嗤笑道：「給你面子？你的面子值多少錢？」

三人裡梁少寧年紀最大，已有五十出頭。被小自已許多歲的盧豫川毫不客氣地嘲弄，他竟厚臉皮地一笑置之，「我的面子算個屁！一點價值都沒有！」

盧豫川道：「算你還有點自知之明。董克溫，我盧豫川已是刀槍入庫、馬放南山了，我跟你實在沒什麼話好說。你是來羞辱我的也罷，拉攏我的也罷，我都不想知道。告辭了！」

梁少寧瞠目結舌地看著他拂袖離去，才怒道：「這個王八蛋，一點面子都不給老子！」董克溫自己端起酒來，笑道：「你今天只說對了一句話，你想知道是什麼嗎？」梁少寧一愣，「哪一句？」董克溫一字一頓道：「你的面子算個屁！」說罷，也哼了一聲揚長而去。梁少寧吃驚地坐在原處，許久才惡狠狠道：「全是他娘的王八蛋！」

盧豫川從酒館裡出來，獨自一人走在深夜的街頭。不知不覺已是春深時節，忽而一陣涼風吹過，忍不住身子一縮。他沒想到梁少寧神祕兮兮地把他約到這裡，居然是來見董克溫的。難道自己跟梁少寧暗中合夥的事，董克溫都知道了？他越想越心寒，一時連腳步都邁不開了，一種中了圈套的感覺油然而生，壓得他喘不過氣。如果事情真的如此，想必自己已成了董振魁對付盧家的王牌，可怕的是，在此之前自己竟然沒有看出梁少寧是董家的傀儡！

事情要從幾個月前說起。去年臘月二十八，盧豫川和蘇文娟瞞著盧家所有人，悄悄去了祠堂，在祖宗牌位前焚香跪拜，從此結爲夫妻。第二天一大早，在度過了淒涼的洞房花燭夜後，盧豫川和蘇文娟換上了新人的衣服。蘇文娟膽怯道：「大少爺，你真的要去跟老爺夫人講明嗎？」盧豫川微笑道：「我爹媽死得早，他們就是我的親人，大喜之事不跟他們講，說不過去。」蘇文娟還是忐忑不已。盧豫川從容地端起一杯酒，一飲而盡道：「喝了這杯喜酒，我就什麼都不怕了，拚了這條性命，也要讓他們認了妳這個大少奶奶！」

蘇文娟拗不過他。盧豫川攜了她的手，兩人一起來到後堂，給盧維章夫婦請安。盧王氏剛剛起來，見蘇文娟換了身大紅色的棉襖，就什麼都明白了，氣得臉色鐵青。盧豫川絲毫不在意，拉著蘇文娟跪倒，道：「叔叔嬸嬸在上，豫川夫婦給二老磕頭了！」

盧維章端坐在太師椅上，閉目不語。盧王氏顫聲道：「豫川，你可想明白了，蘇文娟她是個……」

蘇文娟彷彿被人打了一耳光，渾身哆嗦起來。盧豫川握緊她的手，衝她輕輕一笑，又對盧王氏道：「嬸嬸，文娟對我有情，我對文娟有意，昨天晚上我已經領她拜過盧家祖宗和我爹媽的靈位，她如今是我盧豫川的夫人了！不管叔叔嬸嬸怎麼看她，不管叔叔嬸嬸認不認這門親事，我盧豫川都認了！」

盧維章終於睜開眼睛，緩緩道：「你娶了她，真的不後悔？」

「絕不後悔！」

「她的身分，你不在乎嗎？」

「既娶了她，自然是不在乎。」

「可盧家在乎！」盧維章拍案而起道，「你畢竟還是盧家的少東家，娶了一個這樣身分的女子，將來怎麼跟商伙見面？你就不怕受人恥笑嗎？你還做不做生意了？沒錯，她的確是懷了身孕，就算那真是盧家的骨血，我也只認孩子，絕不認這門親事！你說你拜過了祖先靈位，我問你，祖先答應你了嗎？你爹媽答應你了嗎？你就這麼不明不白地跟她成親，要我死後，如何去見你九泉之下的爹娘！」

盧豫川跪地朗聲道：「豫川夫婦焚香上告於天，灑淚下告於地，怎麼會是不明不白？豫川知道叔叔嬸嬸容不下文娟！我斗膽問一句，若我拿命來換叔叔嬸嬸點這個頭，二老可會答應？」說著，他臉色驀地一變，嘴角流出一絲鮮血。蘇文娟也沒料到他會如此，大驚道：「大少爺，你怎麼了？」

盧豫川擦掉血跡，柔聲道：「文娟，妳別怕。出門前我喝的那杯酒裡，有……」盧豫川說到這裡，忽然大口大口地吐起血來。盧維章和盧王氏見狀駭然起身，盧王氏驚叫道：「豫川，你、你到底喝了什麼？」

盧豫川胸前染滿鮮血，他虛弱地掏出個紙包，氣若游絲道：「叔叔、嬸嬸，豫川不孝，那杯喜酒裡……有毒……豫川眼看就要死了，如果二老肯認文娟，豫川便服解藥，如果二老還是不認，我就到陰曹地府，向我爹娘請罪！」

蘇文娟霎時哭成了淚人，一句話也說不出。盧維章只覺天旋地轉，他緊緊按住胸口，他實在沒想到盧豫川竟不惜以死相逼！盧王氏哭著上前，去搶他手裡的解藥。盧豫川已是彌留之際，手裡死死攥著紙包，任盧王氏怎麼扳都扳不動。盧王氏揮手打了蘇文娟一耳光，厲聲道：「妳非要害死豫川嗎？」蘇文娟淚流滿面，半邊臉倏地紅腫起來，但她絲毫沒感覺到疼痛，異常冷靜地道：「大少爺，你等等我……」說著，竟是眉頭也不皺一下地一口咬向自己的手腕。傷口像熟透的西瓜迸裂，鮮血頓時噴濺出來！蘇文娟定定地看著傷口，淒然一笑，把臉貼在盧豫川臉頰上。

盧豫川的臉色越來越蒼白，腿腳不停抽搐，手裡的紙包卻越攥越緊。顯然已是毒性攻心了。眼下不容盧維章再有絲毫猶豫，轉眼間就是兩屍三命的慘劇！盧維章扶著桌子，撕心裂肺道：「我答應你，我都答應你！」

盧豫川手一鬆，紙包掉在地上。他趁著尚有一絲清醒，對蘇文娟輕聲道：「文娟，妳聽見了嗎……」蘇文娟失血過多，臉色慘白得嚇人，沒等她回應，盧豫川就昏了過去。蘇文娟哀叫一聲，伏在他身上放聲痛哭。盧王氏呼天搶地地叫來了下人，大家七手八腳地給盧豫川灌下解藥，又給蘇文娟包紮傷口。待盧王氏稍稍安下心，再去看盧維章時，卻見他呆呆坐著，手指還在顫抖，兩行淚水滑落下來。

在那個時候，生死對盧豫川而言，已無所謂了。自從離開生意之後，他的世界裡只剩下蘇文娟。盧豫川對她情之深，愛之切，早已超越了一切。倘若真能以死換來盧維章夫婦對她的認同，他就算真的死了，又有何妨？問世間情爲何物，直叫人生死相許，或許說的就是盧豫川這樣的人吧。盧豫川在春風得意之際突遇大難，算是死了第一回；滿心想復仇卻被命令不許過問生意，算是死了第二回。人死兩次，一顆心早已涼透，此時就算爲至愛之人死去，也像是在死透的心上再刺一刀，根本感覺不到痛楚。在生死邊緣來回走了幾遭，盧豫川自覺看透了一切，家事也懶得去管，除了每日與蘇文娟廝磨，便是到酒館流連，每次都是不醉不歸。盧家的家規甚嚴，子孫不得酗酒，像盧豫川這種自暴自棄的行爲，盧維章又焉能不知，只是憐憫他內心淒苦，才沒有深究。盧豫川就這麼頹廢了一段日子。

一天晚上，盧豫川又泡在酒館裡，連喝了三壺本地產的燒刀子。酒和滿腹的心事摻雜在一起，眼睛彷彿都能噴出火來。旁邊一張桌子上，幾個窯場的相公不時朝他這裡看，指指點點，還夾雜著竊笑。盧豫川雖然半醉，神智尚稱清醒，心思一動，便順勢裝作醉倒的模樣趴在桌上，鼾聲大作。那幾個人見他如此，說話越發大聲起來。只聽見一個人道：

「那真是盧家大少爺？」

「還能有假的嗎？給官府囚車押回來的，威風得很呢！全鎮誰不知道？」

「聽說他成親了，娶的是個婊子！開封府會春館裡的頭牌！」

「是嗎？盧維章會答應？這不合豫商的規矩啊！」

「這小子以死相逼，那個婊子又懷了身孕，就是盧維章也沒辦法！」

「喲，想不到盧家還出了個情種呢！」

「話說回來，誰知道那婊子肚子裡的孽種是誰的？早知道盧家這麼好說話，我也去會春館點那婊子，播下咱的種，有人替咱養兒子，該有多美……」

盧豫川再也裝不下去了。這些話句句如刀似劍，把他的心蹂躪得再無一處完好。他慢慢地站起來，抓起酒壺，倏地來到那人背後，狠狠朝他後腦杓砸下去。只見那人慘叫一聲，頭上頓時血如泉湧。事出倉促，幾個說話的人猝不及防。盧豫川冷笑道：「你們幾個狗娘養的，算什麼東西，居然敢欺負到大爺我頭上了！今天算是教訓，往後我見一次打一次，你們信不信？」

盧家雖說今不如昔，但百足之蟲，死而不僵。何況人人都知道盧家還有個「拚命二郎」盧豫海，那可是眼裡揉不進沙子，打架不要命的角色！幾個人一使眼色，扶著挨打的人狼狽離去。盧豫川經這麼一折騰，醉意也湧了上來，朝老闆叫了聲：「記在帳上，回頭一塊兒算。」老闆早看呆了，除了驚恐萬狀地點頭，一句話也不敢說。盧豫川腳步踉蹌地走出酒館，只覺腹中翻滾，沒等他走到牆角就大口吐了起來。這陣子他放浪形骸，身子大不如前，這一吐似要把五臟六腑都吐得乾乾淨淨。時值深夜，路人稀疏，聞見他沖天的酒氣無不側目，唯恐避之不及。

良久，盧豫川抬起頭來，臉上滿是淚水。他剛過而立之年，正是宏圖待展之際，又何嘗願意這麼頹廢下去，可十年之限彷彿遙遙無期，三千多個日夜如何打發？只能付諸一醉。他吃力地站起來，驀地發現身邊不知何時站了一個人，正冷冷地打量著他。盧豫川認出來人，問也不問就轉身離去。那人訕笑道：「大少爺就這麼走了？我對你好歹也有救命之恩，連個謝字都沒有嗎？」

盧豫川朝一旁看去。剛才在酒館閒話的幾個人被另一夥人制服了，棍棒、鐵錘之類的凶器散了一地。盧豫川一笑，漫不經心道：「有冤報冤，有仇報仇。我得罪了他們，讓他們打就是了，梁大少爺管這閒事幹嘛？這個人情，豫川領不得。」

梁少寧揮揮手，幾個大漢押著那些人走了。他抱拳一笑道：「盧大少爺，這裡不好說話，咱們換個地方如何？」盧豫川淡然道：「有話快說吧。我還有事，沒功夫聽你放屁。」梁少寧居然不羞不怒，仍滿面笑意地道：「既然如此，梁某就開門見山地說了。你們盧家那個叫關荷的小丫頭，究竟是什麼身分來歷？」

盧豫川早料到他會這麼問，坦然道：「關荷的身世就像一齣戲啊……她娘是大戶人家的小姐，招惹了一個王八蛋花花公子，生下她這個孽種之後，那公子嚇破了膽，躲了起來。小姐下落不明，關荷被她親爺爺和親舅舅賣到外地。我聽說後，瞧她可憐，就收留了她。我在禹州城西關荷花池買下她，就以地名給她取了名字叫關荷。巧得是，我聽說她父親造孽深重，現在一兒半女也無，雖然有心成全他們父女，讓關荷認祖歸宗，但又怕她的混帳父親窮困潦倒，出不起銀子……」

盧豫川平靜地說著，冷眼如鉤，死死地盯著梁少寧。一席話說得梁少寧再也笑不出來。他沒想到事情過去快二十年了，他和董定雲這段孽緣居然還有人知道。他臉上紅一陣白一陣，困窘不堪道：「盧大少爺莫要再說了……你出個價錢，多少銀子肯放了她？」

盧豫川放聲大笑起來。寂靜的街上只有他們兩人，這笑聲淒厲，如同鬼魅，嚇得梁少寧手腳發麻。盧豫川笑畢，臉龐再度覆上冰霜，道：「我不要銀子。」

「那、那你要什麼？」

「我要股份，鈞興堂的股份。」

梁少寧被他接二連三的嘲諷壓得抬不起頭，只好道：「你要多少？」

盧豫川冷笑道：「六成！」

梁少寧驚得連連搖頭道：「這不可能！梁家承辦鈞興堂，入股的人不少，我自己才多少股份，哪裡能給你那麼多！」

盧豫川咄咄逼人道：「我看你五十多了吧？你那三四房夫人，換在誰家裡不是兒女成群？怕是你長年流連在窯子裡，身子都掏空了吧，還有本事生嗎？你若不怕梁家絕後，就當我什麼都沒說。」

梁少寧咬牙道：「三成！我給你三成！」

「你記住，這三成是給我的，不是給盧家的！」

梁少寧愣了一會兒，驀地明白了。盧家是盧維章在執掌，給盧家就是給盧維章，而盧豫川深受貶抑之苦，怎能不嫉恨他叔叔？看他們自家內鬨，梁少寧是再樂意不過的，當下便笑道：「那是自然，你大少爺的股份，跟盧維章毫不相干，我曉得其中的忌諱。我明日就寫股份過手的契約，大少爺選個方便的日子來拿吧。」

盧豫川哼了一聲，轉身就走。梁少寧急道：「大少爺，我閨女她……」盧豫川回頭一笑道：「憑空冒出個爹來，娘還是我們盧家的仇人之女，總得給我些時間安排吧？」「就算如此，也得有個期限啊？」「等我能出面接下鈞興堂的時候，就讓你們父女團聚！」梁少寧被他百般戲弄，終於勃然大怒道：「好你個狗娘養的，你要我啊？誰不知道朝廷圈禁你十年？拿了我三成股份，還要我等十年！我、我……」

盧豫川輕蔑地看著他，譏笑道：「嘴巴放乾淨點，別動不動就滿嘴髒話！你還能怎樣？鬧上門來要人不成？證據呢？這些底細只有我知道，要是我矢口否認，你拿什麼要人？董家會讓你揭這個醜事嗎？怕是沒要著閨女，你自己的狗命先沒了！我看你還是老老實實的好，要是我一時心煩喝多了酒，把你那閨女睡了、賣了、殺了，又有誰敢說一個不字！」

梁少寧聽得目瞪口呆，好半天才擠出一句話：「得勁，這回你得勁了吧？」他這句話不知是說給盧豫川還是說給自己聽的。說罷，他慘笑一聲，狠狠跺了跺腳轉身離去，一邊走，一邊使勁打自己耳光。盧豫川看他走遠，臉上浮現厲鬼般的微笑。連他也沒想到，叔叔那邊為了買回鈞興堂絞盡腦汁，他卻不動聲色地拿到了三成的股份！他大步朝盧家祠堂走去。叔叔，你不是要我不得過問生意嗎？那好，咱們叔侄二人就來鬥鬥，看是你盧大東家先得手，還是我盧豫川先得手！等我到手之後，看你還有何面目執掌盧家產業，有何理由不許我插手生意！

梁少寧果然是思後心切，第二天就寫了股份過手的契約，揣在懷裡苦苦等盧豫川來拿。盧豫川也真沉得住氣，一連三天都沒露面，把梁少寧急得坐臥不安。他這回承辦鈞興堂，幕後的人就是董家。簽字畫押時董振魁說得明白，梁家的七成股份裡，有董家的三成暗股，他再交出去三成，自己幾乎是落了個兩手空空，白忙一場。無奈梁家人丁不旺，世代單傳，為了求子嗣，梁少寧一連娶了四房太太，卻沒一個肚子有動靜。偏偏跟董定雲孽緣一場，就生出了個孩子！雖說是女兒，可聊勝於無啊。將來若找個入贅的女婿，讓孩子姓梁，好歹也算是傳宗接代了。誰知這個女兒又落在盧豫川手裡，成了盧豫川威脅他的把柄，生生換走了三成股份！而且自己眼巴巴送給人家，還不見人家領情，做人做到這個地步，還有什麼意思？

到了第四天晚上，心急如焚的梁少寧終於見到了盧豫川。兩人先後進了壺笑天茶館的雅座，沒等盧豫川坐穩，梁少寧便迫不及待地掏出契約，遞給他。盧豫川細細看了一番，笑道：「梁大少爺，你若是想反悔，現在還來得及。」梁少寧被他譏諷了幾次，也習慣了，強笑道：「豫川，你就別尋你老哥哥開心了，快點辦吧。」盧豫川冷笑著，在兩份契約上簽名押了手印，收起一份，將另一份還給梁少寧，道：「梁大東家，我該這麼叫你吧？如今咱們是商伙了，你不妨把鈞興堂眼下的狀況，給我這個大股東講講。」

梁少寧沮喪道：「有什麼好講的？你叔叔傾銷宋鈞，把整個行市攪得一塌糊塗！原先鈞興堂各地的分號也都自行摘了牌子，我的號令出了神垕一點用都沒有！鈞興堂窯口雖多，一沒有商路，二沒有盧家宋鈞燒造祕法，眼下只能燒些尋常的粗瓷，可謂慘澹經營啊。」盧豫川仍是一臉揶揄道：「我給你出個主意，保證有用！」梁少寧頓時起了興致，「豫川，你這話就對了！眼下咱們是在一條船上，鈞興堂好了，大家不就都有銀子賺了嗎？你有什麼主意？」

盧豫川一本正經地道：「找你老丈人董振魁啊！董家宋鈞的『天青』一色大名鼎鼎，

你去找他哭訴，他老爺子看在董定雲的面子上，好歹會給你些獨門祕法，不就沒問題了？」

梁少寧這才明白盧豫川還在尋他開心，愣了半晌，大失所望道：「唉，我還以為是多高明的計策呢，原來是這個！」

盧豫川正色道：「有件事情我還沒機會問你。梁家在你手裡敗得差不多了，你哪來的銀子承辦鈞興堂？股東裡除了你我，還有誰？」

梁少寧在這件事上早有準備，張口便道：「梁家所有商號全都抵押給日昇昌，得了一百多萬兩，神垕裡雷家致生場、吳家立義場、郭家興盛場背地裡其實都入了股，一共湊足一百九十萬兩。豫川，我是拿梁家所有家產承辦鈞興堂啊，眼下又有了你的股份，你千萬不能見死不救！」梁少寧已然是哀求的口氣。盧豫川仍不肯罷休道：「你老丈人家呢？鈞興堂這麼大一塊肥肉，他能無動於衷嗎？」

梁少寧哭笑不得道：「豫川，你就莫要再取笑我了，我到現在連董家的門都不敢進，他怎麼可能入股？再說了，聖旨上寫得明明白白，董家不得參與鈞興堂的招商，董家就是再大的膽子，也不敢抗旨嘛。」

這句話倒是打動了盧豫川。他思索一陣道：「也罷，我就給你一些我手頭的祕法。全套的祕法都在我叔父那裡，我只知道些皮毛，也就是兩三成的功力。鈞興堂有了它，好歹能維持個一兩年。你拿這些祕法去，就說是從鈞興堂老人那裡得來的，千萬不能把我洩露出去，明白嗎？」盧豫川從懷裡掏出幾張信箋，遞給他。梁少寧喜出望外，當下便看了起來。盧豫川不耐煩道：「你一個紈褲子弟，看得懂嗎？你好好收起來，交給你的掌窯相公們，他們自然知道該如何行事。」梁少寧如獲至寶，收好了祕法，笑道：「豫川，你跟你叔叔還僵著嗎？」

盧豫川勃然變色道：「我們盧家的事，你少管！」

梁少寧一副不慌不忙的模樣，慢條斯理道：「好好好，你們家的事我不管。那我閨女的事，我總能問問吧？」

盧豫川不想再跟他糾纏下去，便起身道：「這個你放心，我答應你的事，一定給你辦到！」梁少寧見他要走，忙道：「那今後怎麼見面？」盧豫川頭也不回地道：「年底按股分銀子的時候，我自然會去見你。不到那個時候，你少來煩我！」話音剛落，人已出了門。梁少寧氣得笑了，自言自語道：「天底下還有這樣沒心沒肺的！」

盧豫川做夢也想不到，這幾張信箋在梁少寧手上不到一夜，就被送到了董振魁手上。董振魁父子三人喜出望外。雖然只有薄薄的幾頁紙，但上面寫的全是盧家宋鈞的獨門祕法，換句話說，就是盧家賴以生存的最高祕密！董克溫在窯場裡泡了整整二十年，一看到這些，立即如飢似渴地看了起來，時而皺眉沉思，時而開懷大笑，完全沉浸在其中無法自拔了。

董振魁問道：「老大，你看這祕法，是真的嗎？」「千真萬確就是盧家的祕法，這一點誰都偷不來的！可惜太少了……」董振魁安下了心，耐著性子等他看完。董克溫看罷，興奮得兩眼含淚道：「爹，這四十萬兩花得值得！盧維章就是再神機妙算，也算不到他的姪兒居然會把祕法送給董家！」

董振魁微笑道：「當初我力主支持梁少寧，你還一直反對，非說……嗯，往事就不說了。眼下只要盧豫川開了這個口，就是想收手怕也由不得他了！你告訴梁少寧，董家再給他二十萬兩銀子，讓他好好把鈞興堂經營下去！」

董克溫剛開始的確是反對幫助梁少寧入主鈞興堂，第一個原因是朝廷有旨，不許董家涉足鈞興堂，他唯恐事情洩露出去會吃官司；第二個原因則是多年前梁少寧與董定雲的那件家醜，他們父子倆實在不願讓年少的董克良知道此事。董克良如今才二十歲，在董振魁的允許下，也參與了家族重大生意決策。剛才董振魁差點說溜了嘴，好在董克良絲毫沒有察覺，大聲道：「不能給他那麼多！鈞興堂不過是個幌子，只有鈞興堂始終半死不活，盧豫川才會源源不斷地偷祕法出來。爹，梁少寧是條餓狗，餵得多了，他就懶惰起來了。十萬兩已足夠！」

董振魁笑道：「那就依你，給他十萬兩！」董克溫將祕法遞給父親，董振魁看也不看，道：「你都記住了？」「這跟孩兒的性命一樣，絕對忘不了！」董振魁還是有點不放心，便道：「老二，你拿去抄寫一份，把原件還給梁少寧！一旦盧豫川不聽話，這份他親筆寫的祕法，就是對付盧家的殺手鐧！」

盧豫川在鈞興堂入了暗股的事，除了他和梁少寧，以及隱在幕後的董家父子外，再無旁人知道。盧維章無論如何也想不到，姪兒居然在自己眼皮底下，做出這樣的事。盧豫川私下也細細斟酌過，這事遲早會東窗事發的，結局無非兩種。一個是沒等到他圈禁十年期滿，鈞興堂就被叔叔買回，那時帳目一核對，立刻一目了然，他少不了要擔個不忠不孝的罪名——鈞興堂眼下是敵人，暗中入股可謂不忠；違背叔叔的意思，洩露了盧家祕法可謂不孝。這不忠不孝的罪名一旦背上，就是背叛了列祖列宗，若照家規處分，自己這個少東家、繼承人的身分便坐不住了。另一個結局就是經自己十年苦心籌畫，先叔父一步掌握了鈞興堂，那就是驚世駭俗的大手筆，到時候自己登高一呼，盧家上下誰敢不聽自己的？就是叔叔也能奈他何？十年之後，叔叔已是年近六十的人了，自己卻正當壯年，又立下大功，還能不名正言順地做盧家掌門人嗎？一頭是萬劫不復的深淵，一頭是如日中天的富貴，商家不就是在這兩者之間疲於奔命嗎？

其實盧豫川原本對所謂的少東家、接班人之類的名號不太在意，總覺得盧家產業雖是在自己父親盧維義手上奠基的，但首創鈞興堂盧家老號、把盧家產業經營得有聲有色的，卻是叔叔盧維章。加上弟弟盧豫海天資聰穎，隱隱有大商風範，父業子承也是亙古常理。他做個老相公已心滿意足，只要能做自己喜歡的事，老死在生意場上，也死得其所。可是，經過這次變故後，盧豫川的想法和從前有了天壤之別。沒錯，朝廷是有圈禁十年的旨意，可朝廷的旨意多了，還不許官員貪汙受賄、不許民間匪盜橫行，要是朝廷的話句句都管用，天下還會是現在這個樣子嗎？不能出面會見商伙就罷了，連自家的產業、生意也不許過問，哪裡有這樣無情無義的叔叔！這是為什麼？不就因為他是盧家的掌門人，他的話在盧家有著至高無上的權威嗎？只要大權不在自己手裡，便只有任人宰割的分兒了。

那天晚上他見到梁少寧，起初只想藉著關荷，狠狠敲詐梁少寧一筆銀子。但這個念頭忽而一轉，銀子有什麼用？就是拿到了銀子，也是盧家的，換句話說就是叔叔的。在開口的瞬間，他改變了主意，要鈞興堂的股份。梁少寧是個不折不扣的敗家子，鈞興堂在他手裡早晚要倒閉，他先占了股份，將來趁勢入主鈞興堂，掌握三處窯場一千多口窯，這是何等的偉業？有了鈞興堂做後盾，就算叔叔不願讓出掌門人的位置，就算他把自己趕出盧家，自己也不怕沒用武之地，不愁將來沒生意可做？

然而就在盧豫川自以為得計不久，就發生了盧維章書房裡那次關於重建盧家窯場的密談。盧維章出人意料地鬆了口，准許他從此參贊盧家生意，除了不能出面，什麼都能做。這在別人眼裡是天大的喜訊，對盧豫川而言不啻是晴天霹靂。倘若叔叔早這麼做，他又何苦背著背叛祖宗的罪名跟梁少寧合夥？何況他不久前見了董克溫，隱約察覺出董家就是梁少寧背後的指使者，想必那些祕法已經落入董家手裡了，這根本是私通仇家的行為。父親盧維義就是被董家活活逼死的，他連殺父之仇都不顧，跟董家的人攪到一起，一旦東窗事發，自己還有何臉面在盧家立足？

盧豫川想過千百條退路，坦白跟叔叔認錯，卻沒這個勇氣；跟梁少寧翻臉毀約，又怕董家將此事宣揚出去。他一時間四顧茫然，到處都是懸崖峭壁，朝哪個方向走都是死路一條！不但如此，那次見到董克溫後不久，梁少寧居然又來找他，張口就要祕法。眼看就是留世場開窯的日子了，盧豫川氣得兩手發顫，質問道：「梁少寧，你老老實實告訴我，你的後臺是不是董家？」

「是又如何，不是又如何？」梁少寧知道早晚要攤牌，此刻他手握盧豫川親筆寫的祕法，還怕他不就範嗎？故而擺出一副無賴的嘴臉，笑嘻嘻看著盧豫川。

盧豫川冷冷道：「如果真是董家給你撐腰，我看咱們這商伙也做不得了，你的閨女也別指望要回去。」

「哼，盧豫川，現在輪不到你跟我討價還價！我就老老實實告訴你，鈞興堂背後確實就是董家！怎麼，你害怕了？我再告訴你，你寫的那些祕法，如今就在董克溫手上！那小子可是個燒窯天才，說不定現在連『玫瑰紫』都燒出來啦！」

儘管已經有心理準備，但一經證實，盧豫川還是覺得眼前一黑。又是董家！真是冤家路窄啊。他直盯著梁少寧，一字一頓道：「姓梁的，你小心不得好死！」

梁少寧大笑道：「我活得挺好！用不著你操心！鈞興堂的生意有董家扶持，也算過得去。我勸你還是把祕法原原本本地偷出來，交給我。你好好享用你那三成股份就是。至於我的閨女嘛，遲早還是我梁家的人！你若是敢說半個不字，我就去找你叔叔，把那幾張紙一亮，瞧你還有什麼話說？」

盧豫川呵呵冷笑道：「你這個膿包，也敢來威脅我？你前腳踏進我家門，我後腳就殺了關荷。我大不了就是一死，死無對證，你也少不了背上個竊取別家祕法、栽贓陷害的罪名！你以爲董家會保你嗎？到時候你不但得不到祕法和閨女，還惹上一身官司！我們家老二的脾氣你也知道，真把他惹火了，你的狗命還保得住嗎？」

梁少寧沒料到他會想出玉石俱焚的計策，頓時傻了眼，卻還嘴硬道：「盧豫川！你少唬人，你不敢！」

盧豫川瞥了他一眼，笑道：「那咱倆這就去我家，你找我叔叔，我去殺你閨女。誰不去誰就是狗娘養的！」說罷，一把拉了梁少寧就往外走。梁少寧哪裡有那個膽子，一下子洩了氣，連連道：「豫川，有話好說，這都是董振魁和董克溫逼我幹的，你別衝我出氣呀！」

其實盧豫川也是被梁少寧逼急了，他深知盧豫海跟關荷早已暗生情愫，別說殺關荷，就是動她一根手指頭都辦不到！他平靜了一下心緒，冷冷地放了手。梁少寧唉聲嘆氣地坐下，道：「我真是他娘的瞎了眼，攪和到你們兩家的恩怨裡，兩頭不討好！董振魁要我這幾天就把祕法送去，不然就斷了給鈞興堂的銀子！你給的那點祕法根本不夠用，你叔叔傾銷宋鈞，把路子都他娘的堵死了！現在鈞興堂全靠董家暗中給銀子周轉。你好歹也是股東，說什麼也得幫我出出主意呀。」

盧豫川思忖良久，一個計謀霍地閃現在腦海中。眼下他被董家抓住了把柄，隨時都有被揭穿的可能！既然橫豎都是死，何不臨死前拉個墊背的？他想到這裡，咯咯一笑道：「既然攤了牌，我也顧不得許多了。你去告訴董家，祕法我可以全本給他，但是有個條件！」

「你說！」

「我要董家手裡所有鈞興堂的股份！」

梁少寧呆了半晌，苦笑道：「你以爲董家會答應嗎？再說，董家怎麼可能在不知道你給的祕法是真是假之前，就把股份都給你？你又怎麼可能不等股份全都到手，就把祕法給董家？做買賣講究的是信任，你們兩家是仇人，誰都信不過誰，這筆買賣怕是做不成！」

盧豫川斷然道：「做不成就玉石俱焚吧！我盧豫川不怕身敗名裂，他們還怕什麼？」

梁少寧又是一愣，實在想不到別的辦法，只好道：「那你等著消息，我去找董振魁說說看。」

出乎梁少寧的意料，董振魁居然想也沒想，一口就答應了盧豫川的要求。在他眼裡，鈞興堂是死的，祕法是活的，拿死物換活物，這是再划算不過的買賣。不過董振魁也提了條件，必須先由董家驗證祕法的真僞，才能將董家的全部暗股交給盧豫川。爲了表明誠心，董家可以先將兩成暗股交給盧豫川，一旦驗明無誤，立即將剩下的一成也雙手奉上。梁少寧盤算了一下，這麼一來盧豫川手裡就有鈞興堂一半的股份了，再加上董家後付的一成，盧豫川不費吹灰之力就可以接管鈞興堂了！梁少寧興沖沖地找到盧豫川，不料盧豫川又冒出一個要求。端午節是盧家新窯場留世場開工建窯的日子，他只能趁著舉家籌備此事的機會，偷出全本祕法。或許兩個月，或許半年，總歸是年底之前一定會到手，要董振魁準備好暗股過手的契約，等他拿祕法來換。梁少寧聽了，也覺得有理，當下又馬不停蹄地來到董家，把盧豫川的話一字不漏地轉達了。董克溫深知祕法關係重大，短時間內也偷不出來，盧豫川既然滿口應承了，又自己定下期限，他也不好苦苦相逼，弄得不好，逼急了盧豫川，真的搞得玉石俱焚，祕法也將化爲泡影。於是董克溫便同意了。末了，他百思不解地問道：「梁少寧，你這麼來來回回地折騰，盧豫川是給了你多少好處？」

梁少寧哭笑不得道：「你們倆大少爺是我親爹、是我親爺爺，行不行？我還敢要好處嗎？你們差不多要把我逼死了……說得也是，一點好處都沒有，我這不是皇帝不急急死太監嗎？唉，我好歹也是五十多歲的人了，讓你們兩個三十多歲的人當猴耍，被你們賣了還幫你們數銀子呢……」

橫空出世身股制

留世場開工那天，豔陽高照，乾鳴山上鬱鬱蔥蔥，南坡回龍嶺下人山人海，除了新招募的七八百個相公、夥計，光是來看熱鬧的就不下兩三千人。留世場窯址是盧維章親自選定的，回龍嶺扼住了乾鳴山的一頭，風水地脈絕佳，距離南山的煤場、乾鳴山林場都相當近，取料運輸極其便利。這塊地皮還是盧維章當年慧眼獨具買下的，鈞興堂被封的時候，盧維章留了個心眼，把回龍嶺這塊地過戶給苗文鄉，保全了日後重整山河的根本，也表示對苗文鄉的無比信任。

窯神爺祭過了，萬響長鞭也放了，盧維章站在高臺上，放眼望去，臺下整整齊齊站著留世場的相公、夥計，都穿著大紅色的新號坎，胸前「盧瓷正宗」幾個大字分外醒目。楊建凡根本不像個六十歲的人，和年輕相公們一樣跑前跑後地張羅了半天，這才來到盧維章身旁，激動得直搓手，笑道：「大東家，今天這場合非比尋常，你好歹說幾句話！」

盧豫川和盧豫海此刻一左一右，就站在盧維章身後。盧維章笑著回頭道：「豫川、豫海，你們說，我該講些什麼？」盧豫川正煩惱著自己的緩兵之計撐不了多久，到時候還不知該如何打發董家，目睹此情此景讓他更加焦慮，心中百味雜陳，只能勉強應道：「自然是勉勵大家盡心盡力，不辭辛苦，爲盧家早日成就大業而齊心努力。」盧豫海卻笑道：「爹，我看你什麼都不要講，朝大夥鞠個躬，就什麼都明白了！」

苗文鄉在一旁叫好道：「正是！此時無聲勝有聲，大東家這一鞠躬，保管大夥一個個都鼓足了勁！」

「苗老相公說得對，我該鞠這個躬！」盧維章點頭道，「不過，我一個人鞠沒意思。豫川，這個躬，你陪我一起來吧！」

眾人都是一驚。腦子轉得快的，如盧豫海、苗象天等人，立刻領會了盧維章的意圖。家族生意最講究傳承，古人說富不過三代，那是指一代人不如一代人。如果在這個萬眾矚目的場面下，盧家兩代掌門人一起出面行禮，有什麼比這個更能打動人心、安撫民意？盧豫川雖被圈禁在家，可這畢竟是自家的生意，他這麼一出面，少東家的身分不言而喻，那些風言風語自然就會土崩瓦解了。可盧維章心裡還有更多的打算。盧豫川吃了官司，又被遊街示眾，名聲和膽氣皆一落千丈，成了誰都瞧不起的落魄少爺。盧維章有意讓盧豫川跟自己一道出現在神垕人眼前，與其說是挽救他的名聲，倒不如說是給他一個重新做人的機會！這般煞費苦心，這般精心籌畫，把自己親生兒子都放在一旁，若不是把他當至親骨肉看待，如何能做得到？盧豫川心裡明白，兩眼模糊起來，情不自禁地喊道：「叔叔！」

這句話包含多少悔恨多少自責，恐怕只有盧豫川自己清楚。臺上的人都以為他是被盧維章的摯情打動才會如此，便都上前安慰。盧維章不再多說，攜了他的手，一起走到臺邊，朗聲道：「各位留世場的相公、夥計，各位弟兄，各位神垕鎮的鄉親！今天，是我盧瓷正宗打出名號的第一天，也是留世場開工建窯的大喜日子，我跟我姪兒盧豫川，在此謝過大家！」

盧維章深深一鞠躬。盧豫川也跟著他行禮，眼角卻有一串淚珠滑落。神垕自有窯場以來差不多有數千年了，從來沒有大東家給窯工夥計行禮的。盧維章這一鞠引得幾千人一起叫好，聲音直衝雲霄，響雷般在回龍嶺迴蕩。盧維章直起身子，眼中也是水光點點，道：「各位相公、夥計，大家或許會問，我這姪兒豫川不是戴罪之人嗎？他怎麼能出面做生意？我盧維章在此向大家宣告，豫川是犯了錯，可他身為盧家少東家、繼承人的身分從來沒變過！我是大東家，豫川是我親姪兒，盧家的產業一半是我的，一半是豫川的！除非天崩地裂，萬物不在；除非豫川背叛盧家列祖列宗，否則此事絕無更改之理！今日留世場開工，是我盧家自己的事，豫川在此露面一不違國法，二來名正言順！」

盧豫川難以置信地看著叔叔，這分明是向所有人表示他還是盧家的少東家，他還是決策盧家大事的核心人物！這是真的嗎？他在叔叔滿是期許的目光裡，看不到一絲一毫的虛假。盧維章繼續道：「今天大家入了我盧瓷正宗留世場的大門，就是我盧維章的親人，是我盧維章的兄弟！在盧家破落之際，大家毅然投奔盧家，我盧維章感激不盡！我草擬了一個章程來報答大家，就是從留世場建窯開始，在盧家窯場實行身股制！豫川，你來跟大夥講講，什麼是身股制。」盧豫川不解地看著叔叔，盧維章不容他猶豫，低聲道：「身股制你再熟悉不過，就從章程裡選些緊要的說說便成！」

盧豫川來不及多想，朝他深施一禮，便走到臺前，對臺下拱手道：「從今天起，留世場就要正式實行身股制了。什麼是身股呢？就像各大窯場，大多都有別家的股份，每年按股分紅，有股份的便是股東。以往股份是出銀子買的，是財股。如今大夥出力氣也能頂股份，所以叫身股、力股。凡是留世場的燒窯夥計，一律頂一毫的身股，掌窯小相公是一釐，相公是三釐，大相公是五釐，此後按勞績逐年增加，幹到一俸身股，也就是相當於財股一分的，無論是窯工還是相公，榮休之後每月還有榮休銀子！」

盧豫川的事在神垕鎮早已盡人皆知，臺下幾千人見他走上來，都是一驚，原來他還是盧家的少東家！不少人偷偷議論起來，但很快就平息了，所有人都因為盧豫川說的身股制而愣住了。豫省商幫有史以來，誰聽說過身股制？連窯工都成了股東，這不全亂了嗎？短暫的沉默之後，幾千張口再也閒不住，驟然間議論聲響了起來。有人高聲質疑道：「夥計只有一毫的身股，就是幹上四十年、五十年，也到不了一俸啊，這不是誆人嗎？」話音剛落，立刻響起一片附和聲，幾千雙眼睛齊落在盧豫川身上。

盧豫川很久沒有經歷這樣的大場面了，與生俱來的豪氣壓抑許久，終於被眼前的情景激發出來。他不慌不忙道：「剛才說話的，想必是位窯工兄弟吧？我問你，你有兒子嗎？」

那人也膽大，大剌剌地叫道：「有！有兩個，一個叫狗蛋，一個叫狗剩！」

眾人都哄笑起來。盧豫川笑道：「你今年有三十多了吧？」

「三十五啦！」

「窯場的工作辛苦，就算你能幹到六十五吧，也還有三十年可做。如果你做得好，按勞績每年增加身股，等你做不動了，能有三釐的身股，對不對？你榮休那天，不管是狗蛋也好，狗剩也好，你挑出一個兒子，他一進場燒窯就有一毫身股，加上你留給他的三釐，頂得上一個掌窯相公了！或者兩個兒子平分，每人都能分一釐五毫的身股，這樣你明白了吧？你兒子再幹三、五十年，就算還到不了一俸，你孫子那輩，不就做到了？」

狗蛋爹驚喜萬分道：「這身股還能傳下去嗎？」

盧豫川耐心地笑道：「能！凡是這輩子幹不到一俸的，得不了榮休銀子，卻可以把身股當遺產傳給子孫，什麼時候幹到一俸，盧家照樣給他榮休銀子！」

狗蛋爹撲通跪倒在地上，扯嗓子叫道：「盧家大恩大德，我老李家世世代代，都給盧家做事！」

他這麼一跪，幾乎所有穿著「盧瓷正宗」號坎的人都動了起來，霎時黑壓壓跪倒一片，無不說著感激的話。盧豫川看著臺下歡呼雷動，胸中積鬱已久的怨氣瞬間消散，滿腔豪情又燃燒起來，竟撩袍跪倒在臺上，大聲吼起來：「各位兄弟，這身股制得勁不得勁？」

數千人一起吼道：「得勁！」

盧豫川接著吼道：「從今往後，盧家的產業就是大家的產業，你們都是股東！大家不爲別的，就爲了自己，爲了兒子，爲了孫子，好好幹哪！」

臺下又是一陣歡聲雷動。盧維章見狀轉身，悄悄擦去眼角的淚水，對臺上眾人道：「咱們走吧。」

盧瓷正宗留世場就這麼轟轟烈烈地開窯了。留世場實行的身股制無異於平地驚雷，讓各大窯場的大東家們啞然失色。自董家老窯減產降薪之來，各窯口紛紛效法董家，有的還不止降了兩成的薪俸和窯餉，引起許多相公和窯工不滿。一邊是降薪，一邊是身股，又不是傻子，誰他媽的還在你這裡幹？留世場開窯不久，便有大批的相公和窯工投奔而來，甚至超出盧維章的預料。楊建凡按照既定的方針，來者不拒，不出一個月就招了不下兩千人，不少人還是其他窯場的重要人才。盧維章乘勝追擊，連預計半年後才興建餘世場的計畫都提前了。到了六月，餘世場也開工建窯，兩處窯場加起來六百口窯，雖遠不及當年盧家老號的規模，但在神垕鎮也算是名列前茅了。

盧家閃電般重新崛起，就像是黃河決口般勢不可擋，讓神垕鎮人都深感震驚，且心服口服。這就是盧維章的手段！盧家鈞興堂被封至今，前前後後不過半年多，盧維章忍辱負重，潛心謀劃了幾個月，一出手便是驚世駭俗的大作。八月末，留世場、餘世場相繼建成，正式點火開窯，趕上十月——一年裡最適合燒造宋鈞的月份。盧家家有獨門祕法，外有窯口林立，各地還有分號開闢商路，這出窯的哪裡是宋鈞？分明是拿西山的土，燒出白花花的銀子來！

就在盧家生意蒸蒸日上之際，家裡卻出了大事，讓全家上下哀嘆不已。蘇文娟懷胎十月，眼看就要生了，偏偏一時不慎早產。四五個接生婆忙了一宿，雖然保住了大人的性命，產下的卻是個死嬰。說來也怪，每當盧家生意順風順水的時候，總會出點這樣的慘事。當年盧家生意興隆，盧豫川頭一個夫人難產而死，孩子最終也沒能保住。如今盧家算是捲土重來，盧豫川第二個兒子又是死胎。而盧家遭難之際，盧王氏卻順順利利地生了孿生兄妹，三少爺盧豫江和大小姐盧玉婉！鎮上人都說這是盧維章和盧豫川叔姪倆命太硬，老天爺很公道，生意上春風得意，家裡便留不住孩子。這雖是牽強附會之說，可在盧豫川聽起來，卻別有一番深意。

蘇文娟醒來，頭一句話就是問孩子，問得周圍幾個伺候的下人紛紛落淚。關荷擦了擦眼淚道：「大少奶奶還年輕呢，以後日子還長，不愁……」說到這裡，關荷也哽咽得說不下去了。蘇文娟怔了半晌，哀叫道：「大少爺，我的命怎麼這麼苦！」話沒說完又昏了過去。這回連盧王氏都驚動了。盧王氏對他們兩夫妻逼婚的事一直耿耿於懷，但蘇文娟小產，子嗣夭折是家裡的大事，她不得不親自來床前看望。直到掌燈時分，蘇文娟才悠悠轉醒，看見身旁坐著的盧王氏和盧豫川，不由得悲從中來，勉強撐起身子，道：「夫人、大少爺，我苟活到現在，就是爲了肚子裡的孩子。眼下孩子沒了，我還活著做什麼？老爺、夫人對我這麼好，是我一再對不住盧家！盧家有規矩，只能娶一房夫人，請大少爺一紙休書休了我，另外找個壯實的閨女，好好生個孩子吧！」

盧王氏本不待見這個出身青樓的媳婦，卻沒料到她會有如此要求，心裡一軟，便寬慰她道：「妳莫要多想，這樣的事發生在誰身上都不好受。我想豫川也不是無情無義之人，你們倆也算是患難夫妻，哪能說休就休呢？」

盧豫川一直面無表情地坐著，見盧王氏這麼說，便沙啞道：「文娟，嬸嬸說得對，我盧豫川命中無子，是我前世罪孽深重，與妳何干？眼下盧家剛有些轉機，我的心都在生意上，對妳疏於照顧，要說對不住的是我！等妳身體養好了，好好幫著嬸嬸打理家務……妳我都還年輕，日子長著呢！至於休妻的話，今後切莫再提了。」

蘇文娟喃喃道：「自從有了這個孩子，盧家的災禍一件接著一件，總算有了希望，孩子卻沒了……我也出身書香門第，家道中落才沉淪青樓，原本打算守身如玉，等大少爺把我贖出來，伺候大少爺一輩子的……父親從我懂事起就常說紅顏禍水，當時我也聽得切齒扼腕，沒想到我自己就是這樣的不祥之人！」蘇文娟渾身顫抖，強壓著一肚子哀怨，不肯放聲痛哭，可臉上已是涕淚縱橫。

盧王氏畢竟是個女人，女人天生容易心軟，況且又事關孩子，她也不由得淚珠連連。她起初對蘇文娟歌妓的身分耿耿於懷，這麼段日子相處下來，也看出蘇文娟不是水性楊花的人。尤其蘇文娟做了大少奶奶後，絲毫沒有一朝得勢便作威作福的模樣，反而處處留心，時時在意，恭敬長輩，體恤下人，與家裡上上下下相處得極好。盧家遣散下人後，家裡人手不夠，她更放下大少奶奶的身段，能做的事就幫著做，這次小產，也是因爲她搶著去後院晒被褥，才釀成慘禍？兩個女人互相勸著，卻勸出更多的淚水，又都不願哭出聲來，只是默默地坐著，任眼淚流淌。盧豫川再也看不下去，低聲道：「嬸嬸，文娟就交給妳了。櫃上還有事情，我先去忙了。」說罷，大步出了房門。站在門外的大樹下，兩行熱淚終於奪眶而出。

盧豫川知道，蘇文娟懷著孩子多少大風大浪都過來了，身邊又不是沒人伺候，卻碰上這樣的悲劇，這不是天意是什麼？難道是因爲自己背叛祖宗，上天便降災懲罰嗎？雖然距離年底還有半年，梁少寧已被董克溫逼得來催了兩次，說董家沒耐心再等下去了，要不盧豫川趕緊把全本的祕法送上，要不就將他以往的所作所爲公諸於世！盧豫川深知自己的計策過於毒辣，多少有些猶豫。可經歷了第二次喪子之痛後，他的心變得如鋼鐵般冰冷。不過是身敗名裂罷了，就算從此被人指責痛罵，再難以在神垕立足，又有什麼大不了的？董克溫逼得越急，離董家倒楣的日子就越近！思及此，盧豫川擦去眼淚，回頭看了看半掩的房門，裡面兀自傳來幽幽的泣訴。

一目之仇報不得

與盧家的欣欣向榮相比，梁少寧的鈞興堂可謂江河日下。董克溫藉口祕法遲遲不到，斷了暗中資助鈞興堂的銀子。轉眼到了年底，又是合帳的日子，梁少寧哪裡拿得出錢？只好終日東躲西藏，生怕那幾個股東找到自己。可這麼躲下去也不是辦法，躲過初一還能躲過十五嗎？好在鈞興堂之前因爲燒造禹王九鼎有功，跟董家平分了朝廷貢奉，這筆銀子年底也該到了，多少可以應付一陣子。梁少寧如意算盤沒打多久，又一個晴天霹靂的消息傳來，鈞興堂的朝廷貢奉全數被禹州知州曹利成退回，理由是成色不足，難以進貢！

這下子全鎭譁然，梁少寧最後的依靠也沒了。在鈞興堂入股的致生場大東家雷生雨、立義場大東家吳耀明、興盛場大東家郭立三全都坐不住了，聯名給梁少寧下了帖子，請他務必在十一月初七這天，至壺笑天茶館議事。如若不來，他們就要公開出售自己在鈞興堂的股份，到時候爹死娘嫁人，各顧各的，誰還管你梁少寧？這份帖子著實要命，梁少寧拿了帖子就直奔圓知堂，一路上兩條腿直打哆嗦。誰知董振魁來個拒不見面，只派董克溫出面安撫了一番，說是鈞興堂敗落至此，董家深感遺憾，希望梁少寧好自爲之，不要忘了連本帶利償還董家剩下的一成暗股。梁少寧如同掉進冰窟，周身冰涼，連死的心思都有了，便破口大罵起來，說董振魁當初找他承辦鈞興堂，就是打算讓他被鈞興堂拖垮，看著梁家家破人亡，爲失身給他的董定雲報仇雪恥！董克溫卻不急不躁，等他發夠了火，笑道：「梁少寧啊，眼下還有一條路。只要你逼著盧豫川把盧家宋鈞的祕法送來，董家就繼續支持你的鈞興堂。不然，一切就看老天的意思了。」

梁少寧怒道：「盧豫川說好是以年底爲限，眼下還有兩個月呢！你怎麼知道他不會給？」

董克溫從容地端起茶道：「那克溫就靜候佳音了。恕不遠送！」

沒等到十一月初七，梁少寧就和雷生雨他們見面了。這次召見他們的是禹州知州曹利成。窯神廟花戲樓正廳裡，曹利成穩穩地坐著，一杯茶喝得津津有味。梁少寧、雷生雨等人提心吊膽地站在一旁，畢恭畢敬的。一個衙役端了個宋鈞筆洗呈上，曹利成漫不經心地掂了掂，隨手扔了出去，筆洗登時化為碎片。幾個人都是一驚。曹利成黑著臉道：「這就是鈞興堂的宋鈞？能跟以前比嗎？以前鈞興堂的東西，掂在手裡分量就不一樣！瞧瞧現在的貨色，還筆洗呢，當痰盂都沒人要！」

梁少寧結結巴巴道：「是是是，今天不是來拿回去的嗎？」

「還想拿回去呢！」曹利成冷笑起來，拿過一個出戟樽，看也不看就往地上摔，「出戟樽都做成尿壺了！」

其實眾人都看得出來，曹利成是擺明了跟鈞興堂過不去，可誰也不敢言語。梁少寧困窘地看了眼雷生雨，支吾道：「我們也想做出好貨色，可盧家的宋鈞祕法、窯上得力的老人全都在盧家，我們也沒辦法啊！」

曹利成哼了一聲道：「沒辦法就別招攬這筆生意！沒聽人說過嘛，沒那金剛鑽兒，也不攬那磁器傢伙。別說金剛鑽了，你們連把瓦刀都沒有，還想做宋鈞生意？腦子給狗吃了？」

梁少寧和雷生雨、吳耀明、郭立三都傻了眼。雷生雨急道：「曹大人，朝廷貢奉是皇差，就請朝廷下個旨意，讓盧維章把祕法和老人都交出來，我們肯定能做好的！」

曹利成一臉莫名其妙地看著他，忽然一陣大笑，笑得眼淚都出來了，指著雷生雨道：「你、虧你還是個大東家！有人讓你把你娘送出來讓他睡，你肯幹嗎？真笑死我了……」

雷生雨也明白這無異於痴人說夢，不禁羞愧難當道：「這、這怎麼辦？」曹利成止住笑聲道：「怎麼辦是你們的事！鈞興堂今年的朝廷貢奉沒了，預支的銀子月底統統給我交出來，少一兩我就叫你們吃不完兜著走！」

梁少寧鼓足勇氣道：「那、那明年的朝廷貢奉……」

曹利成道：「明年？門都沒有！要造型沒造型，要工藝沒工藝，要窯變沒窯變，我已經上了摺子，如實向朝廷稟告了。你們要是想幹，先回家燒香祈求皇上可憐吧！」

梁少寧一咬牙，顧不得當著眾人的面，叫道：「曹大人，今天我什麼都不顧了，實話告訴大人，這鈞興堂裡有藩臺勒大人的股份！您就看在勒大人的面子上，好歹留條活路吧！」

曹利成冷笑起來，「勒憲？我也實話告訴你，勒憲在京城的老爹得罪了太后，眼下已交刑部議處了。我看勒大人自己都難保了，還會管你們嗎？記住，今後少拿別人壓我！真是可笑至極！」說罷，曹利成氣鼓鼓地拂袖離去。梁少寧明白大事不妙，裝作追趕的模樣溜了出去。雷生雨等人瞠目結舌地看著他的背影，良久才察覺不對。雷生雨氣急敗壞道：「他娘的，又給他跑了！」說著就要去追。郭立三攔住他苦笑道：「後天就是初七了，咱不怕他還躲著不見人！」雷生雨氣得直罵娘，「這個烏龜王八蛋，什麼狗屁梁大東家，梁大膿包！」

十一月初七這天，雷生雨、吳耀明和郭立三早早來到了壺笑天，三人見了面，卻相視無言。神垕鎮各大窯場聯手參加鈞興堂招商失敗之後，這三人垂涎鈞興堂的產業，私下跟梁少寧合謀入了股。哪裡會料到鈞興堂在他們手裡這麼快就一敗塗地？雷生雨一向快人快語，但到了今天這個慘澹局面，也是啞口無言，兀自生著悶氣。

郭立三六十多歲了，蓄著一把鬍子，苦笑道：「四人來了三個，這不是跟打麻將三缺一差不多嗎？」雷生雨瞪了他一眼道：「你這個人真是老糊塗了，還有心思開玩笑！」吳耀明哀嘆道：「不開玩笑又能怎樣？我早就提醒過你們，盧家不知在曹利成身上使了多少銀子，你們就是不聽！說什麼梁大膿包跟勒憲關係好，到頭來沒個屁用！你以爲梁大膿包來了就有希望嗎？當前最重要的，是怎麼把財股要回來，紅利是不敢指望了，能把本錢撈回來就謝天謝地了！」

「不瞞二位，我前天見了盧維章！」郭立三不慌不忙地展開折扇，慢悠悠地搧著，打量他們。雷生雨眼睛一亮道：「盧維章怎麼說？他肯買回鈞興堂？」郭立三故意道：「唉，我真是老糊塗了，他說了什麼話，我偏偏一句都記不得了。這可如何是好？」雷生雨知道他是故意爲難人，便起身一揖道：「郭大爺，你是我親爹、我親爺爺，好嗎？」吳耀明笑道：「你聽他胡說，他就是忘了自己是誰生的，也不會忘了盧維章的話！」

郭立三見雷生雨服軟，便笑道：「老吳你別說，老雷這麼一講，我還真想起來了！」兩人的目光頓時熱烈起來，死死盯著他。郭立三道：「盧維章說了，買回鈞興堂是他的心願，可他不能就這麼買回去。頭一個條件，就是所有入股的人，不管是明股還是暗股，一律都得撤出去。第二個，財股本金全數退還，但紅利一文沒有。第三，梁少寧就此離開神垕，再不能插手宋鈞生意。就這麼三條，你們看著辦吧。」

雷生雨立刻拍案道：「答應他！這三條都答應他！」

吳耀明皺眉道：「暗股？盧維章怎麼知道這裡頭還有咱們幾家的暗股？」

郭立三瞪了他一眼道：「廢話，我都找上門去了，他還能不知道嗎？」

「我們入股鈞興堂好歹幹了一年，怎能一點紅利都沒有？」

「你他娘的扯什麼蛋？」雷生雨急道，「盧維章的意思再明白不過，鈞興堂還是盧家的，別人休想染指！能把本錢要回來已經不錯了，你還想什麼紅利！」

「老雷說得沒錯。」郭立三沉思一陣道，「眼下有實力買下鈞興堂的，只有董家和盧家。去年的聖旨今年還管用，董家是沒指望了，除了盧家，你還能指望誰？再讓馬千山來個招商大會？說不定又會來個趙大膿包、錢大膿包、孫大膿包呢！小心連本錢都撈不回來！盧家是正統豫商，他能買下咱們的股份，已經是給咱留餘留足了。賣給別家還不如賣給盧家呢，好歹是鄉親，將來也好見面……」

經郭立三這一番分析，雷生雨和吳耀明紛紛點頭稱是。吳耀明心腸軟，搖頭道：「話是這麼說，可梁大膿包還是大東家，也占著大股，不跟他打個招呼，說不過去吧？」雷生雨怒道：「爹死娘嫁人，各顧各的！他梁大膿包要是有一點本事，鈞興堂何至於此？不知從哪裡弄來幾張祕法，還當寶貝似的藏著！你瞧見沒有，曹利成退回來的宋鈞，沒有一個成色好的！你還有心情管他！」吳耀明長嘆一聲，算是同意了這個計畫。梁少寧並不在場，但來與不來又有什麼區別？

三人主意剛定，梁少寧就一臉死灰地推門進來了。雷生雨劈頭便道：「梁大膿包，你總算來了！」梁少寧一副死豬不怕開水燙的模樣，坐下苦笑道：「你們剛才議論了半天，我在門外都聽見了。賣了吧！都賣給盧維章！爹死娘嫁人，各顧各的嘛……」

三人都是臉頰一熱，誰也沒想到梁少寧會在外頭偷聽。雷生雨紅著臉道：「少寧，你也別埋怨我們幾個，人情歸人情，生意歸生意……」

梁少寧猛地抬頭，凶神惡煞般地一字一頓道，「你以爲盧維章買回鈞興堂，就萬事大吉了？我告訴你們，他不買回鈞興堂算他命好，他要是買了回去，哼，就等著盧家天翻地覆吧！」他端起茶杯，冷冷道，「鈞興堂的股東都在，今天卻沒酒，我梁大膿包就以茶代酒，乾了這杯散伙酒！」

三人傻傻地看著他，一時都沒了主意。梁少寧一飲而盡，啪地摔了杯子。雷生雨鐵青著臉，哀嘆道：「咱們這麼多漢子，就鬥不過一個盧維章！」郭立三道：「人多有什麼用，又不是打架！」吳耀明苦笑道：「打架盧維章也不怕，他還有個拚命二郎呢！」三人都不再說話，雅座裡陷入一片死寂。

梁少寧掃了他們一眼，用幾分哀求的口氣道：「我要是你們，就再等幾天。年底快到了，我還有一招殺手鐗呢！成了，大家都能過個好年，不成，大不了還是賣給盧維章！你們看行不行？」

雷生雨等人面面相覷，不明白梁少寧究竟是何用意。雷生雨道：「少寧，你能有什麼殺手鐗？說來聽聽。」梁少寧猙獰一笑，再不說話，轉身推門走了。

梁少寧的最後一絲希望，就是盧豫川能在年底之前履行承諾，交出全本的盧家宋鈞燒造祕法。也許真是天無絕人之路，一進臘月，盧豫川就告訴他，祕法到手了！梁少寧喜得老淚縱橫，立刻通知了董家。到了約定的日子，董克溫拿了兩成股份轉手的契約，盧豫川帶了盧家宋鈞祕法，當著梁少寧的面交割完畢。連梁少寧都想不到這筆買賣能做得如此乾脆俐落。盧豫川冷冷地朝董克溫道：「祕法已經在你手裡了，豫川盼著董大少爺早日燒出玫瑰紫！」

董克溫微微一笑，不卑不亢道：「克溫也盼著盧大少爺早日接管鈞興堂！」

雖說做了買賣，董盧兩家畢竟還是仇人，盧豫川揣好契約，便拂袖離去。董克溫更是迫不及待地直奔圓知堂，恨不能立刻點火燒窯。董振魁卻有些忐忑。盧家祕法是何等的機密，盧豫川偷出來的確實是真的嗎？盧維章那麼精明的人，真的對姪兒一點防範之心都沒有？看著董克溫躍躍欲試的模樣，董振魁謹慎地道：「你還是先看仔細了再點火，我總覺得此中必有蹊蹺。」

董克良也是滿腹狐疑道：「大哥，爹說得沒錯，弄清楚了再燒，總不會有壞處吧？」

董克溫畢生最大的心願，就是燒出屬於董家的玫瑰紫，哪裡肯等待片刻？當下便急道：「爹，盧豫川暗中跟盧維章較勁，一心要咱們剩下的一成股份，好搶在盧維章前頭接管鈞興堂！不然他爲何早不交晚不交，偏偏在盧維章即將買回鈞興堂的時候，把祕法送來？我認爲他不會在這上頭耍什麼心眼。再說，祕法是真是假，只有燒了才知道！不過是燒窯，又不會死人，大不了空歡喜一場！反正鈞興堂眼下半死不活，早晚會給盧維章買回去，就算真賠了那兩成股份，也是丟了塊燙手山芋給盧豫川！何況咱手裡還有殺手鐧呢！

爹，兒子這輩子就這麼個心願，您就讓我試試吧！」

自從在洛陽敗給盧維章後，董克溫就落下了病根。他好久沒有一口氣說這麼多話，肺的毛病又犯了，大聲咳嗽起來。董振魁明白這祕法在兒子心裡的分量，要是真讓他過幾天再燒，非把他急出病不可！他想了想，只好道：「那你就去吧。務必小心，看出哪裡不對勁就馬上收手！」

董克溫興奮得滿臉潮紅，一邊咳嗽一邊大步離開。董振魁還是不放心，便對董克良道：「你跟著你大哥，瞧情形不對就把他拉回來！他這個人視宋鈞為命，我這眉毛老是一跳一跳的，唉……」董克良也憂心不已，立刻追了上去。

董家的祕密窯場裡只有一座窯，就設在圓知堂後宅一個不起眼的小院裡。二十年來，董克溫除了外出做生意，其餘時間全泡在這裡。他照著盧豫川提供的祕法，拉坯、配料、素燒、上釉，一連串程序都做得毫無破綻，眼下只等最後的一道釉燒了。董克良剛及弱冠，加上平常父親有意栽培他經商，所以對燒窯的事情知之甚少。他看大哥忙得起勁，自己卻幫不上忙，便面帶愧色道：「大哥，你看你累的，我也幫不上忙……你瞧這裡頭有詐嗎？」

董克溫三天三夜沒闔眼了，此刻卻一點睡意也無，亢奮不已道：「兄弟，哥不用你幫忙！你就等著看吧，董家第一窯宋鈞玫瑰紫，今晚就要出窯了！」

「真的嗎？」董克良驚訝道，「竟會如此順利？」

「這是董家列祖列宗庇佑，也是老天爺有眼，不讓盧家獨霸這玫瑰紫！哼，宋鈞神技，豈是一家一姓能霸占的？」董克溫算著時辰，對一旁的夥計道，「你備好松木，我一發話，你就加火候！」祕密窯場裡只有一個夥計，是董克溫千挑萬選出來的心腹，此刻大氣都不敢喘。董克溫走到窯前，趴在觀火眼上仔細看著火候，大聲道：「開爐室，加火！」

夥計趕忙照辦。董克良悄悄來到大哥身後，緊張道：「大哥，就快成了嗎？」

董克溫的眼睛一眨不眨地貼著觀火眼，道：「快了，快……」

沒等他說完這句話，只聽見窯膛裡劈劈啪啪一陣聲響，竟跟過年放鞭炮似的！董克良本能道：「大哥，有問題！你聽這聲音……」董克溫當然聽到了這陣異響，心中也是不解，眼睛卻不離觀火眼，疑惑道：「難道是開片嗎？怎麼會這麼快？」

宋鈞以窯變為魂，開片為奇。所謂開片，又稱「迸瓷」，指的是宋鈞一出窯，匣缽內瓷體的高溫驟然下降，釉面上會迸裂出絲絲細紋。釉面晶瑩剔透，紋路清晰可辨，故素有「開觀窯變神韻色，靜聽宋鈞開片聲」之說。董克良多少知道些宋鈞瓷理，也知道開片是出窯後才有的，哪裡會像現在，還在烈火窯膛裡就開片了？他見哥哥忘我地不肯後退，急得直跺腳道：「大哥，這根本不是開片！你快點……」

然而窯膛裡的宋鈞卻等不及董克溫回答了。在場三人只聽見窯膛裡一聲驚天動地的巨響，上中下三層匣缽全部炸裂開來，饒是厚厚的窯壁也抵擋不住這瞬間爆發的力道，轟隆隆坍塌下去。一股強烈的氣流夾帶著窯壁磚石、宋鈞殘片、木柴等物四射開來，竟跟戰場上的炮彈爆炸一般，頃刻間席捲了整個院子。一時間塵土瀰漫，充斥人的口鼻，哪裡還能叫出聲來？哪裡分得清東西南北？董克良被氣浪沖得橫身飛了出去，重重落在地上。他顧不得背部撕裂般的疼痛，胡亂揮手驅趕院子裡的滾滾灰煙，扯著喉嚨叫道：「大哥！大哥！」除了夥計半死不活的呻吟，大哥竟沒有一句回應。董克良心知不妙，踉踉蹌蹌地站起來，手腳並用地四下摸索著，聲音裡滿是惶恐。

時值深夜，這聲巨響猶如平地驚雷，怕是整個神垕鎮都聽見了。董家圓知堂上上下下百來口人全都給驚醒，不少人光著腳跑向出事的地方。董振魁一直待在書房裡，那聲巨響嚇得這個快七十歲的老漢連拐杖都忘了拿，跟個小伙子般飛奔而去。剛到後宅，就看見幾個下人抬著董克溫出來。董克溫昏迷不醒，臉上布滿塵土，一隻眼睛還不斷冒著鮮血！

董振魁撲了上去，連聲呼喚道：「老大？老大？你醒醒啊！」老詹攙扶著他，低聲道：「老爺，大少爺只是昏過去了，心還跳著呢！得趕緊請郎中！」董振魁淚眼模糊道：「老二呢？」「二少爺沒事，只是背上開了個大口子，已經包紮了。」董振魁遠遠看見董克良被人攙著，臉上身上都是血。他痛澈心脾地哀號一聲，忘了身邊還站著許多人，嘶喊道：「他娘的盧維章！我不滅了盧家，誓不為人！」

董家大少爺燒窯炸瞎了一隻眼睛、二少爺身受重傷的事情，眨眼間就傳遍了神垕。董振魁那句誓言要滅了盧家的話，自然也傳得沸沸揚揚。盧維章聽說後萬分詫異，董克溫是鎮上燒窯頂尖的好手，以他的見識、作爲和手段，無論如何也不會弄得炸窯啊！就算是出了事，這又跟盧家有什麼關係？難道是董振魁這個老漢心疼得昏了頭，口不擇言嗎？董盧兩家的恩怨世仇全鎮無人不知，或許他是一時氣急，才說出這句話。盧維章著實沒想到問題居然會出在盧豫川身上，便對此事一笑置之。

圓知堂自出事後，人心惶惶了兩日，暴怒的董振魁總算是冷靜了下來。一番縝密的考量後，他才明白盧豫川這招請君入甕，竟是抱著兩敗俱傷的心思。盧豫川明明知道自己被董家抓住了把柄，難逃家法處置，才設下如此毒辣的陷阱。董家若想報復，盧豫川洩露祕法的事固然會大白於天下，而落得身敗名裂的下場，但董家的所作所爲就能攤在人前，任人推敲嗎？盧維章要是一狀告到曹利成那裡，說董家買通盧豫川，竊取盧家宋鈞祕法，該如何？而那曹利成早被盧家的銀子餵飽了，禹州城的衙門不就跟盧家開的一樣嗎？董家一旦惹上這場官司，說不定會被曹利成辣手盤剝個幾年，就是傾家蕩產也未必能贏！可嘆自己兩個兒子，一個瞎了隻眼，一個身受重傷，自己這個當爹的只能眼睜睜看著，卻沒辦法報仇雪恨！

董振魁正在悵惘哀痛之際，聽見書房外一陣喧譁。老詹快步跑了進來，神色倉皇地道：「老爺！兩個少爺說什麼也要來見老爺，攔都攔不住！」董振魁驚道：「你們是幹什麼吃的？連兩個病人都顧不好！」

正說著，幾個下人抬著董克溫進了書房，董克良拄著拐杖，亦步亦趨地跟在後面。董振魁一看見董克溫臉上裹著的厚厚白紗，痛得五臟六腑都碎了，連聲嘆氣道：「其餘人都給我滾！」

老詹朝下人們使個眼色，下人們會意退下。老詹也躬身告退，輕輕關上了房門。董克良見沒了外人，便道：「父親，我跟大哥商議許久，唯恐父親一心替我們弟兄報仇，又中了盧家的奸計！」

董振魁早料到他們的來意，垂淚道：「不能給你們報仇，我還算什麼爹啊！」

董克溫傷勢嚴重，躺在擔架上虛弱不堪地道：「爹，這都是孩兒太性急，中了盧豫川的奸計！盧家祕法說釉料裡須摻入硫磺，我當時就覺得不對勁，可我被玫瑰紫弄得神魂顛倒，居然冒險一試……」董振魁哀嘆不已。窯場燒窯，最忌諱的就是一硫二硝，董克溫哪裡不知道這個大忌？可燒出董家第一窯玫瑰紫的誘惑實在太大了，董克溫竟然傻到樣樣照辦！

董克良含淚道：「爹，這事咱只能認了！千萬不能意氣用事，跟盧家打這個官司！父親總教導我們：『不謀萬世者不足謀一時，不謀全局者不足謀一域』。董家若是找盧豫川報仇，肯定會牽連出私下入股鈞興堂、買通盧豫川盜竊祕法的事。每一件都是證據確鑿，每一件都能要了董家的命！盧家說到底，不過是賠了盧豫川這條命，而董家抗旨不遵是滿門抄斬、株連九族的大罪啊！爹，咱們父子三人這次算是栽了！好漢打落牙和血吞，君子報仇十年不晚！盧維章不是要買回鈞興堂嗎？就讓他買回去好了！等他知道盧豫川背叛祖宗的事，自然會替咱們處置盧豫川！」

董振魁淒涼地看著兩個兒子，默然良久，終於道：「老大、老二，你們放心，爹有生之年，一定會替你們討回這筆血債！盧維章，我不滅了盧家，死不瞑目！」

真相大白

本來神垕鎮的人都興致勃勃，等著看董家如何跟盧家動手，不料等了半個月，也不見老董家有什麼動靜，一個個遺憾不已。好在這時，鈞興堂再度易手，不甘寂寞的神垕人便有了新話題。日子久了，董家炸窯的事情也逐漸被眾人遺忘，就像日出雪化，冰河解凍，總歸是一汪清水，隨時光一起滔滔朝東流去。

鈞興堂易手，在神垕是個大事。就連正式交割的儀式，都是由禹州知州曹利成親自前來主持。儀式的地點還是在窯神廟花戲樓，正廳中擺著一張長桌子，曹利成坐在首位，盧維章坐在一側，梁少寧、雷生雨等人坐在另一側，盧豫川、盧豫海、苗文鄉等盧家的人則垂手肅立在盧維章身後。曹利成笑道：「今日是你們商家的事，本官不管你們怎麼談，只做個見證罷了。好了，開始吧。」

章程早已由盧家擬好了。自古成者爲王，敗者爲寇，梁少寧他們面對這樣的城下之盟，還有何話說？當下便一一簽字畫押。盧維章臉上還是那副波瀾不驚的表情，伸出手蘸了八寶印泥，在契約上重重按了下去。雷生雨抱拳笑道：「盧大東家這一手真是漂亮！本銀全數退回，每股還給了五百兩紅利！我們幾個無論如何也想不到。」

盧維章平靜道：「都是鄉里鄉親，好歹在鈞興堂做了一年，宋鈞生意的水深水淺大概也知道了吧？就是撤了股，也不能讓人說我們盧家小氣。」

梁少寧把一疊厚厚的帳冊推給盧維章，話中有話地道：「鈞興堂這一年來的帳冊都在這裡了，各類契約什麼的也都在，請盧大東家過目，務必看個仔細！」

董克溫瞎了一隻眼睛的真正原因，沒有幾個人知道，梁少寧就是其中之一。在知道董家炸窯之後，梁少寧嚇得手腳冰涼，唯恐董家把一肚子怨恨出在他身上，立即躲回了禹州梁家。雷生雨等人哪裡知道這些底細，一等再等也等不到梁少寧所說的「殺手鐗」，越發覺得這個人混帳透頂，齊齊找上門去，逼著梁少寧點頭，將鈞興堂賣給盧維章。梁少寧明白大勢已去，又挨了不少冷嘲熱諷，只得全數答應了。他早把盧豫川親筆寫下的祕法、過手股份的契約等物統統夾在帳冊裡，只等盧維章發現後，替自己報仇。

盧維章卻彷彿絲毫沒有聽出梁少寧的言外之意，略一示意，苗象天便上前抱過帳冊，站回原處。帳冊是商家的命根子，帳冊過手就意味著生意過戶。曹利成見狀笑道：「本官恭喜盧大東家！大東家大功告成，鈞興堂物歸原主，可喜可賀！」一時間正廳裡恭賀討好之詞不絕於耳。盧維章一一拱手回禮，淡然道：「今晚在醉春樓，盧家設宴款待曹大人和各位同仁，維章身子不適，就讓豫川和豫海陪大家吧！」

梁少寧本來盼著盧維章當場清點帳冊，好讓盧豫川的醜事當眾揭發，見盧維章並無此意，多少有些悵惘。他的目光片刻不離盧豫川，接話道：「那少寧要跟盧大少爺好好喝幾杯呀。」盧豫川微微一笑道：「豫川是戴罪之身，上不得檯面，可能要讓梁大東家失望了。」說著，緊跟著盧維章離去。眾人都不解梁少寧這幾句怪話的意思，當下也不是問話的場合，便各自散去。梁少寧怨毒的目光注視著盧豫川遠去的背影，發出一聲詭異陰鷙的冷笑。

苗象天回到總號，立刻著手清理這一年來鈞興堂的所有帳冊。清帳是買回鈞興堂後的頭等大事，苗文鄉屏退了大小相公，父子二人和盧豫海一起進入總號祕帳房。苗象天號稱神垕第一神算子，一條大辮子盤在脖頸上，面前擺了兩副算盤，左右開弓，劈里啪啦地打了起來，嘴裡還念念有詞，那架勢煞是好看。苗文鄉和盧豫海並排坐在一旁，還在爲剛才的事興奮不已。盧豫海笑道：「老苗打得好算盤！老相公，這都是你教的吧？」苗文鄉不無得意地拈鬚微笑。盧豫海道：「咱們原本打算三年內買回鈞興堂，可那梁少寧實在是個膿包，才一年功夫就幹不下去了，真是可笑。」苗文鄉搖頭道：「有件事我一直琢磨不透，梁少寧敗得如此迅速，難道董家就聽之任之？既然如此，當初為何要幫他們承辦呢？顯然不是為了銀子，也不是為了窯場，那究竟是……」

苗文鄉這句話還沒說完，苗象天打算盤的手忽地停下，算珠撞擊聲戛然而止。盧豫海和苗文鄉都是一愣，看向苗象天，只見他緊握著一份契約和幾張信箋，雙手不住顫抖，連聲叫道：「二少爺！爹！你們看！」

兩人不敢遲疑，快步走到他身旁。苗象天面如死灰，喃喃道：「這不可能，不可能！」盧豫海也是遽然色變，脫口而出道：「這是梁少寧陷害的！大哥絕不會做這種事！」苗文鄉哆嗦著手摸出老花眼鏡，把契約從頭到尾看了一遍，又翻著那幾張信箋，剛看兩行就不敢再看，心中已然知道事情非同小可，當即道：「象天，這帳沒法清了，你這就當著二少爺的面，把所有帳冊封好，並請二少爺做個見證：這份契約我是看了，可這幾張盧家宋鈞祕法我可沒看！你和我帶著所有的東西，這就去找大東家！今天這事不管真也罷，假也罷，都給我藏在肚子裡！盧家大變在即，這個節骨眼上誰都不能馬虎！」

盧豫海從未見過苗文鄉如此驚惶，尤其是聽到「盧家宋鈞祕法」、「盧家大變在即」

這兩句，頓感危機逼近，心臟劇烈跳動起來。苗象天伸手扯過幾張記帳用的白紙，刷刷把帳冊封好，封口處按上手印，再三檢查後才遞給父親。苗文鄉抱著紙包，一語不發地奪門而出。盧豫海兀自震驚不已。苗象天急道：「二少爺，你還愣著幹什麼？」盧豫海忽然道：「老苗，你說我大哥真的……」其實苗象天也沒了主意，只好道：「快去找你爹！他肯定有辦法！」盧豫海重重嘆了一聲，追苗文鄉而去。

盧維章從花戲樓回來，就直接進了盧家祠堂。此刻正在祠堂裡跪著，盧豫川就跪在他身後。盧王氏是女眷，只能遠遠跪在一旁。祠堂裡輕煙繚繞，除了他們三個再沒有別人。正前方是一個個祖先牌位，當中掛著那幅年久發黃的祖宗遺像。盧維章注目良久，終於道：「列祖列宗在上，不肖子孫盧維章，把老號買……買回來了！」

他蟄伏一年，耗費了多少心血精氣，才得回家業，怎能不百感交集？一句話未完就已痛哭失聲。盧豫川知道此刻總號正在清點帳冊，自己的所作所為眼看就要敗露了，心裡也是千滋百味。痛悔、驚懼、哀慟、羞愧，種種情感齊湧上心頭。一旁的盧王氏早已淚流滿面，卻強忍著沒有出聲。盧維章擦掉眼淚，起身坐在椅子上，對盧豫川道：「豫川，你也起來吧。」

盧豫川順從地站起身，卻依舊低著頭，不敢正視眼前的人。大錯已然鑄成，除了引頸受刑，還有別的辦法嗎？

盧維章靜靜道：「從我接過盧家家業算起，到今日已有整整二十年。想當初還是咸豐十一年呢。就在這張祖宗遺像前，你爹親手把《宋鈞燒造技法要略》和《陶朱公經商十八法・補遺篇》傳給了我。這二十年來，我領著全家，靠你爹媽拿命換來的那口窯，把盧家的產業做到了今天這個模樣，不敢說豐功偉績，但也算對得起盧家列祖列宗，對得起你爹的囑託了。從去年盧家遭難到現在，我沒好好睡過一覺，整天只想著一件事，那就是買回鈞興堂盧家老號！如今大功告成，你瞧我這身子，也差不多是個廢人了。心悸吐血是盧家人的舊疾，你爹也是死在這個毛病上。這一年來，我背地裡吐了好幾次血，你嬸嬸說什麼也要我放手不幹了。我每次都勸她說，盧家老號是在我手上丟的，我得把老號買回來，不能只留給豫川留世場、餘世場，維世場、中世場和庸世場都是盧家的產業，我得完完整整地交給豫川……」

盧豫川如死人般站著，恨不能一頭撞死在盧維章面前。盧王氏再也忍不住，放聲哭道：「老爺，你心願已了，咱不管生意了，讓豫川領著豫海去做吧，咱們好好過太平日子行嗎？」盧維章深深看了她一眼，點頭道：「豫川，你嬸嬸說得是。今天是鈞興堂物歸原主的日子，也是我盧維章歸隱山林的日子。當年我承接家業的時候，只有《宋鈞燒造技法要略》、《陶朱公經商十八法・補遺篇》，和你爹嘔心瀝血寫成的《禹王九鼎圖譜》，一共三本。我今天全數交給你。從現在起，什麼圈禁十年，什麼不得出面，統統不要去管！

官府那裡我算是看清楚了，俗話說『火到豬頭爛，錢到公事辦』，只要用了銀子，沒有辦不成的事。你接下這三本傳家寶，就是盧家的掌門人了！盧家沒有別的，一個是宋鈞，一個是生意。窯場那邊有我和你老楊叔幫你照應著，你大可放心。至於生意上的事，苗文鄉、苗象天父子都是經商的好手，有他們輔佐你也出不了什麼岔子。你兄弟盧豫海，也算是個人才吧。你記住，要量力而用。一旦發現他幹不了大事，就把他貶回家裡，萬萬不能看在兄弟情分，就壞了盧家的生意……」

然而盧維章這番語重心長的囑託注定無法實現了。祠堂外響起一陣腳步聲，隨即有人用力敲門，「爹！你在裡面嗎？」

盧維章勃然變色，瞥了眼盧王氏道：「真是沒王法了，這就是你的好兒子！」盧王氏聽見盧豫海叫門也是一愣。盧維章讓他在總號清帳，一是要磨練他，二是要在這裡單獨跟盧豫川交代大事。這個傻小子怎麼糊里糊塗地闖進來了？盧維章覺得該說的話都說了，便沒好氣地大叫道：「進來吧！」

門一開，頭一個進來的卻是老相公苗文鄉。也許是真有急事，苗文鄉那麼老成持重的人，居然被門檻絆了一下，差點栽倒，幸虧盧豫海眼明手快，在後面扶住了他。苗文鄉顧不得失態，匆匆走上前去，把懷裡的帳冊、那份契約和寫有盧家宋鈞祕法的信箋交到盧維章手裡，忽然看見盧豫川也在場，立刻明白剛才這裡發生了什麼事，不由得長嘆一聲，想講的話再也講不出來。

盧維章打開紙包，看了看契約，又看了那幾張信箋。上面赫然是盧豫川的筆跡，寫的竟是盧家獨門宋鈞祕法！盧維章心中巨浪翻湧，臉上卻依舊波瀾不驚。他看罷抬頭，盯著盧豫川，低聲道：「豫川，你自己看看。」

盧豫川從苗文鄉驚慌失措的舉止，就已明白他的來意，不禁萬念俱灰，撲通跪倒在地道：「叔叔在上，姪兒犯下背叛祖宗的大錯，唯有以死謝罪！」

盧維章難以置信地看著他，輕輕道：「你爲何一句辯白的話都沒有？你爲何就這麼承認了？……我情願你說，這是梁少寧和董振魁陰謀陷害，離間我們叔姪的感情！你只要這麼說，我就相信你，好嗎？……你倒是說話呀！」

盧豫川只覺萬箭攢心，伏在地上連連磕頭道：「豫川自知罪無可恕，不敢推諉！就算叔叔肯爲姪兒開脫，在祖宗遺像前，在父母牌位前，豫川實在良心難安，無法自圓其說！請叔叔按家規發落吧！」

盧維章呆坐在祖宗遺像前，痛心疾首地看著眾人，喃喃道：「苗老相公，盧家不幸，出此醜事，讓老相公見笑了……」話音未落，一口鮮血噴湧而出，染紅了手裡的祕法和契約。眾人驚叫一聲趕上前，只見盧維章牙關緊咬，已不省人事，兀自緊緊攥著那幾張鮮血淋漓的紙。

拾壹

再赴京師

人生百年，「喜怒哀樂」四情最爲傷人。盧維章本就是強撐著病體，又從買回鈞興堂的大喜，驟然轉到姪兒背叛的大悲，氣得口吐鮮血，臥床不起，一病就是大半年。此間全仗苗文鄉主持大局。好在苗文鄉忠心耿耿，雖沒有開拓，倒也守住了盧家老號五處窯場火紅的局面。盧維章重新下床主事，已是光緒八年了。隔年是慈禧太后五十壽辰，朝廷又給神垕派下了皇差，讓董盧兩家各獻壽禮三十六件。旨意是禹州知州曹利成親自來神垕宣讀的。盧維章大病初癒，臉色依然蒼白，在盧豫海攙扶下接了聖旨，虛弱道：「盧家承蒙皇恩浩蕩，曹大人又多方關照，一定不辱使命！」

曹利成見他病懨懨的模樣，關切道：「大東家身子吃得消嗎？前些日子我派人送來的方子可有用？」

盧維章笑道：「燒窯的人，肺上多少有些毛病。曹大人的藥果然濟事，好多了。」

曹利成嘆道：「那是宮裡傳出來的方子，專門清肺健脾的……我剛從董家出來，董振魁有七十多了吧？真不知他老漢吃了什麼補藥，竟硬朗得跟年輕人似的！倒是大少爺董克溫瞎了一隻眼，身子骨差得很。」

「他不是還有個老二董克良嗎？」

「我看董克良倒是英姿勃發，見識談吐都像他爹，將來恐怕也是個厲害角色！」

「他已經是個厲害角色了。」盧維章招呼下人給曹利成看坐，接著道，「今年春天，我讓豫海在汴號見習做生意，他竟不識好歹，跟董克良交了手。好在有蘇茂東大相公在一旁幫忙，算是打了個平手。」

盧豫海憤憤道：「還說老蘇呢！若不是他瞞著我，私下留了十萬兩壓庫銀子，我早把董克良打翻在地上了！」

盧維章瞪了他一眼，道：「我說過多少次，霸盤生意做不得，那是把雙刃劍，搞得不好就是兩敗俱傷！你一個毛頭小子懂什麼，還不給我閉嘴！」

盧豫海跟董克良在開封府爲爭奪宋鈞商路的那場霸盤生意，從立春一直鬥到立夏，又是董盧兩家少主人頭一次交手，更顯得意義非凡，全省哪個商家不知道？此事的緣起還在董克良。開封府是豫省省治所在，陸路水陸四通八達，神垕鎮的鈞瓷生意全靠開封府這個水旱碼頭中轉。董克良一到開封府，立刻把船運銀子提高了一成，要包下康家船行一半的鈞瓷商船。時值隆冬，運河冰封，船行歇業，董克良開出的價錢打動了康鴻軒。康家和董家是世交，康鴻軒也對眼前這個出手驚人的年輕小伙子頗有好感。盧豫海得知這個消息，一面快馬向神垕總號報告消息，一面親自來到康家船行求見。康鴻軒此時也得了哥哥康鴻猷的密信，讓他務必記住做生意不能一邊倒，萬不可一時意氣答應了董家。康鴻軒平生豪放不羈，最服的就是哥哥康鴻猷，自然全數照辦。盧豫海跟康鴻軒商議了一晚，同意付給康家與董家相同的船運銀子。盧豫海走後，康鴻軒立即給鞏縣的哥哥寫信，說豫商裡後繼有人，一個董克良，一個盧豫海，都是年少英雄，今後在宋鈞業有好戲看了！

盧豫海跟董克良頭回交手算是打了個平手，兩人彼此都不服。第二次交手緊接而來，卻是盧豫海挑起來的。他從康鴻軒那裡回來，苦思良久，始終覺得商路控制在康家手裡不是長久之計，就打起了自己組建船行的主意。

建船行得有三樣東西：木材、工匠、船夫。盧豫海少年膽大，沒請示總號就動用了汴號五萬兩銀子，買下了離開封府最近的嵩山林場整整一半的林子。他又把身股制的大旗打出去，一下子招來一百多個熟手工匠，把他們一股腦兒送到登封縣，就地取材建造大船。不出兩個月，四十多條大船運抵開封府，正趕上運河開凍，大船下水，鈞興堂盧家船行敲鑼打鼓，正式掛出了牌子。董克良痛失先機，自然不甘示弱，也進逼上來。他的主意也絕，他沒打算自己造船，而是用了不到造船一半的價錢，包下了康家五十艘大船，而且一包就是十年！董盧兩家的船隊先後沒差幾天的功夫，在開封府汴河碼頭下了水。讓盧豫海耿耿於懷的是，蘇茂東唯恐總號怪罪，私下藏了十萬兩壓庫銀子，要不然依盧豫海渾身是膽的作風，非得再弄出幾十條大船，力壓董克良一頭不可。董振魁和盧維章都深知霸盤生意的厲害，光緒三年的往事還歷歷在目，稍有不慎就會深陷泥沼，無法自拔。兩家掌門人不約而同地把兒子召回神垕，這場商戰才算告一段落。即便如此，兩位少爺的初次交手仍是驚心動魄，精采紛呈。豫省商幫聽聞此事，嘆息不已，自己家怎麼出不了這樣的後代！

曹利成對這段公案自有耳聞，便笑道，「大東家言重了。二少爺今年才二十出頭吧？咱們倆二十歲的時候，別說動輒五萬、十萬兩銀子的買賣了，就連二百兩銀子是什麼模樣都沒見過呢！後生可畏啊！老兄教出了好兒子，怕是睡覺都會笑吧？」曹利成恭維一番，忽而想起了什麼，道，「這些日子怎麼不見大少爺盧豫川？也病了嗎？」

盧豫海心裡一怔，轉頭看著盧維章。盧維章淡然道：「他在牢裡落下了病根，時好時壞。怎麼，曹大人想見見他嗎？」

曹利成從盧豫海的臉色看得出來，盧豫川肯定不是有病在身，哪裡想管他們的家事，趕緊轉了話題。但場面已經冷了，曹利成也覺得無趣，又聊了幾句就告辭了。盧維章沒忘記問老平：「曹大人隨從的點心銀子都給了嗎？」老平忙道：「都給了，一人二兩，還是老規矩。」曹利成笑道：「大東家總是這麼客氣！以後還怎麼好登門呢？」盧維章笑道：「我是有病的人，就不遠送了。豫海，替爲父送曹大人！」

曹利成說什麼也不讓盧豫海送，兩人推讓一番，最後還是讓老平送他們一行人離去。鈞興堂後院裡只剩下盧維章父子二人。盧豫海搓著手笑道：「爹真是大方！一人二兩啊，幾十兩銀子就這麼花出去了！咱們汴號的夥計，一年也才七八兩銀子的薪俸。」

「官之所求，商無所退。我早跟你講過了。」盧維章欠了欠身子，重新躺下，道，「去年明明是你大哥拿了假祕法去誆人，害董克溫丟了一隻眼睛，可董振魁爲什麼不敢報官？還不是因爲他明白盧家跟曹大人的關係！幾十兩銀子算什麼，每年的朝廷貢奉，三十萬兩的進項，我一下子就給了曹大人六萬兩，整整五分之一啊！」

「這麼多！」盧豫海聽了咋舌不已，「怪不得他對咱家這麼照顧！」

「朝廷貢奉一共是四十五萬兩，按理說是盧家和董家兩家平分，曹利成硬是讓咱拿了大部分，還說明年要追加，被我勸住了。」

「這個我懂，留餘嘛。」

「生意，有生才有意。要是做生意的同行都給咱整死了，還有何意思？曹利成不過是貪圖抽成，他就沒想到，要是朝廷發覺了，豈不麻煩？曹利成咱們已經餵飽了，若是倒了臺，咱們還得重新伺候一位新的知州大人，又得從頭花銀子疏通關係，賠本的還是咱家。」

盧豫海跟父親聊了半天，其實心裡有別的話要說。後來他實在憋不住了，便壯著膽子道：「父親，大哥的事……」

盧維章喟然嘆道：「就知道你要提這個，說吧。」

「大哥這一年裡老實本分，跟大嫂也和和睦睦。事情過去這麼久了，眼下又接了皇差，正是用人之際，父親就讓他回來做事吧。」

「是他自己提出再不做生意的。何況我給了他鈞興堂一半的股份，每年按股分紅，雖說都姓盧，咱已經跟他分開另過，是兩家人了。唉，說到底，還是一個貪字！若不是他當初勾結梁少寧……兒啊，我又何嘗不願盧家人團團圓圓？他自己要搬出去的，我也答應了，如今再反悔……也罷，你去問問豫川的意思，他要是想回來，一家人還是一家人；他要是不願，你也別勉強他。等我死了，留世場、餘世場留給他，盧瓷正宗的招牌也給他。想做生意就做，他不想做就承辦出去，好歹能養老……」

盧豫海聽了這話喜出望外，立刻跑去找盧豫川。自去年盧豫川東窗事發，自請逐出家門卻被盧維章拒絕後，他就帶著蘇文娟，連個丫頭僕人都沒要，悄悄離家，在鈞興堂對面租了幾間房子住下。盧維章和盧王氏雖然氣他背叛祖宗，連家傳祕法都給了梁少寧，但看在盧維義夫婦的面子上，還是以盧豫川的名義買下了那處房產。盧維章在病中思前想後，又怕他從此斷了生計，便按月把他在鈞興堂的五成紅利送過去。盧豫川可能是自覺無顏再見叔叔，從離家後再也沒走進過鈞興堂。倒是蘇文娟一個人寂寞的時候，就到鈞興堂裡，找盧王氏、關荷等女眷聊天，每次說到最後總是以淚洗面。聽了弟弟轉告的話，盧豫川不假思索地婉言謝絕了。盧豫海大失所望，只得悻悻離去。蘇文娟聽見關門聲，從側室走出來，斟酌著詞句道：「大少爺，你這是何苦？叔叔都給了臺階，咱們就順勢而下，認個錯不就行了……」

盧豫川遽然暴怒道：「妳一個婦道人家，知道什麼！我不下這個臺階，自然有我的道理！我已經不是少東家了，拔了毛的鳳凰不如雞！妳給我好好待在家裡，以後也別去鈞興堂了！」

蘇文娟愣了一愣，苦笑道：「什麼都依你就是……不過你不管盧家的生意也就罷了，何必再跟梁少寧攪在一起？他是個臭名遠揚的人，你跟他在一起，總歸對名聲不好。」

「名聲？哼，我盧豫川如今還有名聲嗎？」

蘇文娟眼裡已是淚光點點，道：「你把盧家祕法交給旁人，又入了暗股，這事叔叔嬸嬸全給你壓下來了，還有誰知道？就連你要放棄少東家的身分，他們都沒答應你……鎮上人都說你是在圈禁期內，怕連累了盧家聲譽才自請離家的，這是深明大義的做法，誰不對你肅然起敬？大少爺，你在我心裡永遠都是那個叱吒風雲的大少爺！……不是已過兩年了嗎？再八年，你的圈禁日子就滿了，你爲何不照著叔叔的話，好好韜光養晦，像叔叔那樣東山再起呢？」

這些話正中盧豫川的心事。他頹然坐下，自言自語道，「八年，那該是光緒十六年了吧？」他看了看蘇文娟，眼淚奪眶而出，「沒了生意做，我怎麼熬過這八年啊！」蘇文娟上前，輕輕撫著他的臉頰。盧豫川看見她手腕上的傷痕，驀地想起去年她爲了追隨他，咬破手腕自盡的場面，不由得連連嘆息。蘇文娟攬他入懷，任他盡情地慟哭，呢喃道：「大少爺，八年說過去就過去了，你不能做生意也好，有我陪你……」

盧豫海乘興而去，敗興而歸，心裡感慨不已。看來大哥是鐵了心不回來了。他那麼好強的人，拿生意當性命，會做出這樣決絕的事情，心裡肯定苦不堪言。盧豫海暗自感嘆著，不知不覺已回到了鈞興堂。此刻去回稟父親顯得自己多事，他便直接回到自己房裡，對著牆壁發呆。關荷在房中打掃，見他愁眉不展，連句話都沒有，就關切道：「你怎麼了？哪裡不舒服？」

盧豫海沒好氣地道：「我病了，快死了，行了吧？」關荷被他嗆了一句，心裡不滿道：「我知道你得了什麼病。」「什麼病？」盧豫海有些好奇，笑著問她。關荷嘴角一撇道：「相思病啊！你尋思著司畫妹妹好久沒來了，就跟戲詞裡說的一樣，『妳是傾國傾城的貌，我是多愁多病的身』……」

盧豫海見她吃醋，心裡快意道：「我就喜歡見妳耍小性子的模樣，來，讓我摸摸心跳得快不快，跟頭小鹿似的，對不對？」關荷啐道：「又是這副不要臉的樣子！男女授受不親，你還想摸……」關荷不覺臉紅起來，拿了笤帚就往外走。盧豫海跳過去抓她的衣服，闗荷一邊躲閃，一邊急道：「二少爺，司畫妹妹來了，就在夫人房裡呢！你別這樣，要是給她看見了……」

「我已經看見了，又能如何？」話音剛落，從外面挑簾進來一個女子，滿臉笑意，看著他們倆慌亂的模樣。闗荷臊得再也待不下去，閃身出了房門。盧豫海撓了撓後腦杓，尷尬道：「司畫妹妹，妳什麼時候到的？」

陳司畫旁若無人地坐下，打量著房間裡的擺設陳列，笑道：「闗荷的手藝的確不錯，你一個少爺的屋子，居然被她布置得如此雅緻。」

盧豫海想起了什麼，趕忙到床頭小櫃裡取了一樣東西，轉身回到陳司畫面前，笑道：「這是我特意從開封府買來送妳的，正宗的汴繡，妳瞧好不好？」陳司畫嘴一撇道：「哼，還特意？睜眼說瞎話。我剛從夫人房裡過來，她也歡天喜地拿著塊汴繡給我看，還說是你特意買來送她的！只怕這特意送的人裡，還有闗荷吧？」

盧豫海當下大窘，道：「都是蘇茂東那個老傢伙！這點事都辦不好，買了四個一模一樣的……」

陳司畫沉下臉道：「四個？還有誰？」

盧豫海見說溜了嘴，只得坦白道：「還有一個是給大嫂的，她跟大哥在鈞興堂對面住，對我一向很好，我就……」

陳司畫暗笑他老實，便道：「豫海哥，你也真貪心啊！盧家所有的女眷，上到夫人大嫂，下到小小丫頭，都得了你的好處，我看你也別出去做生意了，回來理家吧，肯定是個好手！」盧豫海一臉壞笑道：「妳這話真可笑，妳也是盧家女眷嗎？還沒過門呢，就這麼心急……」

這下輪到陳司畫面紅耳赤了，她羞得一句話也講不出來，起身便走，還沒忘把那塊汴繡攥在手裡。盧豫海也不去追，待她跑遠了，才走到床邊仰天躺下，兀自笑意不絕。他笑了一陣，忽地想起一個人，笑容頓時凝結在臉上，起身大叫道：「關荷！關荷！」良久無人應答。盧豫海呆呆坐在床邊，一時心緒繁雜，再不見一絲笑容。

盧維章接了壽瓷皇差，深知事關朝廷和太后，當然不敢怠慢，親臨維世場專窯主持燒製。在他親自督造下，維世場專窯集合了盧家老號五處窯場的能工巧匠，不分晝夜趕製壽瓷。中秋剛過，貢品便全數燒製完畢。爐、瓶、盆、樽、洗、罐、鼎、壽桃、佛手、壽星等，一共湊成六六三十六件壽瓷，個個都是千裡挑一的成色。禹州知州曹利成等人勘驗後，大讚這批壽瓷形神兼備，寶光內蘊，瑩潤如玉，當下就裝箱密封，貼上官府的封條，護送入京了。

有了數年前那場大禍的教訓，盧維章力排眾議，不顧身體每況愈下，毅然決定抱病護送壽瓷進京。臨行前，他單獨叫來楊建凡，託孤一般把盧豫海交給他。楊建凡如今已是盧家老號的二老相公，統籌五處窯場的日常燒造，見盧維章如此信任，自然是掬了兩把老淚，道：「大東家，老漢有一件事始終憋在心裡，既然大東家信得過老漢，還請大東家幫老漢解了這個心事！」

盧維章長嘆一聲道：「我知道你牽掛豫川……這件事遲早要提的，你且看看這個東西。」

楊建凡接過那幾張紙，上面還帶著星星點點的黑紅。他一眼就看出是盧豫川的筆跡，再看下去，越看越驚駭，變色道：「這、這不是盧家宋鈞祕法嗎？」

楊建凡與盧維義、盧維章兄弟幾十年交情了，是盧家老號唯一知曉盧家宋鈞祕法的外姓人。盧維章見他失態，便沙啞道：「此事我本不想再提，徒增傷心罷了。豫川背著家人在鈞興堂入了暗股，這事你或許有所耳聞。但豫川私自把盧家宋鈞祕法交給梁少寧，你就不知道了吧？這些事我瞞著所有人，爲的是保全豫川的名聲……你看那些血跡，一年了，若不是因爲這件事，我又怎會一病不起，又怎會這般憔悴……」

楊建凡閉目哀嘆道：「豫川啊豫川，你好歹也是盧家子孫，怎能做出這樣的蠢事！」他搖頭痛惜許久，擦掉眼淚，屈膝跪下道：「大東家，豫川是我看著長大的，我知道他的心性！洩露祕法固然是大錯，可老漢懇求大東家留他一條生路！維義兄弟臨死前，再三託我照顧豫川，你就是看在維義兄弟的面子上……」他哽咽得說不下去了。盧維章忙攙他起來道：「楊哥，你放心，等我從京城回來，就在神垕眾位鄉親面前給他一個交代。豫川不是有五成鈞興堂的股份嗎？我認這個股份，從此鈞興堂一分為二，維世場、中世場和庸世場留給豫海，留世場和餘世場交給豫川，但都得打盧家老號的招牌！畢竟一筆寫不出兩個盧字。這樣一來，也算對得起我大哥大嫂了。」

這樣的「交代」史無前例，大出楊建凡的預料。盧豫川這五成股份是拿祕法換來的，已是來路不正，可盧維章不但認了，還要把留世場、餘世場八百多口新建的窯交給他！楊建凡嘆道：「罷了，有你這樣的大東家，鈞興堂何愁不勝？盧家宋鈞沒道理不發揚光大！老漢燒了大半輩子的窯，這把老骨頭交給維章你，真是值得了！」

盧維章搖頭輕笑道：「你不是交給我，是交給盧家！看我這身子骨，怕是沒幾年好活了。等我死後，無論是豫川還是豫海，你都要鼎力輔佐。尤其是豫海，跟豫川當年一個樣子，只惦記著生意生意，就不知道『皮之不存，毛將焉附』的道理！沒了窯場，沒了宋鈞，還指望什麼做生意？我這次進京，少則三五個月，多則七八個月，不但要把壽瓷貢品平平安安地送到太后手裡，還要趁機在京城、天津和保定勘察一番，看能不能把鈞興堂的京號、津號、保定分號逐一建立起來！你不是有三個兒子嗎？除了老三年紀還小，其餘兩個這次都跟著我去。他們如是可造之才，說什麼也得派個相公、小相公之類的差事給他們。至於豫海，就全靠楊哥你嚴加管教了。苗老相公那裡，他已經學得差不多了，就差在窯場裡好好磨練一下性子，別動不動就搞個霸盤生意出來！」

楊建凡雖然是窯工出身，胸中文墨不多，卻也聽得出盧維章此番話的深意。茶館裡整日說的《三國演義》，那「白帝城先帝託孤」一回裡，劉皇叔對諸葛亮說的話，其情、其感、其心、其意，也不過如此吧？楊建凡聽得熱血沸騰又心下淒然，眼前這個剛過四十八歲生日的漢子，口口聲聲已是在囑託後事了！他還想再說什麼，卻見盧維章滿臉疲憊的樣子，只好深深一揖，告辭出去了。離開鈞興堂良久，楊建凡仍怔怔坐在馬車中，唏噓不已。

董盧兩家護送壽瓷進貢的人馬是一同出發的。董振魁七十多歲了，身子再硬朗也禁不起千里車馬勞頓，而大少爺董克溫五官不全了，依律不能進京面聖，只得派二少爺董克良代父前往。兩家人馬浩浩蕩蕩離開了神垕，走上通往禹州、滎陽縣，再經彰德府，過直隸，最後到達京城的官道上。

盧豫海見車隊走遠，回頭對苗文鄉道：「老相公，我看我還是去汴號待幾天吧，船行的生意沒人盯著不行。那幫船夫一個個全是老油條，沒我管著就偷懶，全他娘的逛窯子喝花酒去了！我看總號再立條新規矩，船夫的月錢直接走票號匯到家裡。他們全是怕老婆的，一年回不了幾天家，又怕家裡出事，怕老婆偷人，咱們替他們把家裡的事都安撫好了，還怕他們不安心做事嗎？」

苗文鄉聽他口帶粗話，不由得暗笑，道：「這倒是個好主意，老漢這就通知下去。不過二少爺怕是回不了汴號了。」盧豫海一愣道：「我爹去了京城，誰他娘的敢……」苗文鄉笑而不答，朝一旁的楊建凡努了努嘴。盧豫海氣急敗壞地轉身，一見楊建凡黑著張老臉，立時軟了下來，嬉皮笑臉道：「楊大叔，不，楊大伯伯！您老人家這是生誰的氣呀？我給您揉揉胸口，您告訴我那小子是誰，我拚命二郎這就去找他算帳……」

楊建凡哭笑不得道：「二少爺，苗老相公說得沒錯。大東家臨走前，特意囑咐我管著你，要你寸步不離神垕，就在維世場好好燒窯！」

盧豫海跳了起來，大叫道：「我不信！」

楊建凡兩手一攤道：「不信就去問你娘！說實話，二少爺，我早想好好管教你了。堂堂一個鈞興堂二少爺，滿嘴的粗話，成何體統！我就是燒窯夥計出身，現在做到了二老相公，也沒見過非得滿嘴粗話才壓得住場子的！還有你這瘋瘋癲癲的個性，你真以爲那拚命二郎是誇你呢！走吧，好好在窯場磨磨你的性子，再想著去汴號……」

苗文鄉和苗象天就在他們一老一少身邊，聞言都不覺莞爾。楊建凡跟盧家兄弟都曾在圓知堂董家老窯做夥計，也是乾鳴山南坡窩棚營子裡的鄰居，兩家關係一向密切。再加上楊建凡生就不苟言笑，盧豫海從小就怕他，有道是「滷水點豆腐，一物降一物」，盧維章這回算是找對人了。苗家父子雖說深受重用，卻是鈞興堂創立後才進來的，也管不住這位膽大的二少爺。盧維章臥病的時候，不得已讓盧豫海出面主事，可他初出茅廬就跟董克良做霸盤生意，雖說鈞興堂沒吃虧，卻也讓苗家父子提心吊膽了好幾個月。眼下有更厲害的角色管他了，他們宛如送走瘟神一般，高興還來不及呢，怎肯再替這「瘟神」說話？苗文鄉裝作跟兒子談櫃上的生意，對盧豫海求救的眼神視而不見。

楊建凡黑著臉道：「怎麼，非要老漢把大東家拽回來，讓他親自對你講嗎？」

盧豫海嚥了口唾沫，道：「能帶隨從不？」

「不准。」

「帶個丫頭呢？」

「更不准！窯場是男人的地方，不能讓女人進！」

苗象天也覺得楊建凡過於苛求了，便回頭笑道：「二老相公，就讓二少爺帶個丫頭吧。大東家只是讓他燒窯磨練性子，又不是把他跟尋常窯工一樣使喚。燒窯辛苦，身邊又沒個人伺候，萬一累壞身子……二少爺遲早得出去做生意嘛！」

楊建凡思忖一陣，勉強道：「就聽苗相公的。不過只准帶一個，不能領一群丫頭進去！」

盧豫海總算有了些安慰，笑道：「這個我曉得，那些窯工都他娘的如狼似虎，見了女人還會幹事嗎？」

楊建凡沒好氣道：「又是滿嘴髒話！走吧，這就去了。」說罷，拉著盧豫海就走。苗文鄉久久看著他們的背影，忽而道：「象天，二少爺是不是該成親了？」

苗象天笑道：「我聽夫人說，就是禹州城陳家的二小姐，叫陳司畫。」

苗文鄉失笑道：「那不是大少爺頭房太太的妹子嗎？」

「可不是嗎？兩家長輩都有這個意思，就等大東家從北京回來，就正式下聘定親了。聽說董振魁也上門提過親，被陳漢章回絕了。咳，董振魁說是提親，其實惦記的是陳家的林場和煤場！」

「我倒是聽說董克良對陳司畫一見鍾情……要是真能將陳司畫娶進盧家，也算是一段佳話。二少爺說的那個丫頭，是從前夫人房裡的那個，叫……」「叫關荷。」

苗文鄉搖頭道：「唉，夫人也是愛子心切，那丫頭也不小了吧？兩人整天待在一起，萬一出了什麼風流事，我看二少爺怎麼收場！你回頭提醒一下夫人，她是聰明人，點到為止就行……二少爺可是咱的重要支柱，大少爺雖然離開了盧家，卻時刻都有殺回馬槍的可能。我們苗家跟他有嫌隙，要是真讓他掌握了鈞興堂，苗家就大禍臨頭了！」

大鵬展翅恨天低

關荷還是頭一次踏進窯場。好幾年前，她和陳司畫好說歹說，才說動了盧王氏，讓盧豫海領她們去窯場開開眼界。誰知在路上出了事，盧豫海為討陳司畫歡心被毒蛇咬傷，盧王氏一口咬定這是老天爺不讓她們去窯場，嚇得她們誰也不敢再提了。這次盧維章臨走前，安排盧豫海進場燒窯，連家都不許回，吃住都要在窯場裡。盧王氏將身邊的人揀了一遍，男的心粗，照顧伺候上肯定不及女的；而女的下人雖多，盧豫海只看中關荷一人。盧王氏說到底還是擔心兒子，一咬牙就同意了，但要關荷每晚回家住，白天再去伺候少爺起居。儘管有諸多限制，盧豫海還是很滿意。他和關荷剛進窯場，就指著林立的窯口，驕傲道：「妳看，這所有的窯，所有的夥計、相公，都是我盧家的產業！」

關荷照盧王氏的吩咐，換了身男裝，此刻是男僕的打扮，在窯場裡並不起眼。但她畢竟長年在深宅大院裡，看見到處都是男人，早羞紅了臉。她壯著膽子看去，目光所及之處，相公、夥計都穿著大紅色「盧家老號」的號坎，運料的、運柴的、澄池的、看火的、拉坯的，無不是忙碌異常。盧豫海起了興致，不管一旁的楊建凡皺起眉頭，便跳上窯場正中的高臺，大聲道：「各位兄弟！我盧老二又回來啦！」

四年前，盧豫海剛成年之際，曾在維世場燒過一陣子的窯，跟上上下下的人處得很好。鈞興堂這幾年兩次易手，幹活的卻大多還是老人，都記得這個不像少爺的少爺。再加上盧豫海代父領旨、痛打會春館老鴇、跟董克良大戰開封府等少年豪邁的事蹟眾口相傳，神垕鎮誰不知道盧家二爺的威名？維世場的相公、夥計們一聽見有人高喊「盧二爺」，便一齊抬頭看，果真是個挺拔的青年漢子！當下無不叫道：「二少爺好！」

盧豫海高聲道：「大夥辛苦了！累不累呀？」

眾人開懷大笑，紛紛道：「不累！」「頂了身股，再累也不覺得了！」……

這下子連楊建凡也不禁笑出聲來。關荷崇拜地看著盧豫海，眼睛發亮。盧豫海乘興又喊道：「大夥在盧家幹活，得勁不得勁？」

這次千百張口一起吼了起來，宛如陣陣響雷：「得勁！」

盧豫海大笑道：「好好幹吧！中午我請客，每人大肉包子吃個夠！」說完朝四下拱手施禮，跳下高臺。楊建凡迎面笑罵道：「你這小崽子真行！你一句話，害我那廚房現在就得忙起來！一千多個人，大肉包子還吃個夠，這一兩千斤包子去哪裡弄啊？鍋都不夠用！」

盧豫海笑道：「我光顧著高興了，沒想到這些。你讓人去鈞興堂告訴我娘，就說我今天請大夥吃包子，她總有辦法的！」

關荷嗤嗤笑道：「你就知道麻煩夫人！還是我回去吧，中午我一定帶著包子過來。」楊建凡本來對二少爺帶丫頭進場很反感，還以爲來了個成事不足、敗事有餘的小腳女人，可他一見關荷俐落的裝束，大方的作風，立刻心生好感，又聽她主動攬下差事，更是刮目相看，道：「不愧是二爺的人，做事果然爽快！那就有勞姑娘了！」關荷緋紅了臉，道了個萬福便轉身離去。楊建凡道：「派個人跟著吧，一個姑娘家走山路……」盧豫海笑道：「不用管她！光天化日的，別看她是個女子，厲害起來就是男人都怕她！」楊建凡一笑，便不再多言，領著盧豫海去了專窯。

專窯外圍著柵欄，有個老漢固定在此看守。他見楊建凡和盧豫海到了，表情雖然很恭敬，卻還是伸手要號牌。楊建凡從腰間摘下號牌遞給他，笑著解釋道：「維世場是盧家老號奠基的窯場，在老號裡地位甚高，而維世場專窯又是場中關鍵之地，更形重要。大東家有令，只有拿了號牌的人才能進出。你別看他老，也是在維世場幹了不下二十年的老人啦，梁少寧承辦鈞興堂的時候，他毅然辭號回家，過了整整一年要飯的日子！大東家要的就是這個忠心……」盧豫海忙上前深深一揖道：「老大爺辛苦，豫海給大爺行禮了！」老漢激動得手足無措，連聲道：「這話怎麼說……前些天大東家來，給老漢我行禮，今天二爺來，也是……唉，這樣的東家去哪裡找！」

老漢兀自感嘆著，楊建凡和盧豫海早進了專窯。說是專窯，從外表看上去也跟尋常的窯沒什麼大異。盧豫海凝望著七八口窯，有些愕然道：「這就是專窯？」

楊建凡笑道：「二爺是不是覺得有些意外？那就對了！要是一眼就能看出門道來，那還叫專窯嗎？你當初看豫州鼎出窯是在晚上，哪能看出什麼名堂？二爺莫急，老漢慢慢說給你聽。」盧豫海跟在他身後，畢恭畢敬道：「豫海洗耳恭聽大伯的教誨。」楊建凡瞇起眼，慢悠悠道：「耍什麼嘴皮！這窯是你盧家祖傳的，消失了幾百年啦，在你爹手上才復興起來。你知道宋代皇家官窯嗎？六百年前，皇家官窯就是這個模樣！」

盧豫海驚道：「真的失傳了六百年？」

楊建凡瞄他一眼，道：「老漢騙你做什麼？等你接了家業，裡面有一本《宋鈞燒造技法要略》，是你們盧家老祖宗寫的，頭一篇就是各式窯的圖譜！鈞興堂被封的時候，是老漢我跟你爹、苗老相公一起，流著淚把專窯砸毀的。這可是盧家最大的機密，怎麼能讓外人瞧了去？買回鈞興堂之後，又是我跟你爹，親手把專窯建起來的……老天保佑，這好玩意兒可千萬別再遭罪了！」

盧豫海聽了這番講述，不由得對眼前這幾座窯肅然起敬，再不敢小覷。楊建凡道：「宋代皇家官窯，最大的特色就是雙火膛，跟娘兒們的兩個奶子似的，也叫雙乳膛官窯……」盧豫海見他講話也是粗鄙不堪，想笑卻不敢，只得咳兩聲掩飾過去。楊建凡猜到他的心思，索性笑道：「說來也怪，我一進了窯場也他娘的滿口粗話，真是有趣！不說閒話了。皇家官窯有三不，你知道嗎？」盧豫海搖頭。楊建凡道：「不計工時，不惜成本，不出瑕疵。這就是三不！在那個時候，官窯積蓄了一年的人力、物力、原料，只燒十月份這一個月，而且只選三十六件。別的就是成色再好也是砸碎深埋，圖的就是一個吉利數！官窯對選料、造型、成型、燒成規定得極爲苛刻。就拿選料來說，今年的土明年才能用，非得經過選礦、風化、輪碾、晾晒、冰凍、池箟、澄池、陳腐……等等，一共三十二道工序，還要經歷春暖軟化、夏日曝晒、秋雨浸潤和冬寒冰凍，吸納了四季的靈氣，才能派上用場！還有這造型也非同尋常。宋代官窯出的鈞瓷，型體都是宮廷畫師精心設計的，還得經過皇帝的御筆親批，那個規整、考究，豈是尋常匠人所能爲？成型也是如此。官窯的工匠都是從民窯中千裡挑一選出來的，一進官窯就是官家人了，分上、中、下三等九品，頭等工匠每月的俸祿比知縣還多！再加上官窯規矩森嚴，幹得好是榮華富貴，幹砸了就是掉腦袋！你說，誰敢在官窯裡兒戲？」

盧豫海聽他滔滔不絕地講著，越發尊敬起來。楊建凡領他走到窯前，撫著窯壁道：「你也知道，宋鈞以窯變爲魂。所謂宋鈞是『生在成型，死在燒成』，意思就是窯變的艱難！咱們燒窯的人都有兩隻手。董克溫是個獨眼龍也能燒窯，可就是沒見過斷胳膊的殘廢幹這活兒。爲什麼？燒窯講究一把泥，一把火，非得兩手齊全不可。一把泥是說選料成型，一把火說的就是窯變。這雙乳膛窯的奧妙就在兩個火膛輪流使用，你從這個看火口朝裡瞧瞧，現在這座窯剛開始燒，用的是主火膛，燒的是南山棗木柴，火焰長，火苗柔和。等過了整整十個時辰，主火膛的柴燒盡了，熱度也提高了，可還差最後一股氣，怎麼辦？」

盧豫海笑道：「就該點二火膛了，對嗎？」

「對。二火膛的柴是西山松木柴。經主火膛燒了那麼長時間，松木早變成了炭，又含著油性，一點就著，燒得快，火勢也大！只要五個時辰，就能出窯啦。」

盧豫海嘖嘖讚嘆道：「真是讓豫海大開眼界啊！」

楊建凡從懷裡掏出個葫蘆，喝了幾口，道：「二爺，你雖是生長在鈞興堂，可這燒瓷的種種艱辛難處，怕是只知道個皮毛。盧家老號維世場、中世場、庸世場，再加上新建的留世場和餘世場，五處窯場好幾千人，都指望燒窯養家餬口！窯場才是鈞興堂的根本所在……我不是說生意不重要，之前大少爺豫川吃虧吃在不懂燒窯，全副火熱心思都放在生意上！這是教訓啊，二爺你千萬莫要學他的短處！」

盧豫海深深點頭道：「大伯語重心長講了這麼多，我要是一點都沒領會，還算個人嗎？不過，我聽了半天，覺得這燒窯跟做生意有異曲同工之妙。大伯想聽聽嗎？」楊建凡知道盧豫海稟賦過人，巴不得他觸類旁通，舉一反三，便道：「二爺請講！」

盧豫海侃侃而談道：「就燒成而言，講究的是文火慢燒，火候一到就急火攻它！《陶朱公經商十八法》裡『溫水煮蛙』一策，說的就是這個！青蛙彈跳力度驚人，把青蛙丟在沸水裡，一沾水牠就跳出來了。但若把青蛙放在涼水裡慢慢煮，等青蛙察覺出水溫不對，腿腳早被煮得鬆軟，再想跳躍已來不及了！接著再加把大火一燒，就能活活煮死牠！就拿這次跟董老二鬥船行生意來說，我就是神不知鬼不覺地買了半個嵩山林場，等他明白過來，我那一百多個人早在登封幹起活兒來了！唉，就差那最後一把火，老蘇那狗娘養的睜著眼說沒銀子，我只好收手，其實汴號還留著十萬兩壓庫銀子呢！唉……」

楊建凡連連點頭道：「說得是！盧家的傳家寶就那麼兩樣，一是宋鈞，二是生意……」一老一少就在窯前高談闊論起來，不知不覺已是正午時分。維世場大相公柴文烈跑過來，隔著老遠就叫道：「二爺！楊老哥！包子來啦！」楊建凡正說到興頭上，聽見他沒頭沒腦地嚷著包子，納悶道：「包子來了是何意？」盧豫海笑道：「大伯忘了，我請維世場各位兄弟吃包子啊！」楊建凡這才想起來，忙問柴文烈道：「老柴，包子都做好了？一兩千斤哪！」

柴文烈額頭全是汗，一邊抹一邊道：「這回不是二爺請客嗎？夫人親自送過來了。好傢伙，整整三輛大車！全是包肉和韭菜的餡，聞著都饞！神垕鎮今天的包子，咱們維世場全包啦！」

維世場的飯場就在大池邊。畢竟是楊建凡一手帶出來的，一千多人一起趕時辰盛飯，隊伍卻排得整整齊齊，絲毫不見一點混亂。盧豫海和楊建凡、柴文烈等人趕到的時候，不少窯工都已經領到了包子，各自找地方蹲著狼吞虎嚥。遠處的工棚下，盧王氏坐在長椅上，關荷和幾個丫頭婆子左右站著，一個個都掩面竊笑。盧豫海跑到棚下，對母親施禮道：「孩兒一時說了大話，勞累母親了！」盧王氏笑吟吟道：「你哪裡是勞累我？全家人都被你折騰得不輕！眼下鈞興堂裡還沒開飯呢，廚房的人都讓我攆到街上買包子去了……」

盧豫海剛想笑，卻聽見盛飯的地方一陣喧譁。一個人抗議道：「爲什麼不給我？」有人笑道：「別人最多領六個，你李大柱一個人就要十個！就是二爺請客，也不能這麼吃呀！」李大柱怒道：「別人肚子小，俺肚子大，怎麼了？」周圍又是一陣哄笑。

盧王氏那麼端莊的人，聽見這話也不禁莞爾，關荷摀著嘴笑得花枝亂顫，身邊的丫鬟婆子更是直不起腰來。盧豫海有心討母親歡喜，便大步上前，到長桌後，問道：「誰是李大柱？」

李大柱粗聲粗氣道：「就是俺！」

盧豫海忍住笑道：「你知道俺是誰嗎？」

「你是盧家二爺，打會春館老鴇子，在自己身上砍一刀的那個嘛！」

大家都憋著不敢笑。盧豫海笑道：「你一頓飯吃幾個包子？」

李大柱昂首道：「不算少的，三兩的饅頭得吃四五個，這包子不容易飽，也就十來個吧。」

所有人都笑出聲來。盧豫海暗自稱奇，道：「二爺的話，你信不信？」

「二爺的話誰不信？誰不信，俺折了他的舌頭！」

「好，這一筐包子，足有百十個吧？你能吃多少吃多少！」

李大柱二話不說，左右手齊下，每隻手都拿了兩個包子，跟嗑瓜子似的往嘴裡丟，沒見他怎麼嚼便嚥了下去，眨眼間四個包子就沒了！眾人都看傻了眼，但見他喉頭不停蠕動，雙手飛快地抓著包子，肚子不一會兒就鼓了起來。這下沒人笑了，都直直看著他，異口同聲地數著：「十六、十七、十八……」正數到興頭上，一個老漢推開看熱鬧的人群擠了進來，劈頭就是一巴掌，叫道：「瞧你嘴饞的！丟人現眼的兔崽子！」李大柱抓住最後的機會又塞了兩個包子進嘴裡，含混道：「爹！二爺叫俺吃的！」老漢又羞又急道：「二爺叫你去死呢？」李大柱挺起胸脯讓他爹打，傻傻地道：「二爺把夥計當人看，就是叫俺死，俺也不眨眼！」

盧豫海身子一震，忙示意幾個人把老漢攔住，道：「老伯別氣了！你兒子吃得多，幹得多，身股漲得就快！有這麼個好兒子是福氣呀，你打他幹什麼？」老漢哭笑不得道：「二爺，鄉下人不知好歹，您見笑了！」

盧豫海笑道：「什麼鄉下人不鄉下人，我們盧家也是燒窯夥計出身！我光屁股滿地爬的時候，這裡說不定還有人幫我把過屎尿呢！是不是？」這下大家都笑開了，一個老漢擦著淚花道：「可不是嗎？我在董家老窯理和場的時候，還真抱過你咧！二十年啦！」

盧豫海一臉誠摯的笑容，「大柱哥爲什麼吃那麼多？一句話，肉包子香！這不要錢的肉包子更他娘的香！說實話，我從小到大沒吃過什麼苦，可我見過吃苦的日子。各位都是老實的夥計，一年也沒吃過幾回肉，能不饞嗎？從今天起，不光是維世場，盧家老號五處窯場，每月開一次葷，過年再加一頓！家裡有孩子的，把孩子領來一塊兒吃，帳都算到二爺我頭上！」盧豫海的目光逐一掃過眾人，朗聲道，「不過我也有一句話，二爺的包子好吃，可不能白吃！吃了包子該怎麼辦？」

「好好燒窯！」「拚命幹活！」……

「對！」盧豫海咯咯一笑，「你們好好幹活，拿的是盧家的銀子，吃的是二爺的包子，可漲了身股是你們自己的！二爺我替你們高興！各位兄弟盡全力幹，我還是那句話，統統吃到飽！」

盧豫海在眾人的歡呼聲裡回到工棚下，盧王氏激動得兩眼噙淚，楊建凡和柴文烈也欽佩地看著他。盧豫海見母親站在面前，像個孩子似的笑道：「孩兒跟夥計們開個玩笑，逗母親開心罷了。」柴文烈嘆服道：「這哪裡是玩笑？神垕鎮那麼多窯場，就咱們盧家老號的夥計幹勁最足，為什麼？一個是身股制，一個是東家以誠相待！出門打聽打聽，東家請客開葷，夫人親自送飯，這是夥計們天大的體面！人都圖個面子，二爺今天是給足維世場面子了。」

楊建凡對盧王氏道：「我以前老聽大東家說留餘留餘，有一條是『留有餘，不盡之財以還百姓』。一兩千斤包子值幾個錢？就是五處窯場都給，一萬斤包子又值幾個錢？大家族裡設宴，一道套四寶就比一萬斤包子值錢！但別小看這一萬斤包子。李大柱說得好，就是二爺讓他死，他連眼都不眨一下！民心啊！這就是民心！」

盧王氏笑著接過關荷遞來的手絹，擦了擦眼淚道，「你們別高抬豫海了，他就是個混世魔王的脾氣！總沒個正經……」她起身離座道，「你們都快吃吧，一會兒又要忙了。我這就回鈞興堂去，一家子幾十口人還沒吃飯呢！」眾人紛紛笑起來，送盧王氏一行。盧王氏走到維世場大門口，對關荷低聲道：「好生照顧二爺，晚上給他安頓好，早點回家。」關荷忙應了一聲，扶她上馬車，自己回到盧豫海身後。眾人看著盧王氏等人上了乾鳴山，才轉身回到維世場裡。

我自風流我自嗔

盧豫海在維世場一待就是一月有餘，除了跟楊建凡研習宋鈞燒製，還琢磨出不少窯場管理良策，跟楊建凡、柴文烈等人商議之後便付諸實行，無不效果良好。一時間盧家老號氣象一新，生氣勃勃。別的窯場都是一到收工時辰就沒人了，可盧家老號的窯場裡，夥計竟得攆才肯走。天黑了，楊建凡和柴文烈還在盧豫海住的房裡商量事情。楊建凡見關荷端了大碗燴麵進來，便起身道：「二爺吃飯吧，我跟老柴也該回家了。關荷姑娘什麼時候走？要不要我派人送？」

盧豫海笑道：「你們趕快走吧，一會兒老平就該來了，每天都是他來接關荷的。」

楊建凡和柴文烈都是一笑，抱拳告辭了。關荷看他們遠去，便嗤嗤笑了起來。盧豫海埋頭吃著燴麵，奇道：「妳笑什麼？」關荷笑道：「你沒發現嗎？現在大家都不叫你二少爺，改口叫二爺了，你知道爲什麼嗎？」盧豫海倒真沒在意過這些，便笑道：「妳說呢？」「因爲你長大，有出息了，不是以前那個少不更事的毛頭小子了，『少』字就叫不出來啦！」

盧豫海咕嚕嚕喝完最後一口湯，心滿意足地道：「還是妳做的燴麵香……咳，我才不管他們怎麼叫我呢，不過是個名號罷了。妳想讓別人怎麼稱呼妳？叫妳二少奶奶嗎？」

關荷卻不像以前那樣跟他鬥嘴，反而苦笑一聲，收起了碗，輕聲嘆道：「二爺別尋我開心了。我就是個丫頭的命……二少奶奶是司畫妹妹，老爺夫人都見過陳家的長輩了，談得挺好，說是老爺從京城回來就下聘定親。」

盧豫海瞠目道：「我怎麼不知道？」

「你是盧家的二爺，盧家辛辛苦苦養你成人，眼下盧家要你找個門當戶對的二少奶奶，你能不聽話嗎？我也不奢望別的，就怕你跟司畫妹妹成了親，夫人又會把我收回去……我倒不是不肯，只是……」關荷忽地發現說太多話了，及時收了口，不再說下去。

盧豫海愣了半晌，道：「妳是不想離開我，是不是？」

關荷背對著他，一邊洗碗，一邊道：「司畫妹妹跟以前不同了，你沒瞧出來嗎？心機怕是比我還重呢！上次她到鈞興堂尋你，聽說你在窯場，是我跟著伺候你，還偷偷找夫人哭了一回……我原想伺候二爺一輩子，看來司畫妹妹不這麼想，我還是……」

盧豫海猛地站起來，從後面抱住她道：「我不許妳走！娘那邊我去說，只要妳打定了主意！」

關荷拚命掙扎著，低聲道：「二爺，有人來了！」

盧豫海笑道：「窯場都收工了，除了守門的人，哪裡還有人？就是有，也不敢到這裡來。」

關荷被他抱得喘不過氣，又不敢叫出聲，只能無聲地掙扎，卻被他越抱越緊。盧豫海看見她白皙如玉的脖子，腦子一熱，用力親了下去。關荷低低呻吟了一聲，再無力反抗。她抓住最後一絲清明，急中生智道：「是老平！」

盧豫海嚇得立時鬆了手，兩大步跳得遠遠的。側耳靜聽，門外寂寥無人，哪裡有老平的影子？這才發現中了計。關荷見他嚇成這樣，禁不住笑道：「一聽見老平來了就嚇成這樣，還逞能呢。」

盧豫海頹然坐下，嘆道：「這可怎麼辦？我總不能眼睜睜看著妳走。相處這麼多年了，一聽到妳要走，我這心跟掉進冰窖似的。真惹惱了，我索性去跟母親說個明白，就說我離不開妳！要是妳不在我身邊，我誰都不娶！」

關荷沒接話，靠在灶臺上，整理著衣衫，若有所思道：「前些日子見了大少奶奶，聽她說當初大少爺也是海誓山盟，可老爺夫人死活不同意，他們倆只好一個喝毒酒，一個咬了手腕……」

盧豫海打斷她道：「妳跟大嫂不同，妳雖說是個丫頭，好歹也是良家女子。這麼多年了，妳還看不出我是個怎樣的人嗎？我何曾因爲妳是丫頭就瞧不起妳？話說回來，大嫂那樣的身分，我爹媽不照樣認了？妳又何必在這件事上苦惱？」關荷垂頭不語，滿腹的心事攪在一處，沉甸甸的。兩人不再說話，各自想著心事。不久老平趕車到了，接走了關荷。

盧豫海看著馬車離開維世場，心裡難過不已，在空空蕩蕩的場子裡來回踱步，一腔愁緒竟絲毫沒有化解。

盧豫海心煩意亂地走到護場隊的房裡，幾個家丁正圍著爐子烤紅薯吃，見他進來都是一怔。領班的頭頭忙起身道：「二爺是來查崗嗎？護場隊一共八個兄弟，三個出去巡場子了，其餘五個都在這裡。」四個鐵塔般的漢子站了起來，沉聲道：「聽二爺差遣！」

盧豫海愣了半晌，擠出來幾個字：「有酒嗎？」

頭頭笑道：「天氣冷，柴大相公特意給了一罈酒暖身子。來，給二爺熱酒！」

盧豫海坐在爐前，火焰高高地竄著，眾人都站在他身旁，誰也不敢坐下。盧豫海聞到烤紅薯的香味，粗聲粗氣道：「他娘的愣什麼，吃啊！」大家這才笑著各自找位置坐下。不一會兒，酒燙好了，正是本地的燒刀子，屋裡瀰漫著辛辣的酒香。盧豫海接過一碗酒，想也沒想就一飲而盡。幾個護場的夥計都傻了。燒刀子極烈，小口抿著尚覺得辣嘴嗆肺，何況是如此豪飲？盧豫海抹了抹嘴，道：「再來一碗！」夥計們只好滿滿地給他斟上，盧豫海又是一口喝乾。夥計們再不敢由著他亂來了。盧豫海叫道：「怎麼，二爺喝不得你們的酒嗎？」他站起來去抓酒壺，腳下一軟，跌倒在地。夥計們見他才飲兩碗就醉了，卻口氣不小，想笑又不敢笑，只得七手八腳地把他抬回房，特意留了個夥計看著他。盧豫海醉了兀自大呼小叫不止，一會兒喊著「關荷」，一會兒喊著「司畫」，足足折騰了半個時辰，才力竭睡去。

次日，整整一天的功夫，盧豫海都無精打采，做什麼事都提不起興致。楊建凡以爲他這些日子勞累過度，也不忍說他。唯有關荷知道他的心事，可即便知道又能如何，只有背地裡掉眼淚而已。兩人見了面也是沉默，幾多愁腸，幾許無奈，全化成一個眼神、兩聲嘆息。

下午突然狂風大作，雲層翻湧，把神垕鎮壓得嚴嚴實實。楊建凡見慣了風雲多變，立即通知各處窯場收工護料。窯場燒窯，靠的是煤和柴，這兩樣東西一旦泡了水，燒窯時火候更不易控制。古諺說得好，「溼水柴火莫進窯，燒一窯，毀一窯」。因此各個窯場最怕的就是下雨。一到十月末，神垕就進入了雨季，一年裡最好的燒窯季節也就過去了。維世場今年生意不錯，旺季裡爲了保證燒窯所需，高價從南山煤場、東山林場買來大批的煤和柴，還剩下不少，在空地上堆積如山。眼看著會是一場瓢潑大雨，要真給毀了誰擔當得起？柴文烈頓時慌了手腳，楊建凡也急得跳腳罵娘。維世場裡人手雖多，可這會兒都在各自承包的窯前窯後忙著，平時護料的就那麼十幾個人，兩座小山似的煤柴兩個時辰也運不完！

楊建凡情急之下，顧不得柴文烈的面子，大罵道：「你他娘的幹什麼吃的？這麼多料，怎麼不早收起來？你們燒不完，讓總號配給其他窯場也好！你就等著滅身股吧！」柴文烈臉色蒼白，把辮子繞在脖子上，推了把小車就去運料。盧豫海沉默良久，猛地上前拉住他，道：「老柴，你是大相公，這不是你幹的活！」

柴文烈語帶哭腔道：「二爺，我辦砸了差事，我認罰！大東家那麼信任我，我推一車不是少淋一車嗎？」

盧豫海厲聲道：「愚蠢之至！你辦砸了差事，罰是肯定的！」說罷，他拉著柴文烈直奔高臺，放聲吼道：「所有人聽著！手裡的活兒都停下來，到二爺這裡集合！二爺又要給大家發銀子了！」

上千人面面相覷，雖然不知道盧豫海在講什麼，卻都不敢怠慢，頃刻間從四面八方湧到高臺下。楊建凡和柴文烈聞言也是愕然。盧豫海一笑，指著空地上的料堆道：「大家看好了，那邊堆的全是煤料和柴料，我要你們每人都去拿一點，等雨停了，只要是沒沾上水的，二爺我拿現錢論斤收購！」

窯工們聽得糊里糊塗，煤柴原本就是場裡的，哪裡有自己掏錢買自家東西的道理？楊建凡聽到這裡心下已經明白，暗暗佩服盧豫海臨危不亂，上前喊道：「二爺發話了，你們還愣著幹什麼？沒聽懂嗎？只要不沾水，能拿多少拿多少！拿的都是銀子！」

這下子大夥都聽明白了，一個個摩拳擦掌，朝空地那邊衝了過去。柴文烈看得張口結舌，楊建凡又罵道：「你還傻站著幹什麼，快去維持秩序！別搶出亂子來！」柴文烈大夢初醒，領著十幾個相公趕了過去。兩堆料看起來雖多，卻也抵不住上千人瘋搶，不一會兒就見了底。窯工們牢記楊建凡的話，趁著雨還沒下，各自找地方躲了起來，母雞護小雞般死死看著搶來的料。這哪裡是料，分明是銀子啊！

盧豫海鬆了口氣，對一臉烏黑、羞愧難當的柴文烈道：「老柴，你剛才他娘的急什麼？不就是兩堆料嗎？毀了就毀了，差事辦砸了就認罰，學個教訓就是。瞧你手忙腳亂的模樣，讓夥計們看見不笑話嗎？不是說不能犯錯，知道錯了，腦子不能亂！你推了個小車自己上，卻忘了組織人手去搶運，這是最大的失職！盧家聘你做大相公，不是做運料的夥計！你說，憑這個減你半釐身股虧不虧？」

柴文烈臊得簡直無地自容，喃喃道：「二爺教訓得是，不虧！」

關荷和楊建凡也是頭一回見盧豫海大發雷霆，把比他大兩輪的柴文烈訓得跟個孩子似的，都暗自好笑。楊建凡上前勸道：「二爺別生氣了，老柴也是一心為了窯場。」關荷也走過去，裝作遞水葫蘆給他的樣子，悄聲道：「好歹是個大相公，你給人家留點面子！大東家不是說留餘嗎？」

盧豫海今天第一次聽見她說話，心裡一熱，便不再多說，仰頭猛灌了幾口。就在這一瞬間，幾滴棗子般大小的雨點砸了下來，激起地上團團塵土。遠處一個悶雷隆隆滾到頭頂，驟然炸響，如天崩地裂般懾人心魄。隨即是一道奪目的閃電，把黑漆漆的天幕劈成兩半。大雨不像是灑下來的，倒像是有人蹲在雲彩上，拿水盆一盆盆往下澆；到後來連澆也算不上了，如同天河決口直落九重，哪裡還辨得出雨絲，到處都是湍急的水幕！關荷驚叫一聲，渾身顫抖起來，盧豫海一把抓住她的手，勉強睜著兩眼，在大雨中下了高臺。

等他們摸到房門口，發現屋簷下站的全是夥計，一個個脫得精光，衣服全裹在煤和柴上。盧豫海和關荷周身上下無一處是乾的。兩人擠進人群裡，關荷羞得緊閉了雙眼。盧豫海抹去臉上的雨水，對一個夥計道：「你他娘的不怕凍啊？脫得這麼乾淨！」

夥計憨厚笑道：「二爺，俺身子結實，這點雨算什麼！只是去得太慢，沒搶到多少東西。」

盧豫海笑罵道：「有種！是個褲襠裡有貨的！」眾人肆無忌憚地大笑起來。盧豫海正笑著，忽覺手上一鬆，原來是關荷抽出了手，紅著臉推門進屋去了。一個夥計兩眼發直地道：「二爺，身上沾了水才看出來，那是個娘兒們！」盧豫海捶了他一拳，不顧身後的哄然大笑，跟著關荷進了門，反手把門關上。

關荷鬆開髮髻，正拿了塊毛巾在擦頭，見盧豫海進來，背過臉道：「你進來做什麼？」盧豫海笑道：「我看妳瞞得真好，夥計們今天才發現妳是個女兒身！」關荷不自覺地低頭，渾身衣服溼透了，原本寬大的衣服貼在身上，真是凹凸有致，少女的玲瓏曲線顯露無遺。她越發窘了，恨恨道：「你也跟他們一樣，淨瞧我的笑話！」

盧豫海笑著上前道：「我哪裡跟他們一樣？他們只能遠遠地看，我卻可以湊近了細細地瞧。不是嗎？」說著坐在關荷身邊，手指撥弄著她溼漉漉的頭髮。關荷的臉漲得通紅，她知道外面站滿了人，不能高聲說話，只得悄聲道：「二爺，外面都是人呢！」盧豫海哪裡管得了那麼多，湊得越發近了，道：「妳管他們做什麼？他們還不是聽我的？我讓他們聽見，他們就聽見，不讓他們聽見……」他說著話，噴出的熱氣撲在關荷臉上，像盆炭火般燒得她再也坐不住。關荷推開他站了起來，動怒道：「你以為我事事都得聽你的，連名聲都不顧了嗎？」

盧豫海眼睛盯在她胸前，再也離不開，只覺得渾身血液都沸騰了起來。他還是第一次看到關荷玲瓏的身段。外衣緊緊裹在身上，一道抹胸托著她的胸，痕跡分外明顯。關荷察覺到他如火的目光，嚶嚀一聲，兩手護住胸部。盧豫海但覺口乾舌燥，嘶啞道：「關荷，妳不明白我的心嗎？」關荷心一軟，苦笑道：「二爺，你早晚要娶妻生子的，可惜那人不是我！你若是心裡真有我，就該維護我的名聲！丫頭私通少爺，這是死罪，你非要看夫人動家法，把我賣到青樓妓院去嗎？到時我就是想在你身邊伺候，恐怕也是不可能了！」

盧豫海呆呆地看著她，狠狠抽了自己一耳光，罵道：「不要臉的東西，不知廉恥的東西！你就管不住自己嗎？」

關荷垂頭不語，兩行清淚順著臉頰淌落。兩人不知沉默了多久，直到楊建凡風風火火地推門進來，二人才發現外面風雨已經停了，天際露出一道彩虹。盧豫海心事重重地走出房門，楊建凡亢自興奮道：「二爺，全保住了！要不是你急中生智，好幾千兩銀子的料就全完了！」盧豫海強笑道：「如此甚好，答應夥計的務必要兌現！怎麼個兌現法，你跟老柴商議去吧。」

楊建凡這才看出異樣，上下打量著他，道：「二爺，你臉怎麼這麼紅？是發燒了嗎？」

盧豫海忽然感到四肢綿軟，全身關節都酸酸地疼，卻還是嘴硬道：「沒事，就是剛才淋了雨，不礙事。」

楊建凡皺眉，伸手放在他額頭上，驚道：「好燙！你還說沒事呢！」盧豫海固執道：「說沒事就沒事，咱們跟老柴去……」說著，沒走出去幾步，便覺眼前白光一閃，倒在了地上。

盧豫海醒來，發現自己在鈞興堂自己的房中。床頭坐著一人，正拿著手絹擦淚，不是母親是誰？盧豫海吃力道：「娘，妳怎麼在這裡？」盧王氏一怔，淚珠一串串掉下來，良久才止住悲聲道：「你都燒兩天了，快把娘嚇死了！你爹不在家，你若是有什麼好歹，落下病根，我該怎麼活啊！」

盧豫海強笑道，「我不是沒事了嗎？」他四下瞧瞧，脫口而出道，「關荷呢？」

盧王氏的聲音立刻變了調，冷冷道：「你管她做什麼？她不在這裡。」

盧豫海被母親的聲音嚇出一身冷汗，坐起來道：「她在哪裡？」

盧王氏的表情冷若冰霜，斬釘截鐵地道，「我把她調到我房裡了，從今以後，馮媽在你房裡伺候。」她瞥見盧豫海大驚失色的樣子，冷笑道，「你看我幹什麼？我是鈞興堂的夫人，是你親娘，家裡下人的調度我說了算，就是你爹都沒話說！這次若不是她，你會生這場病嗎？燒成那個樣子，還『關荷、關荷』地喊著，家裡的下人，請來的郎中，都聽見了，你把臉都丟光了！幸好你爹不在，要是給他聽見了，關荷還有命嗎？」

盧豫海大口喘著氣，道：「那、那娘準備怎麼處置她？」

「你一個少爺，幹嘛那麼操心一個丫頭。我實話告訴你，關荷年紀也不小了，我這個月就找個人家，把她嫁出去，讓她別再動做二少奶奶的心思！」

盧豫海被這一棒打懵了，好半天才道：「娘，妳不能把她嫁出去！」

盧王氏怒氣沖天道：「反了你！這個家是你當家，還是我當家？你難道真要娶一個丫頭當太太？你大哥豫川娶了個歌妓，多少人在背地裡笑話盧家！你還想娶個丫頭，非得讓盧家在神垕顏面盡失才肯罷休？」

盧豫海混亂的腦子裡忽然靈光一現，不顧一切道：「可、可是關荷已經是我的女人了！」

這下輪到盧王氏目瞪口呆了，她難以置信地看著兒子，「你、你說什麼？」

盧豫海不容自己退縮，道：「我、我跟她睡了！」

盧王氏揚手一個耳光打過去，咬牙切齒道：「你再說一遍？」

盧豫海那股拚命二郎的氣勢上來了，伸著臉讓她打，嘴裡仍不斷叫道：「睡了就是睡了，我敢做敢當，怕都有了身孕……」

忽聽得房門口有人哀喚一聲，撕心裂肺地痛哭起來。盧王氏停下手，走到門口把哭泣的人拉到他床前，大聲道：「你對得起她嗎？」陳司畫哭得站都站不住，伏在盧王氏肩頭啜泣不止。盧豫海像是被人澆了一頭冷水，不敢去看陳司畫傷心欲絕的模樣，只是喃喃道：「這、這……」他剛才一時情急，只顧著阻止盧王氏把關荷嫁出去，竟沒想到還有個對自己同樣情有獨鍾的陳司畫！無奈話已出口，就算現在想反悔，又有誰聽得進去呢？

盧王氏撫著陳司畫的頭，對盧豫海道：「你以爲你那麼說，我就不敢動關荷了嗎？你給我聽好，關荷若還是個姑娘的身子，好歹能嫁個莊戶人家；她若真給你破了身，我就把她賣到會春館去！這都是你害的，誰都賴不得！」

拾貳

有人歡喜有人泣

自宋代程朱理學興盛以來，女子貞節變得異常重要。寡婦再嫁都會惹得滿城風雨，對未婚女子的要求更是苛刻無比。按照神垕鎮的風俗，新婚之夜要在新人床榻上鋪一塊白絹，若有落紅，第二日便會高掛在門口，以示娶了名副其實的黃花閨女，男方還要爲此再擺上幾桌酒席，接受街坊鄰居的祝賀。若是掛不出來，便會引來風言風語，顏面掃地。盧王氏之所以認定陳司畫是二少奶奶的最佳人選，除了門當戶對外，還有就是看中了陳家詩書傳家，家教甚嚴，想必陳司畫未過門前不會做出傷風敗俗之事。誰知就在兩家長輩都暗許了此事，只等盧維章回來就下聘定親的時候，盧豫海口口聲聲說他和關荷已經陳倉暗度了！

盧王氏震怒之下，也沒了主意。盧維章此刻遠在京城，一時半刻根本回不來，即便是快馬送信也要五六天才能有回信。盧王氏左思右想，讓下人去盧豫川家，請來大少奶奶蘇文娟。兩人一見面，盧王氏再顧不得許多，當下一五一十地講明了實情。蘇文娟也是遽然變色。盧王氏道：「事情就是這樣，大少奶奶，妳說該怎麼辦？」

蘇文娟是何等精明的人，已經多少猜到盧王氏的想法，雖說心裡實在不願講，也只好說：「頭一件事，就是查驗關荷的身子！」

盧王氏一副愁眉不展的表情道：「我也這麼想，可要怎麼查呢？」

蘇文娟臉色蒼白道：「一個方法，就是讓二爺和關荷進洞房！這是最方便的，是不是姑娘身子一試便知。」

盧王氏搖頭道：「這恐怕不行！關荷雖說是個丫頭，可也是好人家的閨女，我瞧她不像是水性楊花的女子……若是豫海逞一時口舌之快，真讓他們洞房了，又不能明媒正娶，這豈不是禍害了人家？盧家還有良心嗎？」

蘇文娟道：「關荷如果真有心要用計當上二少奶奶，盧家當年遭難的時候她爲何不下手呢？那時盧家人心惶惶，她要是趁亂勾引二爺，夫人和老爺也只好認了。可現在盧家如日中天，官府那邊又打點得順暢，關荷斷然不會這麼傻！」

盧王氏終於講出了真實想法：「大少奶奶，我說句話，要是難聽了些，妳也不要怪罪我……」

蘇文娟慘然一笑道：「夫人這是哪裡的話？我以前在會春館待過，賣藝不賣身，那行對這等事最忌諱不過，法子多著呢……」

盧王氏沒想到她會主動這麼說，心裡不由得也難過起來。又見她說著說著，兩行清淚跌落臉頰，自知不該提這些傷心往事，卻實在別無他法。她只好掉淚道：「文娟，我焉能不知道以妳我現在的身分關係，重提舊事實屬不該……大少奶奶，妳是盧家的人，盧家眼下有難處，既不能真讓那兩個冤家進洞房驗證，又不能傳得盡人皆知，萬般無奈下，我只有求大少奶奶幫忙了！」

蘇文娟最後一點退路也被她掐斷了，只得擦淚道：「這個我懂……夫人，除了入洞房，還有三個法子。頭一個是守宮砂，那是一進青樓就要點上的，關荷自幼在盧家生長，自然是沒有了。第二個就是鷓鴣血，取活鷓鴣身上的血，滴在女子手背上，若是凝成一團，便是守著貞節，若是朝兩邊滾動，便不是姑娘身子了。第三個最讓人難堪，在缸中鋪滿香灰，女子赤裸下身坐在缸上說話。若是黃花閨女的身子，香灰紋絲不動，若是破身的女子，香灰便會變樣……」

盧王氏知道她說這些心中定是痛苦難耐，便打斷她道：「妳莫要再說了……」蘇文娟搖頭道：「可是夫人，這三個法子其實都是牽強附會，不知害了多少女子！要說有用沒用，只有看心裡怎麼想而已……最根本的，還是入洞房！不過眼下這又行不通……」盧王氏不忍再讓她說下去，便道：「好了，後兩個法子足夠了！妳讓下人去準備吧，明天就給關荷驗身子！」

人生不如意事十之八九。盧王氏一心想把此事壓下去，不讓家醜外揚。她剛剛把驗身的東西備齊，鈞興堂裡便來了個不速之客，點名要見盧家管事的。盧維章進京未歸，盧豫海又被盧王氏鎖在廂房，如今能出面待客的只有盧王氏了。但在這個節骨眼上，她哪裡有心情，便讓老平前去打發。不料沒多久，老平氣喘吁吁地回來覆命道：「夫人，那人不肯走！」

盧王氏愣道：「盧家跟他的事情早就了結了，白紙黑字的契約還在呢，他爲什麼不肯走？」

老平掏出一個信封道：「梁少寧說，夫人看了這張紙就明白了。」

盧王氏拆信一閱，臉色頓時刷白，信上只有兩個大字：闕荷！

盧王氏跌坐在椅子上，呆了許久才道：「梁少寧呢？」老平有些傻眼道：「就在前堂正廳坐著呢！」盧王氏騰地站起道：「你把他叫到後院老爺書房，讓他在那裡等我！」

盧王氏呆了一陣，才起身去書房。她見老平守在門口，便道：「你好生看著，誰都不許進，你也只許聽，不許插話，知道嗎？」老平唯唯諾諾地應了一聲。盧王氏反手關上門，剛平靜了一下心緒，梁少寧便拱手迎了上來，「少寧見過盧夫人！」盧王氏哼了一聲，走到小院的石椅邊坐下，冷笑道：「梁大東家有話直說吧。」

梁少寧是有名的厚臉皮，見她連讓座的意思都沒有，也不尷尬，便站著道：「少寧冒昧前來，實在唐突，請夫人恕罪！若非家父病重，危在旦夕，少寧說什麼也會等到盧大東家回來才登門拜訪！」

盧王氏大爲意外，斟酌道：「貴府老太爺身子不好，你該去找郎中啊？來鈞興堂究竟是爲了什麼？」

梁少寧苦笑道：「夫人，這靈丹妙藥就在府上！我此來沒別的意思，只懇求夫人看在盧家和梁家以往的情分上，將小女關荷送回梁家，讓我爹臨死前看看他的孫女，還請夫人成全！」

盧王氏驚得手腳冰涼，「你、你說關荷是你女兒？」

「正是！夫人如若不信，可以去問豫川大少爺……」

梁少寧這回真的急了。梁家老太爺梁奇生今年九十多歲了，不問生意倒也罷了，偏偏這十幾年裡一心向佛，病重的時候當眾立下遺囑，若是梁少寧無後，所有家產都捐給佛祖，自家一點都不留！梁少寧哪裡肯答應，顧不得盧豫川跟他許下的十年之期，連招呼都沒跟他和董家打，就自己找上門來要閨女了！梁少寧一無是處，就仗著嘴皮子厲害，當下連面子都不顧，竹筒倒豆子般把二十年前跟董定雲的私情、盧豫川買下關荷、老爺子立遺囑等事講了一遍，最後痛哭流涕道：「夫人，我這人是個窩囊廢，要是連那點家產都捐給了佛祖，我們全家還吃什麼？一人一根繩子都買不起，只能輪流上吊，一了百了！夫人大恩大德，就讓關荷跟我走吧！哪怕是見過我爹再送回來也行，夫人您就行行好吧！」說到這兒，梁少寧撲通一聲跪在盧王氏前面，伏地號啕大哭起來。

盧王氏怎麼也想不到會有這樣的變故，愣了好半天說不出話，腦海中一片空白。梁少寧抬頭道：「夫人，怎麼說我也是要六十的人了，要不是實在沒辦法，我怎會在您面前丟人現眼？要是夫人不答應，我不如一頭撞死算了！反正左右都是個死，還給佛祖省了根繩子錢……」

盧王氏長嘆一聲道：「你冷靜一下……這麼大的事，還牽連到董家，我一個婦道人家怎麼做得了主？我這就送信去京城，讓我家老爺速速回來主持大局，你看好不好？」

梁少寧呆坐在地上想了想，盧王氏說得有理，這事也只有盧維章發話才能算數。盧王氏沒有一口回絕已算不容易了，他還能奢求什麼？梁少寧擦淚起身，伸出一隻手掌道：「五天！從京城到神垕，怎麼說五天也該回來了，五天後我領著梁家所有人跪在鈞興堂門口，要是要不回閨女，我們全家就撞死在那對石獅子上！……爹啊，你信什麼不好，信佛幹什麼啊！你這不是活活逼死你兒子嗎？還普渡眾生呢，您先普渡普渡兒子我吧……」

梁少寧一路哀號著，自己推門出了院子。盧王氏兀自坐在石椅上發呆，老平躡手躡腳地走近，試探道：「夫人，您看這……」

盧王氏連連搖頭，嘆道：「你都聽到了吧？你這就去京城，無論如何也得把老爺請回來！」

老平小心翼翼道：「那關荷跟二少爺的事……」

盧王氏忽然大聲道：「都給他說！他自己的兒子，要殺要剮他拿主意！」說到最後，已是聲嘶力竭。老平嚇得一哆嗦，連連點頭，返身衝了出去。

梁少寧到底是幹過大事的，心思比常人靈活得多。他知道要閨女這件事比登天還難，於是從鈞興堂一回到家，就把全府的人都叫了過來，要他們四處放風聲，把關荷的身世弄得盡人皆知。梁少寧這回是豁出去了，不管盧維章有什麼打算，不管董振魁有什麼反應，都先造成既定事實再說。梁家的人沒別的能耐，四房夫人二十多年來整天窩裡鬥，從上到下一個個都學會了搬弄是非、添油加醋的本事。不到兩天功夫，禹州城、神垕鎮裡誰不知道盧家的丫頭關荷是梁少寧的私生女，董家老太爺董振魁是關荷的親外公，董克溫、董克良是關荷的親舅舅！

消息傳到董家，立刻引起軒然大波。董振魁氣得連摔了七八個杯子，剛從京城回來的董克良不知從哪裡弄了把洋槍，口口聲聲說要殺了梁少寧，替姐姐董定雲討個清白。這件事的底細董克溫再清楚不過，他只是不明白，他明明把關荷賣到了開封府，怎麼會被盧豫川買了去？父子三人聚在董振魁的書房裡。董克良抱著洋槍叫道：「爹，你還猶豫什麼？梁少寧分明是有意敗壞董家名聲，我這就去殺了他，就算官府追究下來，也不是咱的錯！」

董振魁和董克溫互看了一眼，誰都沒吭聲。他們心裡明白，這件事是董家大小姐董定雲和人私通，梁少寧都認了，董家就算矢口否認，又能說清楚嗎？不然董定雲離奇失蹤該怎麼解釋？何況關荷的長相、氣質都跟董定雲如出一轍，想不認都不行！董克良見父親兄長都不說話，以爲是默許了，扛著洋槍便往外走。董振魁失聲道：「老二！」

董克良咬牙切齒道：「父親放心，我一定要了梁少寧的狗命！」

董克溫叫道：「你充什麼好漢！」並趁他愣住的瞬間，冷不防伸手把洋槍奪了下來。董克良隱約察覺到什麼，說道：「怎麼，難道大姐真的……」董振魁面如死灰道：「她不是你姐！她不是董家的子孫！」

董克良這才明白原來外面的傳聞是真的，不由得怒氣沖天道：「果真如此！我非殺了梁少寧不可！」董克溫攔住他，勸道：「梁少寧那個雜種算什麼？值得你跟他拚命嗎？你還是老老實實坐著，一切都聽爹的！」

董振魁看著兩個兒子，頹然嘆道：「家門不幸，出此醜事……我原以爲過去這麼多年，誰都不記得了，偏偏又給梁少寧翻了出來！唉！去年他承辦鈞興堂，是我給他出的主意。我除了想趁機收買盧豫川，還有一個心思，就是想讓他爬得越高，摔得越重，讓他活活摔死，好給定雲報仇！可他居然沒摔死，還故意尋咱們晦氣……都怪我一時意氣，不該去蹚這個是非……」董克溫道：「爹，事情走到這一步，說這些有什麼用？當務之急是如何妥善處理此事，把董家受到的傷害降到最低！」

「不光是董家受害，難堪的還有盧家！」董克良平靜了一下，大聲道，「此事雖是因大姐和梁少寧而起，但弄到如今這個局面的罪魁禍首，還是盧豫川！等盧維章回來，不管他承不承認，盧豫川都少不了受罰。何況我還聽說，盧家叔姪因爲洩露祕法的事，已是水火不容了，要說亂，先亂起來的也是他們盧家，董家反而能坐收漁利！」

董振魁深邃的眼睛裡精光一閃，道：「老二說得有道理。你們傳話下去，董家對關荷這件事，不知道、不清楚、不攪和！我要等盧維章決斷後再做打算。要是他放關荷去梁家，咱們就中途把關荷劫過來，反正是爺爺想外孫女，誰都不敢說什麼！要是盧維章他不認，咱們更好辦，就當梁少寧是在放狗屁，反正風言風語有盧家替咱扛著呢！」

董家父子定下對策，安心等待盧家的動作。不但董家、梁家翹首盼著盧維章回來，神垕鎮裡誰不想知道這牽扯到董、梁、盧三個名門望族的風流官司，究竟會如何收場？一時間鎮上街頭巷尾，凡是有人的地方都在議論此事，大有黑雲壓城城欲摧之勢。這件事的核心人物無疑就是兩個：一個是盧維章，此刻正風塵僕僕地往神垕趕來；另一個卻是謫居一隅，隨時準備待機而動的盧豫川。

家裡發生這樣的大事，盧豫川自然是一清二楚。蘇文娟從鈞興堂回來，便一五一十地把關荷同盧豫海的事告訴了盧豫川。他只是冷笑了幾聲，道：「早晚要出的事，有什麼好吃驚的？」蘇文娟知道他對盧維章夫婦一肚子又悔又恨，也只能苦笑幾聲，不再多說。可梁少寧叫門討閨女，讓關荷的身世大白後，盧豫川的表現更加出人意料。他閉門不出，凡事都讓蘇文娟出面打聽。他詳細地聽了各家的態度後，靜默良久，兩行眼淚無聲地湧出。蘇文娟頓時慌了，忙道：「大少爺，你不要難過，你已經離開鈞興堂了，老爺還能如何罰你呢？」盧豫川擦掉眼淚，笑道：「婦人之見，何其愚也！叔叔不但不會罰我，他還會把我請進鈞興堂，讓我出面主事呢！想不到啊想不到，我當年靈機一動，居然埋下了如此精采的伏筆！」

蘇文娟不解道：「大少爺，老爺知道了關荷是你買進盧家的，難道不會罰你嗎？」

盧豫川笑道：「按家法自然是要罰的，可要是真按了家法，頭一個受罰的是豫海！叔叔身子骨眼看快不行了，原本指望豫海能獨當一面，可眼下豫海犯的是私通仇家女的大罪，少不得要被逐出家門！他這麼一走，盧家的產業，除了我，還有誰能掌管？文娟，妳放心，我雖然恨叔叔當初不對我明言，害我一時糊塗洩露了祕法，但在我心裡，我對叔叔的敬重從沒削減過。等我執掌了盧家，對叔叔、嬸嬸一定視若親生父母，等叔叔撒手人寰，我就把豫海接回來，一起把盧家的生意做得比天還大！」

蘇文娟被他這一番雄心壯志深深震懾住了。一年多來，她總是擔心盧豫川就此頹廢下去，可她怎麼也沒想到，這個朝夕相處的枕邊人對盧家的產業依然念念不忘，還對生意如此熱心！她一時不知是福是禍，只道：「大少爺，你還惦記著盧家的產業嗎？」

盧豫川哂笑道：「爲何不惦記？就算盧家的產業不是我一個人的，但總有我的份吧？叔叔都承認我的五成股份了！我跟董家有不共戴天之仇，董家逼死我爹娘，陷害我坐牢，逼我洩露祕法，害得我差點家破人亡！這大仇不報，我盧豫川枉爲七尺男兒！」

「可你洩露了祕法，叔叔也沒把你逐出家門啊？難道他會因爲關荷一個丫頭，就把親生兒子趕出去嗎？」

「寬以待人，嚴以律己，是叔叔的秉性。就算他捨不得兒子，狠不下心，我跟豫海的罪過也是同等，豫海一時半刻沒辦法出面做生意了。這就是我出頭之日！」盧豫川興奮地站了起來，在蘇文娟面前來回踱步，忽地停住，驚道：「不成！豫海跟關荷的事眼下還只有鈞興堂裡的人知道，萬一叔叔……文娟，妳幫我做件事！」

蘇文娟猜到了他的心思，堅決道：「萬萬不可！你要我把豫海跟關荷的事捅出去，這萬萬不可！老爺夫人對我們那麼好，關荷對咱們也一向恭敬，更不用說豫海時刻都想著你。你這麼做，不是把豫海逼上絕路嗎？」

盧豫川氣道：「妳跟我究竟是不是一條心？妳不也盼著我振作嗎？不也總說要熬出頭嗎？我告訴妳，出頭之日近在眼前，要是錯過了，怕是一生再也沒機會了！一旦豫海開脫，就算他將來主事，重新起用我，我做到死也不過是個老相公。文娟，難道妳看不出來，我這幾年吃虧，就虧在不是掌門人嗎？要不終生寂寞、碌碌無爲，要不就直搗黃龍、唯我獨尊！否則大權旁落，我的抱負就是再大又有何用……文娟，妳忍心看著我死才痛快？」

蘇文娟呆呆地看著他，半晌才下定決心，嘆道：「你是我此生最愛的人，爲了你我死不足惜，還在乎什麼名聲嗎？就是去害人遭天譴，我也會去做……」

盧豫川心一軟，撫著她的臉頰，輕聲道：「文娟，妳這不是害人，妳是在幫我……妳放心，等我重新回到鈞興堂，對叔叔一家人都按妳的意思辦，好好替妳還這筆債……」蘇文娟再說不出話，無力地倒在他懷裡，串串淚珠灑落前襟。

盧維章回到神垕，正是吃午飯的時候。神垕鎮的人都端著碗，三五成群地聚在一處飯場[1]。最新的消息剛剛傳到眾人耳裡，梁少寧跟董定雲的私生女關荷，居然與盧家二爺盧豫海私通，肚子都大了！真是風流代代傳啊，有什麼樣的娘就有什麼樣的女兒。怪不得這些日子都沒看見盧豫海在鎮上露面，想必已經用家法了吧？這個消息跟長了翅膀似的，眨

1 中國農村裡的特殊風情。吃飯的時候，很少有人圍桌而坐，大多聚在飯場吃。所謂飯場，就是固定吃飯的場所。每個村子都有幾個固定的飯場，是約定成俗的，沒有特殊原因，也不會輕易改變。

眼間傳遍全鎮。

盧維章的馬車剛在鈞興堂門口停下，立刻引來無數心思各異的目光。老平第一個跳下車，卻沒見到盧維章的身影。不一會兒，老平從鈞興堂跑出來，幾個下人抬著門板跟在後面，眾人的心都提到了喉嚨。車簾掀起，下人們七手八腳地抬下來一個人，放在門板上抬進鈞興堂，大門隨之緊閉。

盧維章病倒了！盧維章是讓人抬進家門的！

這兩個消息不脛而走。全鎮都被這一個接一個的傳聞驚呆了。董振魁聽說了盧維章的病情，不像董克溫那麼幸災樂禍，反倒是愣了一陣，喟然一嘆：「兒女不成器，最難過的還是爹媽啊！」董克溫不禁想起當年董定雲事發之際，董振魁氣得昏厥的場景，便再也笑不出來。

鈞興堂上下沒幾個人見到盧維章。他一進門就被抬到後宅盧王氏房裡，家裡人誰都沒召見，只讓老平通知苗文鄉、楊建凡兩人速來鈞興堂議事。下人們都知道府裡出了大事，大東家要跟兩個老相公商量對策，旁人不許踏入後宅一步，連茶水都是盧王氏親自進出伺候。這場談話一直持續到天色轉暗，老平從後宅奔了出來，臉色跟黑漆漆的天幕一樣，他顯然是奉了急令。不多時，一年多沒出現在鈞興堂的大少爺盧豫川跟在老平身後，急匆匆地走進後宅。這更是大出眾人預料。

盧豫川忐忑不安地推門進去，一眼就看到盧維章躺在床上，立即快步走上前，跪倒道：「叔叔，豫川來了。」

盧維章進京前就病得不輕，再加上一路奔波，此刻已是連身子都直不起來了。他在盧王氏攙扶下勉強坐起，虛弱不堪道：「是豫川啊，快起來吧。」

盧豫川想起叔叔對自己的千萬般好處，淚水奪眶而出，「叔叔怎麼病成這個樣子？沒按時服藥嗎？」

苗文鄉和楊建凡都是兩眼通紅，見盧豫川長跪不起，上來扶起他道：「大少爺不要難過，大東家還有要事囑託呢。」盧豫川強壓住咚咚直跳的心，坐了下來。盧維章靠在床頭，臉色呈現病態的潮紅，道：「豫川，家裡發生的事，你應該都知道了。關荷是你買進來的，你是好心救人，我也不怪你……我現在只問你一句話，關荷真的是梁少寧跟董定雲的私生女嗎？」

盧豫川點頭道：「此事千真萬確，不過只有豫川知道底細！叔叔若是不想認，豫川就一口咬定梁少寧無中生有！」

盧維章苦笑，幽幽嘆道：「這麼說來，關荷還真是董家和梁家的種了。既然如此，我也沒什麼好說的。關荷是個孽種不假，但她是在鈞興堂長大的，拋卻出身，也算是個良家女子。豫海他色膽包天，竟看上了一個丫頭，還做了醜事，這才是讓我痛心疾首的！我跟兩位老相公商量過了，也問過你嬸嬸的意思。我打算認下這門親事，豫海既然禍害了人家閨女，要是翻臉不認帳，就對不起人家，也不是盧家的作風。親事我認了，但家法不能改！豫海是不能再待在神垕了，我已決定把他們兩口子逐出家門！什麼時候有出息了，把丟的臉面都掙回來了，再讓他回來。」

盧豫川驚道：「叔叔此言差矣！豫海畢竟還年輕，你這麼趕他們出去，跟讓他們去死有什麼區別？再說，叔叔大病在身，我又是戴罪之人，豫海這一走，誰來主持大局？」

盧維章微微一笑，「你啊。」

「這……姪兒犯了大罪，蒙叔叔開恩沒有被逐出家門，這一年來閉門思過，後悔不已。讓我這麼一個上對不起朝廷，下對不起盧家的人出面主持大局，誰會心服口服？何況豫川自出獄以後心灰意冷，諸事皆不如意，連兒子都夭折了……今天的豫川已不是當初的豫川了，做生意的心思早已灰飛煙滅，請恕豫川不敢受命！」

盧維章搖搖頭道：「你說你後悔不已，我信你；你說你今非昔比，我也信你；可你說你無心再做生意，我根本不信！你是我看著長大的，你撅撅屁股，我都知道你想拉什麼屎……」這句話說得甚是詼諧，可在座的人都笑不出來。盧維章繼續道：「你是盧家子孫，你犯了錯，我也懲罰過了。你心裡又悔又恨，我再清楚不過……去年你自請逐出家門，我沒答應你，可你就算嘴上不說，心裡對我的怨恨也少不了的……你莫要辯解。但你想想，我要是真容不下你，早把這件事公開出去了，可眼下全鎮誰知道你洩露祕法的事？沒有吧？我知道你一心都在生意上，就給你留了後路，一旦你真心悔改，我就重新起用你，你還是鈞興堂盧家老號的接班人！眼下盧家有難，需要你出面挽回局面。你若還有盧家子孫的血氣，就挺身而出，替叔叔、替盧家執掌生意。你若執意不肯，莫非是要我這垂死之人親自給你下跪，求你出手相助嗎？」

苗文鄉最不願看到盧豫川重新掌權，剛才他再三苦諫，盧維章只是搖頭堅拒。眼看盧豫川入主鈞興堂已成定局，他就是再不願意也無可奈何了。他聽了盧維章這番話，抹了把老淚道：「大少爺，現在不是推託的時候！大東家是爲了盧家的聲譽才趕走二少爺的，這個關鍵時刻你不出頭，還有誰能出頭？」楊建凡聞言也是一番勸導。盧豫川這才跪倒在地道：「叔叔，豫川再不答應，就是不孝了！不過我有一個條件，求叔叔務必應准，否則豫川甘願一死也絕不回來！」

盧維章盯著他，道：「除了豫海的事，什麼都答應你！」

盧豫川磕頭道：「姪兒說的就是豫海！姪兒一時糊塗洩露了盧家祕法，這是天大的罪過，叔叔尚且沒把我逐出家門。豫海私通仇家女，同樣也是一時糊塗！同樣的罪過，不一樣的懲罰，盧家人怎麼肯服？如果叔叔執意要趕走豫海，姪兒請叔叔把他趕到汴號或是隨便哪一家分號吧，豫海做生意是個好手，不能就這麼把他趕走！」

楊建凡立刻道：「大少爺說得對！趕出神垕就夠了，何必非要逼得二爺走投無路呢？」苗文鄉更進一步道：「二爺畢竟是大東家的親生骨肉，就是大東家忍心，難道夫人就這麼絕情嗎？」

盧王氏手一哆嗦，眼巴巴地看著盧維章，卻是一句話也沒說。盧維章虛弱地擺了擺手，「他要真是個人才，就沒有走投無路這一說！要是個窩囊廢，盧家留他又有何用？我心意已決，你們都別說了……夫人，後天就是梁少寧來要人的日子吧？妳現在去準備，明天就給豫海辦親事！後天，當著梁少寧的面，讓豫海他們兩口子離開神垕！」

雖千萬里吾往矣

出乎所有人的意料，盧維章回家的第二天，鈞興堂裡不但沒有雞飛狗跳，反而張燈結綵，熱熱鬧鬧地辦起了喜事！一打聽才知道，盧家不但承認了關荷的身分，還要娶她進門做媳婦，連梁家、董家都接了盧家的帖子，要他們來赴宴！

眾人開始還不信，直到一輛輛彩禮車隊從盧家出來，浩浩蕩蕩地朝禹州方向前去，才明白盧大東家這回又出了個高招。事情明擺著，盧家二爺是不該招惹人家閨女，可梁家、董家的臉面又擺在哪裡？不來赴宴，顯得做賊心虛，來了無異於承認了當年的家醜，更是名聲掃地。如果盧維章翻臉不認關荷，董家正好新帳老帳一塊算，告盧豫海強姦民女，盧家豈不雪上加霜？盧維章這一招不但化解了這個危機，維護了鈞興堂誠信爲本的聲譽，還順勢給了董家一記耳光。盧維章爲人做事從來不張揚，但每次出手都是驚人之舉，又無不穩當周全，讓人挑不出絲毫毛病，這才是大商之手筆！

盧家彩禮車隊停在禹州城柿子園大街上，整整占了半條街，引得無數人圍觀。盧家的代表老平一身新衣，笑容滿面地敲門求見親家公。梁少寧眼看明天就是五日之期，正在家裡急得團團轉，哪裡料得到盧家彩禮車隊竟會到家門口？倉促之下連嫁妝都來不及置辦，只好臨時從市面上買了點東西，親自趕著車朝神垕而去。而帖子送到董家時，董振魁卻沒有梁少寧驚喜交加的心情，他默默地看完帖子，遞給董克溫道：「盧維章這是把我架到爐子上烤啊……你們兄弟倆拿個主意吧，去，還是不去？」董克溫和董克良早知道了帖子的內容，互相看了一眼，誰都沒說話。董振魁苦笑，「好歹你們倆也是關荷的舅舅，外甥女成親，咱能沒人去嗎？你們倆都不肯去，那就老漢我去丟這個臉吧！」他仰面長嘆一聲，「盧維章啊盧維章，你連兒子都不要了，算你狠……克溫，讓帳房準備銀票，算是董家出的陪嫁。大臉都丟了，這個小臉再也丟不起了！」

傍晚時分，鈞興堂裡鑼鼓喧天，萬響的鞭炮也劈里啪啦地響著。正廳裡座無虛席，董、梁兩家的長輩和貴賓都坐在首席。盧維章和盧王氏穿了禮服，端坐在上座主位上。盧王氏盼兒子成家立業盼了多少年，可真到了這一天，心裡卻如同打翻了五味瓶，酸甜苦辣鹹，什麼滋味都有。盧維章倒是精神奕奕地坐著，看不出一絲病態。梁少寧以娘家人自居，以為此番計謀大功告成，跟鈞興堂盧家結了親家，還用愁今後沒好日子過嗎？故而此刻興致勃勃地跟在老平身後，跑前跑後地招呼客人，儼然一副老丈人的模樣。

眾人都看不慣梁少寧小人得志的模樣，但礙於今天是盧家辦喜事，只能暗地裡鄙薄地看著他，對他指指點點。董振魁心情複雜地坐在首席。兩個兒子都不肯來丟人，害他孤身前來，心裡本就苦不堪言，偏偏又聽見四下裡眾人議論，對梁少寧越發反感，便對身旁的小廝道：「你把梁少寧叫過來。」小廝聽命而去。梁少寧自從辦砸了鈞興堂，便再沒臉登董家的門，以為董振魁看在外孫女的面子上要跟他修好，自然是喜出望外地過來見禮。豈料董振魁一見他便道：「有人說你是瘸子嗎？」梁少寧莫名其妙地道：「沒，沒人這麼說過。」董振魁壓著火氣道：「既然沒人說你瘸，你這麼招搖過市做什麼？這是人家盧家辦喜事，關你屁事！好好坐著！」梁少寧張口結舌道：「關荷是我閨女，我是盧家的親家翁啊！」董振魁氣得笑了，「你還要不要臉？坐下！」梁少寧這才發覺做得太過，頹然落坐。

老平見客人差不多到齊了，便去跟盧維章低聲說了幾句，挺直了身子喊道：「各位親朋好友！今天是我們盧家鈞興堂二少爺盧豫海大喜之日，多謝各位蒞臨賞光！小的替老爺夫人謝謝各位！」說罷，深鞠一躬。正廳裡掌聲雷動。有人扯了喉嚨嚷道：「新郎新娘呢？快出來接紅包呀！」眾人都開懷大笑，紛紛附和起來。老平朝四下拱手道：「各位別著急，小的還有幾句話沒說呢！老爺夫人吩咐了，新郎新娘這段姻緣，不是奉父母之命、媒妁之言，在理法規矩上多有虧欠。因此，在新人出來給諸位親朋好友行禮之前，要先對兩家的長輩懺悔告罪，圓了欠下的禮數！不知各位以為如何？」

老平這番話說得極為誠懇，眾人雖沒料到會有這段插曲，細細思量後也都覺得無可厚非。本來是一件丟人的醜事，經這麼「懺悔告罪」之後，跟正經的婚事有什麼區別？也只有盧維章能想出這些花招來。老平見眾人點頭稱是，便笑著走到首席前，對董振魁道：「董老太爺，您請就上座吧。」梁少寧忙了半天，就等著露這個臉，卻見老平絲毫沒有請自己的意思，當下急得脫口而出道：「我、那我呢？」

這句話說得很大聲，好多人都聽得一清二楚。董振魁站了起來，不無鄙夷地看了他一眼，昂首走到上座，朝盧維章夫婦一抱拳，撩袍坐下。老平不慌不忙地對梁少寧道：「對不住，老爺請的是董老太爺，至於梁大——東家，好像沒提您的名字？要不您上去問問？」

上座只擺了三張太師椅，眼下都坐了人，哪裡還有梁少寧的位子？而梁大膿包的名聲實在響亮，老平剛才不知是有心還是無意，竟差點把這個名號也喊了出來。眾人爆出一陣大笑。梁少寧就是臉皮再厚，也經不起這樣的侮辱，怒道：「我是新娘的親爹！你們盧家就這麼欺負人嗎？」老平依舊是笑容滿面道：「不給您行禮，是我們二少奶奶、您親閨女說的！您要是有心看熱鬧就坐著，要是覺得沒趣，外面戲班子還沒開場，您現在出去，還能搶個好位置呢！」

明眼人都看得出來，盧家是有意刻薄梁少寧。老平不過是一個管家，若不是盧維章的意思，他就是有天大的膽子，也不敢這麼明目張膽地譏諷！旁邊的雷生雨哼了一聲道：「梁大膿包，別忘了也給我占個位置！」梁少寧氣得笑了，賭氣道：「我閨女成親，我連看看都不許嗎？我偏不走，就坐在這裡！」眾人又是一陣哄笑。做人做到這個地步，誰也不忍心再取笑他了。老平見梁少寧服軟，笑了一聲，轉身回到上座邊，朗聲道：「兩廂肅靜！新郎新娘見過兩家長輩！」

兩個下人從一側上來，在上座前放下兩個蒲團，鏗鏘有聲。原來這蒲團並不是常見的草編裹棉，而是硬生生兩塊鐵板！等兩位新人出來，更是滿座皆驚：盧豫海和關荷都沒穿大紅禮服，關荷頭上蓋著一塊紅布，穿的卻是一身村婦的粗布衣裳，而盧豫海則是袒胸露背，背上橫七豎八全是鞭子的傷痕，肩頭赫然捆著幾根粗荊條！

雷生雨張大了嘴，嘆道：「負荊請罪！老盧玩的這是哪一齣啊？」在眾人的驚訝聲中，盧豫海和關荷跪在鐵板上。董振魁實在沒想到會有這樣的場面，老眼微閉，不忍心再看下去。盧王氏手裡的佛珠本來捻得飛快，此時也停了下來。

正廳裡鴉雀無聲，盧維章悠悠發話道：「盧豫海，你知錯嗎？」

「孩兒知道錯了！」

「關荷，妳知錯嗎？」

「媳婦知道錯了！」

「向妳外公認錯吧。」

兩人朝董振魁深深磕頭，道：「孩兒給外公認錯！」

董振魁聽見關荷的聲音，彷彿看到董定雲跪在眼前，兩行老淚忍了多時，此刻終於跌落下來。他顫聲道：「知道錯了就好……」說完，他再也講不出話來，只是一再搖頭。盧維章大病在身，虛弱道：「你們二人，一個是主，一個是僕，主僕私通，傷風敗俗！我們兩家的長輩，深以你們二人爲恥……今天成全了你們，問心有愧，上無顏面對祖宗，下無顏面對鄉親。集九州之金鐵，難以鑄成如今之大錯！你們既然說知道錯了，怎麼彌補，有什麼打算嗎？」

這幾句話刻薄至極，哪裡像是父母在兒女的喜宴上說的話？眾人無不駭然變色。一聽見盧維章要盧豫海自請處罰，一個個更是豎起了耳朵。

盧豫海道：「孩兒大罪在身，自知萬難在神垕立足。孩兒自請逐出家門，從此自生自滅，跟盧家毫不相干！」

盧維章點頭道：「關荷，妳願意嗎？」

關荷的臉被紅布蓋著，聲音雖然顫抖，卻也是斬釘截鐵，「媳婦與丈夫誓同生死，絕無怨言！」

正廳裡不下二十桌酒席，一百多個人聽得心驚膽跳，這哪裡是辦喜事，簡直是動家法了！眾人心裡突突直跳，全都緊盯著盧維章。盧維章顫巍巍站起來，朝眾人一揖道：「各位親朋好友，常言道國有國法，家有家規。維章今日這麼做，出於無奈，掃了諸位的興，還請大家海涵。盧豫海剛才說的話，想必大家都聽到了，這是他心甘情願的，我身為盧家鈞興堂的掌門人，在此准了他的請求……然子不教父之過，維章教子無方，罪無可逭，情無可原，錯無可恕！愧對列祖列宗，讓盧家蒙羞，無顏再為掌門人。從今往後，維章閉門思過，盧家日常大小事務由少東家盧豫川主持，萬望諸位同儕商伙看在以往的情分上，繼續支持盧家鈞興堂的生意！」

說罷，盧維章一揖到地，良久才直起身子，對盧豫海和關荷道：「你們向諸位親朋好友行禮吧。」盧豫海強忍著痛楚，領著關荷向眾人行了大禮。老平擦了擦眼淚，道：「吉時已到，兩廂奏樂！新郎新娘一拜天地，跪——」旁邊上來一男一女兩個下人，替盧豫海和關荷披上火紅的禮服，兩人重新跪倒在鐵板上磕頭。老平嗓子都變了，「得勁了——起

——」兩人站起來，老平繼續道，「二拜高堂，跪——」盧維章臉上露出笑意，凝神看著他們倆。董振魁和盧王氏臉上卻還帶著戚容，百感交集地望著兩個新人。兩人重新跪在鐵板上，膝蓋與鐵板的撞擊聲悶然響起。老平道：「得勁了——起——」

盧豫海和關荷相對站著，雖有紅布遮掩，但他知道，那張躲在紅布後面的臉一定是笑靨如花。多少大風大浪，多少痛苦憂傷，爲的不就是今天嗎？得償所願固然欣慰，但也深深傷害了父母，這一喜一悔，一樂一哀的情懷，也只有他們兩個當事人才能體會……

老平的聲音哽咽起來，「夫妻對拜——」

盧豫海和關荷對拜下去。雷生雨悶聲道：「好！」正廳裡掌聲、叫好聲四起。老平道：「得勁了——送二位新人入洞房，行合巹之禮……」一個丫鬟上來，把一段紅綢遞給盧豫海，另一端塞進關荷手裡。盧豫海昂首而下，關荷跟在丈夫身後亦步亦趨，消失在眾人的視線中。

老平見婚禮諸事完畢，抹掉眼淚道：「各位親朋好友，盧家略備薄酒喜宴，請諸位入席舉杯吧！」眾人早被這接二連三的震撼弄得恍惚不已，哪裡還有喝酒作樂的心思，雖然都換上了笑容，卻一個個兀自唏噓感慨著。雷生雨飲了一杯，起身來到上座前，躬身道，「盧大東家治家有方，以德服人，處處都站在一個理字上。我老雷沒二話，服了！」他從袖子裡抽出一張銀票道，「這是白銀三千六百兩，願盧家鈞興堂生意順風順水，願盧大東家福壽綿長！」老平接過銀票，大聲道：「致生場雷大東家，喜銀三千六百兩！」

雷生雨這麼一帶頭，備了銀子的賓客們紛紛上前道喜，送銀子。老平連聲喊著：「立義場吳大東家，喜銀三千兩！」「興盛場郭大東家，喜銀三千兩！」梁少寧摸著懷裡那張銀票，面子實在掛不住，卻也沒辦法溜掉，只得擠在人群裡，羞愧地遞上銀票。老平看了銀票，加大嗓門喊道：「二少奶奶的娘家、禹州梁大東家，嫁妝銀子三百兩！」盧維章依舊是波瀾不驚的表情，對梁少寧點頭致謝。董振魁乾脆閉上了眼，看也不看他。眾人爆出一陣哄笑。梁少寧在笑聲中回到座位上，雷生雨打趣道：「梁大東家真是豪爽！一出手就是驚人的數目！」梁少寧這次真是丟人丟到家了，只好厚著臉皮自嘲道：「我連閨女都送出去了，銀子算什麼！」

董振魁見來賓們都送了銀子，便轉頭對盧維章低聲道：「老盧，關荷是我外孫女，她爹是個窩囊廢，就不說他了。老漢也準備了點銀子，權當嫁妝。不過我把話說清楚，這銀子是給我外孫女的！你不要兒子，老漢還心疼外孫女呢！他們兩口子今天成親，明天還不知去哪裡，這點銀子就留給他們做盤纏吧。」盧維章微微一笑道：「老哥的意思，維章自然照辦。」董振魁這才放了心，把銀票遞給老平。老平接過銀票，竟是一愣，半晌才道：

「二少奶奶的外公、圓知堂董家老窯董大東家，喜銀兩萬兩！」

正廳裡頓時一片寂靜。郭立三嘆道：「罷了，還是董家有錢！又是二十年不見的外孫女，兩萬兩真不算多！」雷生雨仍沒忘記羞辱梁少寧，便道：「少寧，不是我說你，瞧瞧你老丈人，人家怎麼做事的？再瞧瞧你這個老丈人，唉！」梁少寧被他嗆得說不出話，只好裝作沒聽見，撕了一條雞腿大嚼起來。眾人知道他今天倒楣透了，都哈哈一笑，沒人再搭理他。

不多時酒席上盤底朝天，賓客們酒足飯飽，一股腦兒地擁出正廳，到外面看戲去了。今天盧家請來了洛陽喜天成戲班，唱的曲牌也有意思，正是原汁原味的豫西調《西廂記・拷紅》，專講小姐、少爺私訂終身的，看來盧家真是敢做敢為。扮演紅娘的是紅遍豫、陝、晉三省的名伶九歲紅。梆子聲一落，九歲紅碎步登臺，幾個臺步下來，朝著觀眾做了個扮相，真真是美目盼兮！一出場就是滿堂彩，臺下掌聲雷動。九歲紅跟扮演老夫人的老旦一唱一和，讓臺下人看得如醉如痴：

紅娘：去探病想對妳明白言講。
老旦：妳何不言講？
紅娘：怕夫人家法嚴妳不容商量。
老旦：不商量妳就敢探病書房！
紅娘：一再說很狠心不去探望。

老旦：就不該去探望！

紅娘：她捨不了張君瑞恩深意長。

老旦：快快快地往下講！

紅娘：把是非和輕重左右掂量，才不顧羞和醜去到書房，也怨老夫人妳做事不當，妳不怨妳自己妳來拷打俺紅娘……

董振魁本就不願在鈞興堂久坐，見客人們都去看戲了，便要起身告辭。盧維章攔住他道：「董大東家莫要急著走，維章還有話要說。」董振魁不願扯破兩家面子，只得跟著他來到後院的書房。剛一進門，便有一人施禮道：「豫川見過董大東家！」董振魁這才明白他果真還有事。盧維章引咎退居幕後，盧豫川此刻已是鈞興堂實際上的掌門人了，怪不得剛才在喜宴上看不到他，原來在這裡等著呢。

董振魁見到害兒子丟了一隻眼的仇人，恨不能立刻親手掐死他，臉上卻是笑容滿溢地道：「是豫川啊，不，應該是豫川大東家了吧？」盧豫川臉紅道：「大東家終究是叔叔，豫川不過是在叔叔養病期間代為主事，哪裡是什麼大東家？老伯休要取笑了。」

盧維章招呼二人落坐，淡淡道：「我是個重病在身、時日無多之人，讓豫川主事也是提前歷練他，鈞興堂早晚還是他的。今日斗膽請董大東家多留一會兒，就是想當面囑託豫川：從今往後，在神垕鎮的宋鈞生意上，鈞興堂一切都唯圓知堂馬首是瞻！豫川畢竟還年輕，此後少不了要董大東家指點，若是辦了什麼錯事，還望董大東家跟教訓自己孩子一樣，該打就打，該罵便罵。」

盧豫川忙起身一揖到地，「豫川先謝過老伯！」

董振魁在商海裡泡了幾十年了，什麼場面沒見過？董家手上有盧維義夫婦的性命，盧家手上有董家大少爺的一隻眼睛，兩家的深仇大恨豈是一兩句好聽話就能擺平的？盧維章說鈞興堂此後全聽董家的，說得就是再懇切，也跟小孩子玩家家酒一樣，真到了你死我活的時候，誰都不會記得今天的話。董振魁笑道：「兩位東家言重了！鈞興堂如今如日中天，五處窯場火火紅紅，只怕老漢的圓知堂沒這個底子，擔不得這麼大的面子！不過要說倚老賣老，教訓後人，我還是有些底氣的，畢竟是七十歲的老漢了嘛。」

三人言不由衷地笑了起來。盧維章見董振魁答應了，心裡多少寬慰些。董振魁又要告辭，他便不再挽留，讓盧豫川代自己去送。董振魁也不推辭，跟盧豫川一起出了門。盧維章呆坐半晌，直到盧豫川回來覆命才回過神來，道：「董振魁又說了什麼？」

「沒說什麼，只說兩家結了親戚，今後要跟一家人一樣之類的話。」

盧維章點頭道：「我知道你想置董家於死地而後快，是不是？你設計奪了董克溫一隻眼，兩家的冤仇越發深了……鈞興堂如今是你主事，你要明白一點：百足之蟲，死而不僵。何況董家老窯眼下蒸蒸日上，離死還遠著呢！你的毛病就是心浮氣躁，做事容易衝動，小心稍不留意就中了董家的計。董盧兩家的恩怨遲早要算總帳的，可現在不是時候！只怕會弄個兩敗俱傷、別人坐收漁利的結果。『君子引而不發，躍如也。』等鈞興堂在你手上有了壓倒董家的優勢，才是了結恩怨的時刻！你主事了，我雖說還頂著大東家的位置，也絕不會干預你，你就放手、放膽去做吧！但你務必牢記我的話：一不做霸盤，二不與爭鋒！《象》曰：『亢龍有悔，盈不可久也。』飛得越高，跌得就越重。鈞興堂的產業由你爹奠基，由我開創，如今輪到你來守成了。創業難，守成更難。你不要時時刻刻都抱著爭老大的心思，不要過於張揚，只要你守住了鈞興堂眼前的局面，就絕不會落在董家之後！」

盧豫川點頭道：「叔叔說的，豫川牢記不忘！」

盧維章閉目道：「我和董振魁這一輩已是夕陽西下了，董家兩個少爺，董克溫在經商上資質平平，毀了一目後便不再出面做事。但現在董家的梁柱，董克良，卻是個敢於下死手的人，你萬萬不可小瞧了他！將來兩家一旦有衝突，你盡量避其鋒芒，實在避不過去了，務必要有十足的把握，留足了退路，才能跟他交手！董克良不像他爹那樣事事處心積慮，但也不像他爹那樣優柔寡斷。開封府那次霸盤生意，豫海明明占了上風，他居然想出包下康家船行的計策，輕輕鬆鬆就把局面扭轉過來了。二十萬兩的生意，他就敢獨自做主，還真給他做成了！」

盧豫川恭敬道：「叔叔，豫川還是戴罪之身，掌管盧家產業實在是力不從心啊。豫海跟董克良是冤家對頭，有豫海在，還用得著擔心董克良嗎？姪兒懇求叔父把豫海貶到汴號去，有他鎮守汴號，盧家便可萬無一失！」

「此事不用再議。」盧維章搖頭道，「明日一早，你就送豫海一家啟程吧，去哪裡都由著他們。我跟你嬸嬸也不再見他們了。本來有許多話想囑咐他，今天是他們的洞房花燭夜，就算了吧。我還是那句話，有本事的人，趕得再遠也能自己活下去，沒本事的人，就像梁少寧那樣，給了他金飯碗也得餓死！」盧維章慢慢閉上眼，靠著椅背不再說話。盧豫川斟酌良久，也不好再說什麼，便一揖告退。

時值初冬，萬木凋零，一樹愴然，滿目蕭瑟。寒風起處，枯葉紛飛。盧豫川思潮起伏地走在鈞興堂曲曲折折的遊廊裡，心中萬分激動，難以平息。不過幾日的功夫，他的命運居然有了天差地別。眼下盧維章把鈞興堂交給了他，又親手趕走他最大的對手盧豫海，他如今在鈞興堂一言九鼎，誰敢不服？不過他也深知，鈞興堂上上下下都信服二爺盧豫海，他對他還在觀望中。要想真正站住腳，樹立起大爺的威望，只有做成幾個漂亮的生意才行，除此之外別無他法！他又想起了盧維章書房外的楹聯：每臨大事有靜氣，一逢惡戰自壯然。現在正是他破陣奪旗，殺敵立威之際！盧豫川驀地站住腳，望著黑色天幕中熠熠生輝的星子，陡然吼道：

刀劈三關我這威名大，

殺的那胡兒亂如麻，

亂如麻……

這是當年盧維章送他北上開闢洛陽商路，以「四大征」爲他餞行時，《雷鎭海征北》裡的唱詞。那時他還是個初出茅廬的少東家，正是雄心勃勃、年輕氣盛的時候。如今他執掌鈞興堂盧家老號五處窯場，做起事來更是豪氣干雲。盧維章剛才的諄諄教誨宛如一片殘霞，被平地而起的狂風一捲，早已無影無蹤。

盧豫海的新房就是他往日居住的地方。丫鬟水靈伺候兩人安頓下來，一邊忙著，一邊笑嘻嘻地跟關荷打趣。關荷端坐在新床上，心裡的狂瀾仍無法平靜。幾天來她先是獲罪被關，從丫頭變成了勾引少爺的罪人，眼看小命難保，轉眼之間又從罪人變成了二少奶奶！一時間連她自己都難以面對這樣的巨變。水靈趁盧豫海沒注意，悄悄附在關荷耳邊道：「關荷姐姐，要二爺先說話！」關荷做丫頭的時候，跟水靈關係最好，一直都是姐妹相稱。神垕的風俗是，新婚之夜誰憋不住先說話了，今後的日子裡就凡事都得聽對方的。關荷怎麼會不知道這個習俗，忍不住一樂。盧豫海回頭笑道：「水靈，妳說什麼？」水靈咯咯笑道：「奴婢請二少爺、二少奶奶安寢！」說著關上了房門。

新房裡只剩下兩個新人了。外面看戲的賓客發出的叫好聲、掌聲不時傳來，新房裡顯得格外寂寥。盧豫海躡手躡腳來到關荷身邊，猛地掀開了紅布蓋頭。關荷低眉順眼地盯著腳尖，緊張得渾身顫抖。盧豫海也不說話，一把將她攬到懷裡，伸手去解她的衣扣。關荷忍不住叫道：「二爺！」盧豫海停下手，哈哈大笑道：「水靈怎麼囑咐妳的，全忘了嗎？這下子是妳先說話了。」關荷這才知道剛才的話全被他聽了去，禁不住滿臉通紅道：「我嫁給了你，自然一輩子都聽你的，我才不管什麼誰先說話呢！」盧豫海大笑不止，便要吹燈上床。關荷急道：「二爺且慢！」

盧豫海舉著燭臺，笑道：「娘子喜歡亮著燈嗎？」

關荷氣得笑了，「總是沒個正經！我有話對二爺講……」盧豫海把燭臺放在床頭，又坐到關荷身邊道：「妳講，我就喜歡聽妳講話，聽一輩子都聽不夠。」關荷靠在他肩頭，呢喃道：「我做夢都想不到，真的嫁給了你，這……我是個因私情而生的孽種，卻跟你有了私情，害你觸犯家法，受了那麼多責罰……背上的傷還疼嗎？打你的時候，我跟夫人在一旁看，夫人嘴裡說『打得好』，其實心裡很難受，連佛珠都捻斷了。我本來抱著求死的心思，可我一看見你，就不想死了。你爲我遭了那麼多罪，我就這麼不明不白地死了，對不起你啊……」

「說什麼死不死的，還沒到那個地步呢！我要妳好好過日子，好好生兒子。」

關荷羞得滿臉紅暈，「都是你！對夫人說什麼、說什麼跟我有了……夫人和大嫂不知從哪裡弄的法子，驗了我半天身子，若不是我當初狠心拒絕你，能有今天嗎？」關荷慢慢從懷裡抽出一張白絹，「大嫂說了，什麼法子驗身子，都不如初夜落紅服人。大嫂偷偷給了我這個，要我證明自己清白……」盧豫海自然知道這些禮數，便嘻嘻一笑，揶揄地看了她一眼，整整齊齊地把白絹鋪在床上。關荷早癱軟成一根麵條，依偎在他懷裡，凝神看著燭火。那火苗如她的心一樣突突跳躍、燃燒著。關荷深情地看了一眼盧豫海，輕輕吹滅了燭光。

新房外，盧王氏呆呆站在門口，見屋裡熄了燈，兩行淚水奪眶而出。良久，房裡傳來關荷壓抑的痛苦聲，盧王氏慘然一笑，默默遠去。

拾參

南下景德鎮

光緒八年十一月初三，神垕鎮下了入冬以來第一場大雪，目光所及之處一片潔淨，好像披在旅人身上雪白的大氅。這天也是盧豫海自請逐出家門的日子。雪停之後，鈞興堂上至苗文鄉、楊建凡兩位老相公，下至普通的僕人、長隨，都圍在鈞興堂門外給盧豫海夫婦送行。盧豫海從年初在開封府一戰成名後，鈞興堂上下無不嘆服，加上他又在窯場銳意革新，立了不少新規矩、新章程，正處於人心所向的大好局面。卻偏偏因觸犯家法而不得不離開，眾人心中都是百般不捨。

盧豫海倒顯得分外灑脫，對楊建凡笑道：「楊大伯，我定下的那些規矩，像每月開一次葷之類的，還請大伯督促著辦，不能我走了，規矩就廢了。馬上就過年了，好歹讓咱們的夥計家家都能吃大肉餡的餃子啊！」楊建凡落淚道：「此事不消囑咐，老漢知道該怎麼辦……」盧豫海又轉向苗文鄉道：「老相公，汴號那邊的船行是我一手建起來的，領班相公牛顯山貪酒好色，但除了這點毛病，還算是個忠厚老實、能信得過的人。你平日裡多去信申斥，時時提醒他，褲腰帶勒緊點，襠裡傢伙惹的罪過，有時候可厲害呢！」苗文鄉唉聲嘆氣道：「二爺的話老漢記住了，用人不拘一格是二爺的脾氣，我一定照辦！」

十幾個窯場相公見兩位老相公都說了話，便一擁而上道：「二爺！窯場的夥計們捨不得你走啊！」

盧豫海指著他們笑道：「你們這群狗娘養的，大白天不在窯場裡蹲著，到這兒來湊什麼熱鬧？若是燒壞了東西，我一個個打死你們！頭一個就是你，老柴！」

大相公們都笑不出來，柴文烈上前道：「二爺，您就是再減我半釐身股，我還是得來送送！有了身股制，再加上二爺的新章程，窯場裡就是沒有相公坐鎮，夥計們也是拚命幹活……二爺這次走了，不知打算去哪裡落腳？」

盧豫海狡黠一笑，「南邊！」

楊建凡愣道：「南邊？」

苗文鄉心裡頓時明白了，道：「二爺要去江西景德鎮嗎？」

盧豫海笑道：「還是老相公知道我的心思！景德鎮是瓷業重鎮，又首開了大辦洋務的風氣，我聽說那裡都開了什麼公司、建了什麼新章程，早就想去瞧瞧了！我這一去，非得在景德鎮闖蕩一番，攪個天翻地覆才行！」

眾人面面相覷，都想不到盧豫海明明是被逐出家門，卻一點頹唐都沒有，反而一副興高采烈、躊躇滿志的模樣！一時都不知該說什麼好。盧豫海望著鈞興堂的大門，皺眉道：「我大哥呢？他去請我爹媽了，怎麼半天還不出來？」眾人剛想勸解，卻見盧豫川匆匆出來，對盧豫海搖了搖頭，爲難道：「叔叔和嬸嬸說了，再見面的時候，就是你掙回臉面、衣錦還鄉之日。我看他們是還在氣頭上，你們就在我那裡暫住幾天，等他們消了氣再……」

盧豫海怔怔地看著他，忽地跪下去，道：「大哥，我不能在二老身邊伺候了，他們身子骨都不好，豫海求大哥好好照顧他們！」說完磕下頭去，再抬起時，熱淚終於湧了出來。盧豫川忙扶他起來，灑淚道：「兄弟走好，家裡的事有你大嫂照顧，你就放心吧！我在眾人面前起誓，不出三年，一定召你回來！」盧豫海擦了眼淚，朝一旁的馬車喊道：「娘子，都準備好了嗎？」車裡傳來一個聲音：「一切都好，二爺發話吧。」

盧豫海朝眾人一揖，笑道：「光棍多好當，說走就走！一有了老婆，就不方便了。」眾人見他臨別之際還那麼輕鬆談笑，都破顏笑了，隨即又是滿臉的哀傷和不捨。盧豫海跳上馬車，對眾人道：「二爺走了！」眾人擁上前來，有人哭出了聲。盧豫海揚鞭策馬，看著前方，大吼道：「二爺走了！得勁哪！」

眾人追著送了好遠，盧豫海一路唱著《雷鎮海征北》：

刀劈三關我這威名大，
殺得那胡兒亂如麻，

亂如麻……

聲音裊裊不絕，在神垕鎮上空久久盤旋。眾人都沒注意到，就在馬車駛出的同時，鈞興堂大門裡站著兩個淚流滿面的女人，呆呆地看著盧豫海夫婦離去。蘇文娟扶著站立不穩的盧王氏，顫聲道：「夫人，回去吧。」盧王氏含淚搖頭道：「我再看一眼，再看一眼……」蘇文娟道：「夫人爲何不去送呢？老爺就是再絕情，您好歹是二爺的……」盧王氏的身子顫抖起來，蘇文娟也說不出話。兩人見馬車消失在視線內，才轉身蹒跚而去。蘇文娟忽然想起什麼，從懷裡掏出一樣東西，遞給盧王氏道：「夫人，這是二少奶奶關荷託我給您的，您看看吧……」

盧王氏接過那條白絹。白絹上星星點點的落紅，正如杜鵑啼血，催人淚下。盧王氏手一鬆，白絹飄飄落地，跟滿地的白雪融爲一體。

盧豫海和關荷一路奔波，經汝寧府過武勝關入湖北，自武昌府上船，沿江而下入江西，終於來到饒州府浮梁縣景德鎮，此時已是光緒九年的春天了。兩江總督是一代名臣左宗棠。左氏與前任兩江總督劉坤一、彭玉麟等都是清末中興重臣，洋務派主將。二十多年經營下來，江蘇、安徽、江西三省大興「求富、自強」之風，是洋務運動的重鎮。自門戶開放以來，洋行買辦紛至沓來，景德鎮瓷業生意欣欣向榮，又學了不少洋人建場經營的手法，面貌煥然一新。盧豫海初來乍到，儘管還沒來得及好好認識，卻也被這個景象深深打動了。

盧豫海在景德鎮南北大街租了間房子，剛安頓好家當，便興沖沖地帶著關荷出門逛街。景德鎮南北、東西兩條大街穿城而過，於城中心交會，稱爲十字大街，是全鎮最繁華的地方。沿街兩邊都是各大窯場的正門和瓷器鋪子，旗幟招展，叫賣聲不絕於耳。夥計不像豫商那樣老老實實地待在櫃上，而是站在字號門外，朝著來往的行人兜攬生意。盧豫海看了多時，嘆道：「怪不得這些年南幫的生意如此火紅，這還只是江西呢！聽說江蘇、浙江那邊，跑街的夥計都會說洋人的話！咱們豫商的夥計，根本沒有跑街這一項，老是待在櫃檯上，乾等著商伙進門，那怎麼行！」關荷見他出神，便嗤嗤笑道：「你天生就是個生意人，眼下剛有個落腳的地方，你不尋思怎麼養活妻子，淨領著我逛街！」

盧豫海笑道：「妳這話說得有趣，我領妳逛街妳還不領情嗎？以前在鈞興堂裡，妳是丫鬟我是少爺，也沒見妳這麼不知足呀？」關荷嗔道：「我跟著你，總不是圖逛街遊玩，到頭來餓死在景德鎮吧？俗話說得好，『嫁漢嫁漢，穿衣吃飯』！」

「我可是『娶妻娶妻，挨餓受凍』！」盧豫海機靈地對答道，「本來一個人好好的，一人吃飽全家不餓，偏偏討了妳這麼個餵不飽的笨妻子，天天嚷著要吃飯！敢情是娶了個飯桶？」關荷笑得合不攏嘴，也不顧是在大街上，連連捶著盧豫海道：「你就是不正經！」盧豫海欣然挨了她幾記粉拳，拉著她的手朝一邊的地攤走去，嚷道：「吃飯，吃飯，咱這就吃飯嘍！」

小吃攤上掛了個招牌條幅，寫著「正宗毛家贛南小炒魚」，一字排開的幾個攤子上坐了不少人。盧豫海和關荷找了張沒人的桌子坐下，立刻有個老漢過來道：「少爺、少奶奶，今天吃什麼？」盧豫海一嘴的道地官話道：「我們是外地來的，就吃你們這裡的特色小菜。你們這裡什麼有名？」老漢憨厚地一笑道：「咱們這兒魚餅、魚餃、小炒魚是名菜，合稱『贛州三魚』，二位就每樣來一點吧？」盧豫海笑道：「我這個老婆肚量大，你給我盛得實惠點。」老漢笑道：「江西人不欺生，怎麼會不實惠？您等著吧！」關荷羞紅了臉，悄悄擰了他一把，低聲道：「你再不正經，我就走了！」盧豫海忍痛笑道：「這就奇了，妳張口閉口說吃飯吃飯，怎麼給妳飯吃了還不樂意？」

兩人說笑間，老漢已把菜肴、主食端了上來。盧豫海細細看著小炒魚，道：「老伯慢走，我有話問你。」老漢笑著坐下，道：「看少爺也是個會吃的人，敢問有何見教？」盧豫海拿筷子夾了塊魚，慢慢咀嚼著，道：「魚是用醋炒的吧？是新鮮的草魚，去掉了頭尾，切成塊狀，加入生薑、香蔥、紅椒、醬油和醋，下熱油鍋炒出來的吧。嗯，色澤金黃，味鮮肉滑，還帶著醋香！炒魚放醋，這以前倒是沒見過……」老漢呵呵笑道：「果然是個懂吃的人！少爺說得一點不假，咱們江西人把醋叫做小酒，這小炒魚還有個名號，就叫小酒炒魚啊！」

盧豫海放下筷子，笑道：「這麼說我還猜對了！南北大菜我吃過不少，這小酒炒魚還是頭一遭吃到！老伯，在下還有個事情，想向老伯討教。」老漢心裡正高興著，滿口應承道：「少爺請講。」盧豫海指著遠近的窯場店面道：「這景德鎮裡，最火紅的生意是瓷器生意吧？」「那還用說？瓷都嘛！」「哪一家生意最好？」「要說生意最好，還是白家阜安堂！全鎮一半以上的生意都是白家的。」「那又是哪一家生意原先好，現在又不行了呢？」

老漢瞇著眼想了想，道：「那就是許家韻瓷齋了。唉，老許家就是倒楣，以前生意挺好，跟老白家差不多。可許家大掌櫃許從延前幾年大病一場，花了不少銀子，身邊又沒兒女。本來窯場裡還有不少好手，全給白家挖走了。現在是要造型沒造型，要工藝沒工藝，生意說不行就不行了。」

盧豫海點頭道：「多謝老伯！這三樣菜，您再多來一份，我打包帶回去。我這個老婆就是能吃，不到晚飯又會叫餓了。」老漢看出他們是少年夫妻，少不了打情罵俏，便陪笑下去了。

盧豫海和關荷在鎮上足足逛了一天，直到天黑才攜手回到住處。盧豫海租的房子在南北大街杏仁胡同，靠近景德鎮的北門。關荷車馬勞頓了幾個月，今天又陪盧豫海逛了整整一天，早累壞了。她見盧豫海捧著腮幫子發呆，便笑道：「二爺，你不累嗎？」

盧豫海沒搭理她，思索良久，突然道：「關荷，咱們還有多少銀子？」

關荷靠在床頭心算一下道：「臨走前大哥大嫂給了二千兩，苗老相公、楊老相公各給了一千兩，其他的相公也給了五六百兩，路上花不到一千兩，再加上外公給的兩萬兩……」盧豫海不耐煩道：「我問妳整數，又不是合帳，妳說那麼瑣碎幹嘛？」關荷哭笑不得道：「你就是急性子，我哪裡知道你要整數？告訴你吧，咱還有兩萬三千兩銀子呢！夠用了。」

盧豫海略一沉思，道：「夠用？指望它過日子，自然是夠了……今後妳就當沒這兩萬多兩銀子，提也不要再提！明天我去當鋪把車馬都當了，二爺我要他娘的白手起家！」

關荷驚道：「你把車馬都當了，咱們怎麼回神垕？」

盧豫海狡黠一笑道：「要是我發了大財，建起鈞興堂景德鎮分號，咱還愁沒銀子回家嗎？娘子就在家好好瞧著吧，不出一年，二爺我必定『殺得那胡兒亂如麻』！」

盧豫海說幹就幹。第二天一早，他便向關荷要了幾百兩銀子，趕了馬車直奔當鋪。鋪子裡的掌櫃見他衣著華麗，以為又是個敗家子少爺，便道：「破爛馬車一輛、枯瘦老馬一匹，紋銀十二兩！」盧豫海氣急反笑道：「掌櫃的，你瞧清楚沒有？這馬車的頂子是新的，車輻剛刷了漆，馬也是才三歲正健壯的牲口，怎麼到了你嘴裡就成破車老馬了？」

掌櫃的心裡好笑，臉上還是謙恭道：「那少爺不妨去別家瞧瞧？不過我告訴少爺，出了這門，可就不是這個價了。」

盧豫海在汴號做生意那陣子，對三教九流都頗感興趣，當鋪這裡頭的彎彎繞繞也略知一二。每地的當鋪都有行規，進門的生意各家都有照應。出了這家的門，別的鋪子立刻得到消息，一見當物就刻意壓價，別說十二兩了，就是十兩都難！盧豫海恨得牙癢癢，耐著性子道：「你們的規矩我也懂，不就是串通起來欺負老實人嗎？二爺我也懶得跟你們攪和，十五兩！少一錢老子都不幹，就是回家砸車殺馬燉肉吃了，也比受你們的氣強！」

掌櫃的瞇起眼打量他一陣，道：「十四兩！成就成，不成您請便！」

盧豫海把馬鞭塞給他，笑道：「成交！」掌櫃的便大喊道：「破爛馬車──」盧豫海一把抓住他的衣襟，咬牙切齒道：「你再作踐我的東西，小心二爺我打你！」

盧豫海本來個頭就大，南方人身材又比北方人小了許多，掌櫃的踮起腳才到他的鼻子，給他這麼突然一抓，嚇得連聲道：「不說了！不說了！櫃上聽見沒？紋銀十四兩！」盧豫海這才放了他，笑道：「掌櫃的真是好手段！我若是東家，一定給你加薪！」說罷哈哈大笑，去櫃上領了銀子離去。掌櫃的摀著胸口，一口一個「北方佬」地罵了起來。

當鋪就在東西大街上，盧豫海出了當鋪的大門，就聽到鋪天蓋地的買賣吆喝聲。盧豫海看著眼前的情景，冷笑了幾聲，揣好十四兩銀子，大步走入人群中。他沒急著去韻瓷齋，而是去了別家窯場店面裡，問東問西地打聽。夥計們見他衣著不俗，認定是個大買家，無不是殷勤伺候，有問必答。盧豫海在店裡泡了整整一天，把聽來的青花門道牢記在心，並掏出銀票來買了幾件上等青花瓷器，這才心滿意足地走了。一進家門，看見關荷正在生火做飯，便笑道：「娘子辛苦了，今天拿什麼打牙祭？」關荷瞥了他一眼，佯怒道：「還說呢！放著銀子不讓花，就你給我那一兩多碎銀子，等著餓肚子吧。」盧豫海笑著把買來的瓷器放好，再把十四兩銀子遞給她道：「這不是有銀子了嗎？」關荷啐道：「當車馬當來的吧？哼，那套車馬值二十兩銀子，你偷藏了多少？中午也不回家，害我吃了一碗涼米飯，你倒大吃大喝去了，還攢了不少私房銀子吧？」

盧豫海盯著她的臉，良久才笑道：「我就喜歡看妳使小性子的模樣……我告訴妳，這涼米飯吃不了幾天！」關荷做好了飯端上桌來，笑道：「別做白日夢了，好好吃完，快歇息吧。」盧豫海端起碗狼吞虎嚥道：「妳吃了先睡，我得忙一會兒呢！」關荷噗嗤笑道：「我就不睡，我等你。」言語中帶了數不盡的愛意。

話雖這麼說，到了子夜時分，關荷還是熬不住，自己翻身睡了。次日黎明，她悠悠醒來，卻見盧豫海伏在桌上，又寫又畫地忙個不停。關荷道：「二爺，你不要命了？一宿沒睡嗎？」盧豫海彷彿沒聽見似的，站起來伸了個懶腰，回頭道：「妳自己做點東西吃吧，我得出門了。」關荷目瞪口呆地看著他推門出去，連頭也沒回。等她回過神來，哪裡還看得見他的影子？只好苦笑一聲。

盧豫海又是到了傍晚才回家。關荷問他去哪裡了，他含混地說去窯場看看，還不停地打哈欠。關荷見他著實累壞了，也不忍再問，早早服侍他就寢。第二天一早，盧豫海心急火燎地把她推醒道：「我那身夥計的衣服呢？」關荷迷迷糊糊道：「不是在包裹裡嗎？好端端的你穿那身衣服做什麼？」盧豫海翻出了衣服，穿上就朝外走。關荷急道：「桌上有包子，你拿一個再走！」

盧豫海出了杏仁胡同，便直奔韻瓷齋而去。韻瓷齋的生意的確不好，這幾年店面不斷搬遷，從最繁華的十字大街搬到了東西大街的盡頭，再往前走就出西門了。盧豫海打聽了半天才知道韻瓷齋在哪裡。往來商客很少來到這裡，門口站的幾個跑街夥計無所事事，挽了袖子在一起閒話。見有人來了，一個夥計上前殷勤道：「這位東家，是來買青花的嗎？許家青花瓷名冠景德鎮，您算是來對了！」盧豫海裝出木訥的表情，看了看夥計，一口河南話傻傻地道：「我沒飯吃，家裡還有老婆，求各位大爺開恩賞口飯吃。」

夥計們相視一愣，繼而失望地搖起頭來。一個年長的夥計道：「這位河南老鄉，你找錯門了！這老許家撐不了幾天了，若不是老東家心腸好，我們幾個早辭號投奔別家了！你來這裡找活計，是找錯地方了？」

盧豫海抹起了眼淚道：「老哥，我不要錢，只要一天三頓飯，能養活兩口人就成！您好歹去跟東家說說，就當是積德行善！」說罷連連作揖。老夥計爲難起來，幾個夥計也嘆息不已。這時一個蒼老的聲音傳了出來：「外面是誰在喧譁？」

盧豫海忙轉頭看去，一個老者手拄拐杖，蹣跚而來，一身藥味，滿臉病容。盧豫海知道這就是東家許從延，立刻快走兩步上前，跪倒道：「小的余海，懇求許東家收留！」許從延不停地咳著，上下打量盧豫海，嘆道：「韻瓷齋的生意，你也看到了……也罷，老朽一向見不得受難的人，你要是肯幹，就留下來吧。不過醜話說在前頭，你可沒工錢，只管一天三頓飯！」

「我家裡還有個老婆呢。」

「好好好，連老婆的飯一併管了，行了吧？」

盧豫海連連磕頭謝恩。許從延道：「老袁，你就跟他說說吧。唉，真是奇了，我還不知道能幹幾天呢！」說罷搖頭而去。盧豫海叫道：「老東家留步！」許從延轉過身來，奇道：「你還有什麼事？」

盧豫海笑道：「老東家真是宅心仁厚，小余子不知該怎麼報答才好！既然我進了韻瓷齋，就是老東家的人了，有些話想跟老東家一個人說，不知行不行？」

許從延一愣，又是一番打量，也許是看出了些蹊蹺，便道：「反正老朽也是在家等死之人，你就跟我來吧。」幾個夥計看得瞠目結舌，目送盧豫海跟著許從延進了後堂。

許從延的書房裡到處都是藥罐，一個小爐子上還熬著藥，嘟嘟響著。許從延招呼盧豫海坐下，虛弱道：「你有什麼話就講吧。」盧豫海笑而不答，從包袱裡掏出幾張紙，擺在書桌上。許從延湊近看了看，兩隻老眼發亮道：「這、這不是圖譜嗎？」盧豫海道：「正是！這是白家青花瓷的圖譜，小的承蒙老東家不棄，願將這些圖譜送上，當作見面禮。」

做瓷業生意得有三樣東西：圖譜、技法、夥計。最重要的就是圖譜。白家阜安堂之所以生意興隆，就是靠著層出不窮的造型圖譜。此乃白家最機密之事，向來不輕易示人。這個滿口河南話的年輕人是如何窺探到的？許從延不由得疑惑道：「你究竟是什麼人？」

「肉人！嘿嘿，開句玩笑話。我家世代在河南禹州神垕鎮，說起來燒窯也有好幾十年了，這不過是雕蟲小技，真本事還沒亮出來呢。」

「神垕鎮以前是董家老窯最厲害，這二三十年又出了個鈞興堂盧家老號，你們余家好像……」

「老東家真是見多識廣！我們余家就在盧家燒窯。不瞞您說，我跟妻子是私奔出來的，爹娘都不要我們。要不然，我怎麼會到這裡來？」

「私奔？唉，大不孝啊！……你還有什麼想法？」

「三個月！您給我三個月的時間，我要是不能讓韻瓷齋的店門再搬回十字大街上，您辭了我！」

「那工錢……」

「我還是分文不要，管我們兩口子一日三餐就行！」

許從延直盯著盧豫海，好半晌才道：「成！反正韻瓷齋也撐不了幾天了，死馬當活馬醫吧。」盧豫海笑了起來，伸手把圖譜抓起，塞到爐膛裡，幾頁紙瞬間化爲灰燼。許從延驚道：「你！」盧豫海拍了拍腦袋瓜子道：「老東家，這點東西都在我腦子裡呢！您的韻瓷齋如今還剩下一處窯場，百十口窯，您打算交給我多少口？」許從延搖頭笑道：「看來余少爺是有心之人啊！不瞞你說，雖然還有百十口窯，但夥計們跑得差不多了，也就是二三十口還能點火……都給你！你就去做吧。」

「老東家這麼爽快？」

「不爽快也遲早是白家的，萬一能成呢？你放手去幹吧，就是把這點家底都敗了，老朽又無兒無女，沒什麼指望，無非是將來脫手時少賣點銀子。」

盧豫海沒料到他會如此坦白，剛認識就推心置腹了，心裡不無感動道：「老東家放心，韻瓷齋絕不會就這麼完了。」說罷，一揖到地。

掙洋人的銀子

時光荏苒，一晃眼就是一年多。韻瓷齋在盧豫海的操控下，果真燒出了不少絕妙的青花瓷，一時間轟動了景德鎮。可事情進展卻不如盧豫海預料，雖然有了好貨色，可韻瓷齋的生意一直是不上不下的，倒閉關門的可能性不大，但跟白家阜安堂相比還是相差甚遠。不論如何，韻瓷齋總算是度過了有史以來最艱難的一段時光，起死回生了。因此在光緒乙酉年（十一年）春節到來之際，韻瓷齋還在老東家許從延的主持下，熱熱鬧鬧地辦了幾桌酒席，犒勞一年來爲生意疲於奔命的夥計們。

有了盧豫海，許從延這一年幾乎不再過問生意，精心調養，因此身子骨硬朗許多。他率先舉杯道：「各位夥計！今天是除夕，晚上大家都要回家團聚，這頓午飯就當韻瓷齋提前給大家拜年！願諸位萬事順意，家家物富人康！」

夥計們紛紛舉杯同賀。盧豫海如今雖說是韻瓷齋主事的人，卻仍舊是夥計的身分，跟大家坐在一起有說有笑，分外親熱。許從延略微沾了沾酒，又道：「各位！老朽在這裡還有兩件事要講。第一件，余海來韻瓷齋一年多了，做的事情大家有目共睹，我決定從今天起，聘余海爲韻瓷齋大掌櫃，繼續主持韻瓷齋的生意！不知各位意下如何？」

韻瓷齋起死回生，全靠盧豫海一人。夥計們跟他朝夕相處，也都敬重這位身懷絕技，卻言語謙和的年輕人。何況他本來做的就是大掌櫃的事，只差沒有當眾宣布罷了，當下便一個個嚷著附和。許從延笑道：「那這件事就這麼定了。既然余海已經是大掌櫃了，那第二件事就由他來講吧。」盧豫海大步走到許從延身邊，朝四下拱手致意。眾人目光炯炯地看著他，全場鴉雀無聲。盧豫海看了看大家，不由得笑道：「本來當個夥計多好，成了大掌櫃覺得渾身不自在！大家也他娘的別管這些虛名，咱們還是好兄弟！」夥計們聽了無不鼓掌大笑，許從延也不覺莞爾。

盧豫海又道：「這第二件事，也是大東家一直掛念的事。韻瓷齋的青花瓷不輸給白家，可生意一直起不來。我打聽過，白家每進項一百兩，韻瓷齋只進項二十兩，足足差了八成！今天請大家吃飯，是想請諸位幫忙出出主意，怎麼才能把生意做起來？」說罷，他一臉誠懇地看著在座的眾人。夥計們都是在韻瓷齋做了多年的老人了，深知自家的富貴榮華跟韻瓷齋休戚相關，便紛紛獻計獻策。有的說重新裝修門面，有的說降價打響名聲，有的甚至提議請風水先生來勘風水。盧豫海和許從延相視一笑，待場面平靜了些，盧豫海道：「諸位說的都有道理。開拓生意是大事，不是一天兩天就能定下來的。明天櫃上放假，這幾天大家就在家裡好好琢磨琢磨，有老婆的別只顧著上床抱老婆，沒老婆的也別他娘的總往窯子裡鑽！來，喝酒！」夥計們聞言哈哈大笑。這頓飯吃得無人不歡，足足鬧了兩個時辰才各自散去。

西時，盧豫海一身酒氣地回到家裡。關荷這一年多來早習慣了他早出晚歸，見他進了門，笑道：「大掌櫃回家了？」盧豫海愣道：「妳怎麼知道？」關荷笑吟吟地道：「剛才許老東家的老伴來了，送了不少年貨，還說從今天起你就是韻瓷齋的大掌櫃了。怎麼，你還想瞞著我不成？」

盧豫海撓了撓後腦杓，既驕傲又羞赧地笑道：「一年多才混了個大掌櫃，有什麼好說的？東家送了什麼年貨？還需要我去買嗎？」

關荷瞪了他一眼，嗔怪道，「等你這個大掌櫃想起年貨的事，連餃子都吃不到了！我早買了，還買了幾尺法國的洋布，過年給你做身新衣服！總是邋邋遢遢的，沒個大掌櫃的模樣。」說著取出布料，在盧豫海身上比著，得意道，「還是我的眼光好，就剩這點法國洋布，我全買了回來！唉，還不知什麼時候才能再買到呢！」

盧豫海一愣道：「滿大街的布料鋪子，怎麼會買不到法國洋布？」

關荷斜他一眼道：「虧你還在外頭跑！眼下大清國跟法國開戰了，前幾天江西的官兵往前線開拔，又扛槍又抬炮的，聲勢大著呢！」

盧豫海喃喃道，「法國、開戰……」他急切地在屋子裡來回踱步，猛地一跺腳，「有了！」

關荷驚道：「你、你怎麼了？」盧豫海興奮地攔腰抱起她，轉著圈道：「太好了！兩國一開戰，咱們的好日子就要來了！」關荷不解地看著他，慌道：「你快放我下來！鍋裡還煮著餃子呢！」盧豫海這才放下她，急切道：「我從神垕帶來的書呢？」關荷道：「都在床底下呢！你怎麼突然想看書了？」

盧豫海俯身拉出一個大書箱，迫不及待地翻出一本書，失聲笑道：「書到用時方恨少啊！沒想到我千里迢迢帶來的這套魏老夫子的《海國圖志》，今天要派上用場了！」說著大步朝門外走去。關荷喊道：「大過年的你去哪裡？」盧豫海頭也不回道：「去鋪子裡！餃子等我回來再吃！」

關荷氣得把杓子一摔，嚷道：「你瘋了嗎？今天是除夕，鋪子裡早沒人了，你還要家不要？」盧豫海剛走到院子裡，聽見這話也是一怔，轉身回到她身邊，笑道：「好好好，娘子莫要怪罪。不如妳跟我一起去鋪子裡，反正家裡就咱們倆，東家老兩口沒兒沒女挺淒涼的，咱們跟老東家一起過年吧。」

關荷心裡一動。他們在景德鎮舉目無親，往年在神垕過年，都是熱熱鬧鬧、歡天喜地的，猛地冷清下來，她也覺得分外淒涼。見盧豫海這麼說，便道：「去就去，你急什麼？我好歹換件新衣服，帶點年禮什麼的……」

盧豫海想得一點不錯。鋪子裡的人都回家過年了，只剩下許從延和老伴兩個人。許從延一生積德行善，卻連個一兒半女都沒有，每到過年都是老兩口最哀傷的日子。看著別家老人兒孫承歡膝下，享盡天倫之樂，自己卻是無窮無盡的寂寞淒涼。一盤餃子端了上來，許從延便落下兩行老淚，嘆道：「若是兒子還在，今年也三十歲了……」老伴許張氏早哭得像個淚人。就在此時，外面響起敲門聲，許從延擦了老淚道：「大過年的，誰會來咱家？」老兩口攜手結伴來到門口，許從延道：「是誰在外面？」

「我，余海，領著妻子給二老拜年來啦！」

許從延驚喜萬狀，忙拉開門閂讓他們進來。盧豫海提著年禮，對老兩口深深一揖。關荷親暱地攙著許張氏，四個人一起來到後堂。盧豫海見桌上只擺了孤零零一盤餃子，便道：「娘子，快去廚房再弄點餃子，這一盤還不夠我一個人塞牙縫呢！」關荷笑著點頭，許張氏哪裡肯讓關荷下廚，兩人誰都不讓，最後只得一起去了廚房。許從延看著盧豫海，不知不覺又是淚流滿面，道：「生意事多，害你過年也回不了家……」盧豫海笑道：「老東家這是哪裡的話？我正愁沒老人孝敬呢。想來想去，咳，鋪子裡不就有兩個現成的老人嗎？這多好！我憑空撿了個爹，您憑空撿了個兒子，不就是一家人了嗎？」

兒子？許從延凝神看著他，想了許久的念頭脫口而出：「大掌櫃，我是個沒兒沒女的老絕戶，而你有家也回不去。如果你願意，我就認你當乾兒子，你看如何？」

盧豫海萬分驚訝道：「老東家！」

許從延含笑道：「韻瓷齋這點產業也是你救回來的，只要你認了我這個乾爹，韻瓷齋就歸你了！我跟老伴也沒別的指望，但求你將來能給我們倆養老送終就成！」

盧豫海咬緊了嘴脣，忽然道：「既然認了兒子，還有什麼幹不幹的，從今往後我就是您親兒子！我娘子從小沒爹沒娘，她就是您親閨女！爹爹在上，兒子給爹磕頭了！」說著便跪倒在地，賣力地磕了三個響頭。許從延喜出望外，忙道：「快起來，快起來，別磕疼了！」盧豫海站起來，眼裡淚光點點，「爹，不瞞您說，我跟老婆私奔的時候，我爹重病在身，我娘身子骨也不好。來景德鎮一年多，我連個信都不敢寫，生怕他們又因爲我生氣。爹，如今我有兩個爹、兩個娘了，我心裡痛快得很。拿我們神垕鎮的土話講，就是『得勁』！」

許從延看著盧豫海，越看越覺得歡喜。本來他心裡還忐忑不安，生怕盧豫海一口回絕，今後連商伙都做不成了。哪裡料到他居然答應得如此爽快！當下站起身，朝廚房嚷道：「老伴！妳聽到了沒？咱又有兒子啦！還有兒媳婦！」許張氏從廚房裡探出頭來，先是一臉驚詫，等聽明白了，軟軟地靠在門框上，阿彌陀佛地誦起經來。

盧豫海攙著許從延重新落坐，兩人相視的目光與以往大不相同，已同親人一般無二了。兩人聊了幾句閒話，最後還是回到生意上。許從延道：「孩兒啊，韻瓷齋交給你，我心裡踏實！現在是一家人啦，你明年有什麼打算，就原原本本說給爹聽吧。」盧豫海微微一笑道：「若沒有認親，這件事我還真不好開口！這招棋太凶險，成了，韻瓷齋一鳴驚人；不成，韻瓷齋一敗塗地，還得背上罵名……」

「韻瓷齋是你的，你想怎麼弄，就怎麼弄，我還信不過自己的兒子嗎？」

「眼下大清國跟法蘭西國開戰了，爹知道嗎？」

「知道，鎮上商會下午剛來的帖子，要各家各戶都出銀子勞軍呢。」

「爹，咱的機會來了！」

「你慢點說，我沒聽明白。」

盧豫海耐心道：「戰事一開，朝廷跟法國就是敵人。據我所知，法國洋行一向是景德鎮瓷器的大買家，動輒二三十萬兩銀子，全是走上海的法蘭西銀行，再由西幫票號匯到景德鎮，是不是？」

許從延點頭道：「是沒錯，他們都是走蔚豐厚票號。蔚豐厚的老幫裴洪業是我的老商伙了。」

「法國人來買瓷器，大多是春天買，趕在三月之前買齊，再走兩個月的海路運回法國，過他們的國慶日！法國沒皇帝，是議會說了算。國慶日就跟咱們皇上做壽一樣，隆重得很，少不了咱們大清國的瓷器。眼下兩國一打仗，法蘭西銀行的買賣算是不行了，早晚得凍結！可洋人買瓷器的銀子都匯到景德鎮了，抽也抽不走，只能存在蔚豐厚票號的銀窖裡……」許從延眼睛一亮，「你要跟法國人做生意？」

「對！這筆銀子他們想不花都不行，不然過節沒東西送禮！而且不但得花，還得趕緊花完，等到朝廷禁匯的旨意一下，這筆銀子全得充國庫了！如今是洋人急著花銀子，蔚豐厚也不敢久存，只要咱們加把勁，就能逼他們乖乖把銀子掏出來！」許從延沉思道：「你先等會兒，這麼好的生意，白家阜安堂會不知道嗎？要是咱們兩家都找法國人，以阜安堂的名氣，未必能輪到咱韻瓷齋啊。」

盧豫海笑道：「爹，這個您不用操心，只要您跟蔚豐厚裴洪業那邊說好了，請他穿針引線，我保管法國人一見咱的東西，再不要白家的貨！」許從延放心道：「好，就衝你這句話，我明天就去找老裴！」「咱再給他一成好處，就給他本人，不怕他不幫忙。」「一成？那是一萬兩銀子啊！」

「捨不得孩子套不著狼！一萬兩算什麼，我當年跟董克良在開封府交手，一出手就是五萬……」盧豫海說得起勁，不小心說漏了嘴，再想收口已來不及。許從延驀地一驚，目不轉睛地看著他，好半晌才道：「孩兒啊，你老老實實告訴我，你究竟是誰？」盧豫海吞吞吐吐道：「我、我是余海啊……」

許從延一拍大腿，顫聲道：「你、你是不是姓盧？你說的董克良，是不是圓知堂董家老窯的二少爺？我早聽說盧家老號的二少爺被趕出了家門，不知去向……余海……豫海……盧家那二少爺就是豫字輩的，你說你跟董克良交手，難道你就是盧……」

神垕鈞興堂的名號在大江南北瓷業界如雷貫耳，做瓷器生意的誰不知道盧家跟董家的那些恩怨？許從延賣了一輩子瓷器，對這點消息了如指掌，再加上盧豫海這一年多的作爲，若沒有點底子又豈能做到？這樣一對照，許從延心裡已然明白。盧豫海見再隱瞞不下去了，撲通跪倒道：「爹爹在上，盧豫海給爹爹磕頭認錯，請爹爹不要責怪孩兒！」許從延張口結舌地看著他，手指顫抖著，竟是一句話也說不出來。

這時，許張氏和關荷婆媳做好了餃子，端著盤子有說有笑地進來，看到這個場面無不震駭。盧豫海擦淚道：「爹、娘，豫海離開神垕，的的確確是被趕出來的，也的的確確跟我與關荷的親事有關。爹娘若是見怪，豫海這就捲鋪蓋滾蛋！」

關荷這才知道身分已經暴露，前年被趕出神垕的往事歷歷在目，禁不住哭了出來。許張氏憑空得了個寶貝兒子，正滿心歡喜，哪裡肯讓剛認下的兒子跑了，失聲叫道：「老頭子，你犯糊塗了嗎？這麼好的兒子閨女，你要誰滾蛋？乾脆我跟他們一塊滾，留你一個糟老頭子上吊去吧！」許從延哭笑不得道，「罷了罷了，我哪裡怪罪他了？」他又轉向盧豫海嘆道，「你該一開始就對我明說的，這一年多你做個夥計，真是委屈了！老朽我不花一文錢，僱了鈞興堂盧家二少爺做夥計，傳出去不讓人笑掉大牙嗎？」

盧豫海這才站起來，當著關荷的面，把自請逐出家門的往事細細道來。老兩口聽罷，唏噓不已。許從延思忖良久，試探道：「孩子，你親爹不認你，那是他在氣頭上。等你功成名就衣錦還鄉了，別忘了你在景德鎮還有一雙父母啊！」

盧豫海見他起了疑心，拚命二郎的狠勁又起來了，他把指頭伸進嘴裡用力一咬，頓時滿嘴鮮血，當場把三人都嚇呆了。盧豫海將血滴進酒杯裡，清澈的酒立刻紅了。他端起酒杯一飲而盡，啪地摔在地上，大聲道：「爹、娘，從今往後，盧豫海把二老當作親生爹娘來孝敬！如有反悔，天誅地滅！」

許從延還沒來得及說話，許張氏一巴掌打在他身上，氣道：「都是你信不過孩子，讓孩子受這個罪！你還有良心嗎？」說罷翻箱倒櫃地找著藥。許從延頓足嘆道：「你這個孩子，弄這個做什麼？我不過說說，你怎麼……」關荷也心疼不已，嘴上卻道：「爹不知道，他脾氣火暴著呢！以前在神垕，有地痞來家裡搗亂，他硬是拿刀朝自己身上砍，把那群地痞嚇跑了。」盧豫海只是笑，一句話也不說。

許從延默默地點了點頭，道：「今天該說的話都說了……孩子，我既然當了你爹，總得給你個壓歲紅包吧？我剛才想了想，韻瓷齋都是你的了，還能給你什麼呢？老朽除了這點家產，就剩下韻瓷齋這塊牌子了……這樣吧，等過了年，這塊牌子爹也不要了，就掛上鈞興堂景德鎮分號的牌匾，你看如何？」

自古商賈都視招牌爲性命，盧豫海深知韻瓷齋歷經幾代人才傳到許從延手裡，說不要就不要了，這是對自己多大的信任，該需要多大的勇氣！他剛想說些什麼，許從延便淡淡一笑道：「韻瓷齋本來就是父子相傳，我沒兒子，早晚也是要頂給旁人。如今我有兒子了，傳給你豈不順理成章？韻瓷齋跟鈞興堂相比，差得遠了。你既然決心跟白家阜安堂爭高下，韻瓷齋的名號太不起眼，只有鈞興堂能跟白家抗衡！我有心成全你建功立業，你還有什麼好推辭的？再推就是不孝！此事就這麼定了。老伴，這餃子都涼了，妳跟閨女快回鍋熱熱去，我跟兒子還有生意要談呢！」

許從延跟盧豫海商議已定，大年初二就親自到蔚豐厚票號拜訪老友裴洪業。盧豫海的分析絲毫不差，裴洪業爲了法國人那筆巨款爲難許久。他有心退回這筆銀子，又怕得罪法國人。戰事早晚會過去，兩國哪能打一輩子的仗，一旦退回去，往後法國人的銀子匯水怕是再賺不到了，這可是票號的主要生意啊！但這筆巨款放在手裡的確燙手，萬一哪天太后和朝廷動怒，一道旨意下來，把全天下票號裡法國人的銀子都充了公，這麼大的虧空要算誰的？朝廷要是跟洋人打了敗仗，將來議和一成，得勝的洋人只管上門要錢，區區一個票號，能把這筆帳算在朝廷頭上嗎？三十多萬兩銀子啊，往年搶破了頭，如今卻成了燙手山芋，留不得也丟不得。

老友見面，不出幾句話就切入了正題。許從延來得正是時候，雙方自然是一拍即合。

裴洪業答應請法蘭西洋行經理拉法蘭先生來景德鎮面談此事，日期就定在正月底二月初，而許從延務必在此之前燒出樣品。許從延滿口應承下來，臨走前把抽一成的意思也說了，裴洪業笑道：「這不是老哥你的意思吧？你這人我再熟不過了，你沒這樣的大手筆！只怕又是你那個姓余的夥計出的主意！」

許從延詭祕地一笑道：「老弟說得對極，正月初八我們韻瓷齋在三笑樓請客，鎮上各大商家都請了，老弟你一定要賞光啊！」裴洪業送走了許從延，立刻派快馬去南京請拉法蘭。說到底，他還是被那一成的抽成打動了，這是神不知鬼不覺的勾當，自己每年在票號拚死拚活地幹，十年也掙不來三萬兩！

正月初八這天，接到許從延親筆請帖的各大商家都如約來到三笑樓。誰都不明白他葫蘆裡賣的是什麼藥。去年韻瓷齋生意不錯，聽說全仗一個外地來的夥計，可一個夥計能有多大能耐，能把景德鎮整翻天嗎？酒過三巡之後，許從延當眾宣布了盧豫海的身分，並親手爲鈞興堂景德鎮分號的大匾揭了幕。眾人聞言無不變色。鈞興堂的名號實在是太響亮了，做瓷業的誰不知曉？沒想到盧家居然派了二少爺親自來景德鎮開拓生意，還隱姓埋名幹了一年多！

眾人矚目之下，盧豫海終於露了面。他先是給眾人拜年，然後當眾發誓，從此視許從延夫婦如親生父母，百年之後爲他們二老送終行孝。眾人又是一片譁然，韻瓷齋百十年的招牌，說換就換了！白家阜安堂的大掌櫃段雲全就坐在上首，跟盧豫海相距不遠。他使勁揉了揉眼睛細看，這不是盧家二少爺嗎？那年他到鈞興堂探望病中的盧維章，親眼看到跟董克良在開封府大戰後，被召回神垕的盧豫海。兩年不見，沒想到他竟有如此深的城府，做成了如此轟轟烈烈的大事。可鈞興堂的胃口實在太大了，不但壟斷江北諸省的瓷器生意，還把手伸到自己眼皮底下了！

這頓酒席眾人吃得忐忑不安。一等散去，賓客們紛紛直奔自家鋪子商議對策，一副如臨大敵的架勢。可他們再有什麼想法也晚了。正月初九一大早，鈞興堂景德鎮分號的大匾高高掛了起來，震天價響的鞭炮鑼鼓聲彷彿向人宣告：盧豫海來了！鈞興堂來了！

發了新號坎的夥計們興高采烈。以後大家就是鈞興堂的人了。鈞興堂誰不知道？誰不羨慕？人家燒的是宋鈞，還擔著朝廷貢奉的名號，勢力怕是比老白家的阜安堂還大呢！夥計們滿院子找盧豫海道喜，卻尋不到他，裡裡外外只有原來的老東家許從延坐鎮。夥計們心裡疑惑，找夥計頭老袁詢問，老袁神祕地眨了眨眼，訓斥道：「都給我回去！該上櫃的上櫃，該跑街的跑街，大生意就要來了！」

盧豫海此刻正埋頭在窯場燒窯，一直忙到元宵節，總算提前燒出頭一批樣品。正月十五夜裡，家家戶戶張燈結綵，關荷見盧豫海終於回家了，喜孜孜地張羅著煮元宵。盧豫海狼吞虎嚥，一連吃了幾大碗，才心滿意足道：「娘子，把我那身最漂亮的衣服整理出來，過幾天我要跟洋人談生意！」關荷吐了吐舌頭道：「洋人？哪一國的洋人？」

盧豫海得意道：「法蘭西人。」關荷大吃一驚，「法國人？眼下兩國不是正在打仗嗎？」「我就是看準了這點才跟他們談的，不然，我為何要找他們？妳等著瞧吧，朝廷打不贏的仗，我盧豫海替朝廷打贏！」

關荷抿嘴笑了，從櫃子裡把離開神垕時那身少爺的衣服拿出來，服侍他穿好，深情地望著他，好半天說不出話。盧豫海見她發呆，便笑道：「妳怎麼了？」關荷急忙抹了眼淚，道：「沒什麼。這還是你當新郎官的時候穿的呢！一轉眼已經一年多了。唉，也是我沒福氣，連個……」

盧豫海知道她的心思。關荷晝思夜盼給他生個一兒半女，將來回神垕對盧維章夫婦也算有個交代。但自來到景德鎮，他們夫妻倆雖說住在一起，卻是聚少離多。盧豫海一心在生意上，每每一回家倒頭就睡，連話都懶得說，哪裡生得出兒子？關荷明白他太好強，不忍再讓他分心，只能暗自垂淚。盧豫海心一沉，愧疚地脫了那身衣服，把她攬在懷裡道：「不就是生兒子嗎？等打贏了這一仗，我好好在家歇上一段日子，還愁沒兒子？」

關荷破涕為笑道：「有這麼生兒子的嗎？」盧豫海又耍起了無賴，嘿嘿笑道：「那我就不明白了，娘子告訴我，該怎麼生兒子呀？」關荷羞紅了臉，閉上眼睛。盧豫海仰天大笑，攔腰抱起關荷，大步走向床邊。

法蘭西洋行駐華經理拉法蘭四十多歲了，留著一臉黃鬍子，戴著副金絲眼鏡，直到二月中旬才來到景德鎮。從去年開始，雖然中法兩國還沒有正式宣戰，戰火卻已從海上燒到了內陸，越南那邊已經打得如火如荼了。戰事初起時，法軍捷報頻傳，說法國遠征軍陸軍司令尼格里率軍進攻諒山，廣西巡撫潘鼎新不戰而退，法軍乘勝攻下了鎮南關，直逼廣西邊境。在華的法國人聞訊無不慶賀，以爲清朝政府割地賠款已成定局。拉法蘭也是躊躇滿志，不管蔚豐厚景德鎮分號的裴洪業如何催促，就是不肯啓程。他跟裴洪業也是老相識了，知道自己存在蔚豐厚的巨款讓老朋友萬般爲難，卻只裝作不知道。景德鎮的中國商人都清楚他是專門收購瓷器的，哪個不想攬下他這筆生意？他越是拖，那些中國商人就越急，局面自然是對他這一方有利。可拉法蘭的如意算盤沒打多久就告吹了，一到西曆的三月末，噩耗突然傳來，中國軍隊在欽命廣西關外軍務幫辦、老將軍馮子材的率領下，在鎮南關下大破法軍，取得了鎮南關大捷，重傷法軍司令尼格里！沒過幾天，又傳來戰報說中國軍隊乘勝追擊，連破文淵、諒山等重鎮，將法軍趕到了狼田以南。法軍自此一蹶不振，別說打到廣西，眼看就連大本營狼田也守不住了！

這下子拉法蘭慌了手腳。再拖下去，不但中國商人可能刻意抬高價格；一旦清朝政府正式宣戰，那筆巨款可就岌岌可危了。拉法蘭再不敢拖，立即啓程趕赴景德鎮。一路上他裝作英國商人，躲過盤查，足足走了十天才趕到。隨行的翻譯是個五十多歲的紹興人，名叫錢百芒，一副乾瘦精明的模樣。其實拉法蘭在中國待的時間也不短了，中國話都聽得懂，只是此行事關重大，錢百芒又自告奮勇陪同前往，便帶上他以防不測。他卻不知道錢百芒已經跟白家阜安堂的大掌櫃段雲全勾搭上了，早把他那三十六萬兩銀子畫在囊中。

拉法蘭一路心驚膽跳地來到景德鎮，當天晚上就住在蔚豐厚景德鎮分號裡。裴洪業盼得頭髮都白了，總算見到了老友。兩人開門見山地訂下方案：明天祕密請鈞興堂的人來，當場勘驗樣品的成色，一旦確認立即交割銀子。錢百芒聽了不由得大驚失色，他豈會料到就這麼一個月的功夫，景德鎮裡憑空冒出個鈞興堂來？裴洪業這個老王八蛋肯定收了黑錢！錢百芒見他們主意已定，再不插話就來不及了，便用法語道：「拉法蘭先生，景德鎮著名的瓷器店鋪很多，為什麼只讓鈞興堂來呢？白家的阜安堂也很好啊，聽說他們為了拉法蘭先生，特意準備了樣品，何不讓他們一起來呢？」

拉法蘭內心惶惶不安，想想也不覺得有什麼不妥，便用結結巴巴的漢語道：「這樣也好，明天就請裴朋友通知白家的朋友，不過別再請其他朋友了。局面很混亂，我不想招來官府注意。」裴洪業不知錢百芒跟拉法蘭說了什麼洋文，居然把阜安堂也拉了進來，又不便露骨地為鈞興堂說話，只能狠狠地瞪了錢百芒一眼。錢百芒卻跟沒事人一樣，對他的敵意視而不見。

第二天，鈞興堂和阜安堂的「朋友」一前一後進了蔚豐厚。這次是盧豫海和段雲全親自出馬，足見兩家對這筆生意志在必得。兩個「朋友」見面，免不了寒暄一番，互相打探底細。拉法蘭見他們這般虛僞，忍不住道：「你們中國人真是奇怪，明明想把對方打敗，做成這筆生意，卻裝得很親熱，我很不理解。」

盧豫海不服氣地笑道：「洋商伙這話說得不對了，按我們中國話說，這叫『買賣不成仁義在』。就是死對頭，私底下也不能生疏了。哪裡跟你們洋人一樣，動不動就舞槍弄棒的。」裴洪業頓時急了起來，生怕盧豫海性子暴烈，把洋人得罪了，可怎麼做生意？不料拉法蘭哈哈大笑道：「我知道，中國是禮儀之邦，不跟人打架的。」盧豫海嘟囔道：「那也未必，你們在越南被打得還不夠慘嗎？」儘管這句話聲音不大，拉法蘭也沒怎麼聽清楚，卻嚇得裴洪業臉色慘白。

錢百芒偷笑了一聲道：「兩位大掌櫃都來了，咱也別說廢話，把樣品都亮出來吧？」

盧豫海笑道：「老段，你玩瓷器的時候，我他娘的還在穿開襠褲呢！就你先亮吧？」段雲全正琢磨著怎麼應付，卻聽見拉法蘭奇怪道：「盧朋友，你說的『他娘的』是什麼意思？我從來沒聽過。」盧豫海咧嘴笑道：「我是在問候別人的母親呢！你來中國才幾年？你們洋文字也就那麼二十來個，我們中國字好幾萬個，你一時半刻學不完的！」

拉法蘭素來對中國文化仰慕不已，信服道：「看來盧朋友很講究禮貌。你說得對，中國文化博大精深，我雖然是外國人，也願意好好學習你們的文化，好好跟你們做生意！」

裴洪業鼓掌笑道：「說得好！都是生意人，在商言商嘛！有銀子賺才是經商之道。大家不都圖一個錢字嗎？」

拉法蘭神色肅然，搖頭道：「裴朋友說得不對，我是生意人，可我也是法國人，我熱愛我的祖國！我的父親在建立共和國的戰爭中獻出了寶貴的生命，我以他為榮，以我的共和國為榮！」

裴洪業一時尷尬起來。盧豫海笑道：「拉朋友，你誤會老裴的意思了。經商固然以追逐利益為宗旨，但我們中國人還有句話叫『國家興亡，匹夫有責』！我們中國商人裡，從來不缺精忠報國的楷模！春秋戰國時，就在我們河南，有個大商人叫弦高，是鄭國人，在販牛的途中聽說秦國人來偷襲，又來不及回去報信，就把自己的牛趕到秦國軍營裡，說是鄭國的國王派來勞軍的。結果他的牛全給秦國人宰了吃了，而秦國人以為鄭國早知道了消息，就撤兵回去了。你說，這位弦高老兄不就是你說的『熱愛祖國』的商人嗎？這樣的人多著呢。」

拉法蘭道：「弦高販牛的故事，我在你們的書上讀到過，很好。我還知道，你們中國有位著名的聖人叫孔子，他的弟子子貢就是個成功的商人！還有著名的范蠡朋友，是你們中國的『商聖』……」

盧豫海聽他旁徵博引，心裡也生出幾分敬意，便道：「你說的這位范朋友，我們還叫他陶朱公，嘿嘿，也是我們河南老鄉啊！不瞞拉朋友，我們盧家的傳家寶裡，有一本《陶朱公經商十八法》，就是范老爺子傳下來的！」

拉法蘭眼睛頓時一亮道：「能簡單介紹一下嗎？我對中國的商史發展很感興趣，我在巴黎大學攻讀遠東商業發展史，你的傳家寶很有、很有意思！」

盧豫海便道，「這《十八法》足足這麼厚！」他誇張地比畫著，「我就簡單把題目說給你聽吧，多了你老人家也記不住……」盧豫海咳了一聲，「生意要勤緊，切勿懶惰，懶惰則百事廢；議價要訂明，切勿含糊，含糊則爭執多；用度要節儉，切勿奢華，奢華則銀財竭；賒欠要識人，切勿濫出，濫出則血本虧；貨物要面驗，切勿濫人，濫人則質價減；出入要謹慎，切勿潦草，潦草則錯誤多……」

旁邊的裴洪業、段雲全和錢百芒都聽傻了。這玩的是哪一齣啊？盧豫海跟拉法蘭一個說，一個聽；說的人滔滔不絕，聽的人聚精會神，旁人竟是連插句話的機會都沒有！段雲全額頭冒出汗來，氣得手腳冰涼。錢百芒也目瞪口呆，只有裴洪業暗中伸出了大拇指，這個盧二爺真不是凡人，把洋人哄得跟個孩子似的！

盧豫海兀自背著：「剛才說的是總綱，底下分的條目多了！就像在經營信用上：買賣信爲本，經營禮當先；經營講信譽，經商路自通；人無信不立，店無信不興；一客失了信，百客不登門！就拿今天這筆生意來說，我擺明了就是來賺拉朋友你的銀子的！可我要讓你心服口服地把銀子給我，不但給我，還說我的東西成色好，說我盧豫海做生意守信用，講信義！」

拉法蘭聽得如醉如痴，嘆道：「人無信不立，這句話出自儒家的《論語》吧？我常聽中國人說儒商，今天總算見識到了！謝謝！」說著，學中國人的模樣施了個禮。盧豫海心想你他娘的又弄錯了，施禮是見面時用的，眼下老子跟你理論半天了，你還施什麼禮啊！段雲全見盧豫海說了半天，拐了個大彎又繞回自己的生意上，真是用心良苦啊。今天的風頭讓他一個人搶光了，自己也不能示弱。他好不容易抓住這個機會道：「拉法蘭先生，現在就看樣品吧？」

拉法蘭大夢初醒道：「對、對，看樣品。」

段雲全恨恨地打開箱子，掏出幾件十足成色的青花瓷器，小心翼翼地放在桌上道：「拉法蘭先生，您仔細瞧瞧，全是上等的貨色！」

拉法蘭扶著眼鏡湊了上去，仔細端詳起來。他在景德鎮收購了十幾年青花瓷，算是行家高手了。說實話，白家今天的確是志在必得，連壓箱底的寶物都擺出來了。什麼雙陸樽、三羊樽、蚰耳樽、蒜口綬帶如意樽、撇口橄欖瓶、太白罈、菊瓣盤等，無一不是精妙絕倫，色澤、畫法、工藝、造型都是上乘之作。段雲全見拉法蘭不停點頭讚許，得意道：

「哼，光憑嘴皮子有什麼用，做買賣看的是真功夫！說得天花亂墜，一拿出傢伙來就傻眼了！」盧豫海謙恭道：「老段，今天我真是領教了！阜安堂樹大根深，造詣非凡，鈞興堂的景號剛成立，今後還望阜安堂多多提攜呢。」段雲全趾高氣揚地把臉撇到一邊，並不答話。盧豫海一笑置之，對拉法蘭道：「拉朋友，該看我的了吧？」

錢百芒嘀咕了幾句洋文道：「我看白家的青花瓷很好了，又是多年的老朋友，鈞興堂的樣品還要看嗎？」拉法蘭搖頭道：「市場競爭是殘酷的，朋友歸朋友，生意歸生意。」他這句話是用漢語說的，盧豫海就算聽不懂錢百芒的洋文，也能猜出個八九不離十。他趁拉法蘭轉身之際，衝錢百芒猙獰一笑，嚇得錢百芒老實了許多。拉法蘭對盧豫海道：「我希望盧朋友的樣品跟盧朋友的口才、知識一樣出色。」盧豫海自信地笑道：「那就請拉朋友看看吧！」

裴洪業的心都提到了喉嚨。他看得出來段雲全是把阜安堂最上等的瓷器都拿來了，不由得深深替盧豫海擔憂。盧家鈞興堂燒宋鈞是沒話說的，可青花瓷與宋鈞的燒造技法迥然不同，一個講求窯變，全憑天然形成；一個重視前期的描繪畫技，人工占了很大的因素。鈞興堂的景號才成立不到一個月，原先那些韻瓷齋的能工巧匠差不多全給白家挖走了，一時半刻哪來那麼多上等的青花瓷？裴洪業恍惚間覺得那筆抽成銀子離自己越來越遠了，不由得默默嘆息。

就在裴洪業忐忑不安之際，盧豫海把一個樣品擺上了桌，是個玲瓏剔透的靜瓶。段雲全死死盯著那件樣品，儘管面上不願顯露，心中卻是讚許不已。盧豫海是神垕燒宋鈞出身，不過一年多的功夫，居然把青花瓷拿捏得如此道地！雖說不上爐火純青，卻也是一等一的貨色。但老白家阜安堂畢竟浸潤在青花裡兩百多年，功夫底蘊還是略勝一籌。段雲全見大局已定，臉上微微露出勝利的笑意。

然而拉法蘭的態度卻大大出乎眾人的意料。他目光炯炯地看著靜瓶，眼圈紅潤起來，摘掉了瓜皮帽，朝靜瓶深深一鞠躬。段雲全和裴洪業大驚失色，而錢百芒已是面如死灰。段雲全難以置信地站到拉法蘭身邊，去看那個靜瓶的正面。只見上面不是常見的風景、字畫圖案，而是簡簡單單的藍、白、紅三塊顏色，下面寫了一行誰都看不懂的洋文。

盧豫海微笑道：「拉先生，這件靜瓶如何？」

拉法蘭擦了擦眼淚道：「盧朋友，非常好！這是我們法蘭西共和國的國旗，是我先輩的葬禮上，蓋在身上的國旗！下面還有法文，寫的是『自由、平等、博愛』，這是法國革命的象徵！」

盧豫海道：「還有呢！」說著又掏出兩三件，都是造型尋常的瓶、樽、洗之類。段雲全瞪大了眼睛看，件件上面都有三色旗、宮殿、廟宇之類的風景。其中一個青花瓷盤更是讓拉法蘭看得心緒起伏，那瓷盤上畫著幾尊大炮，炮口對準了一幢城堡似的建築，下面寫著洋人的數字「1789」。拉法蘭忘我地叫道：「國旗！凡爾賽宮！巴黎聖母院！上帝啊，這是巴黎國民自衛隊攻陷巴士底獄的場景！」

裴洪業、段雲全都被拉法蘭的失態驚得站在原地，只有通曉法國歷史的錢百芒在心中哀嘆一聲，知道大勢已去。拉法蘭一家好幾代都積極參與法國資產階級革命，他的父親、爺爺、爺爺的爺爺都在歷次革命裡或犧牲捐軀或功成名就。那法國國旗就是革命的象徵，凡爾賽宮則是法國議會所在，攻陷巴士底獄更是革命的開端之戰！拉法蘭離國日久，猛地看到這些，激動得兩眼發亮，他緊握住盧豫海的手道：「看到了熟悉的景色，就像回到了我偉大富饒的共和國！馬上就是共和國的國慶日了，這些禮物太珍貴了！盧，我謝謝你！」

盧豫海心想，謝什麼啊，我這是要掙你的銀子呢。臉上卻不動聲色道：「我還有個好玩意呢。」說著又拿出一尊滴水觀音。滴水觀音在景德鎮是平常之物，再小的店面裡都能找出個十件八件。可盧豫海硬生生給觀音菩薩換了身洋人的衣服。在拉法蘭眼裡，那仁慈端莊的笑容，那俯視眾生的姿態，根本就是天主教的聖母瑪麗亞！而從聖母手中淨瓶裡緩緩滴出的水珠，正好落在腳下一個小天使捧著的水罐裡，分毫不差。

拉法蘭哆嗦著手，從懷裡掏出一個金光閃閃的十字架，放在嘴邊親吻了一下，朝聖母像連連畫著十字，喃喃道：「這太神聖，太奇妙了，我要買下來送給我的母親，還有我親愛的妻子愛瑪！」

話說到這裡，勝負再明顯不過了。任你老白家的青花瓷再好，洋人裡有幾個真正在行，看得出毫釐之差的？人家拉法蘭買瓷器是要放在法國貨架上賣的，那些沒見識的洋人一見到什麼宮什麼院，還有他們的國旗、洋菩薩，而且是漂洋過海的正宗中國瓷器，還不搶瘋了嗎？到了這步田地，段雲全心涼透了，這一仗敗得實在窩囊，又實在心服口服。盧豫海不過是二十多歲的年輕人，他是從哪裡打聽來的？

拉法蘭激動不已道：「裴朋友，你現在就交割銀子吧，所有的銀子都交給盧先生！」裴洪業心裡跟打翻了蜜罐一樣，大聲道：「得勒！盧大掌櫃，整整三十六萬兩啊！鈞興堂景號剛成立，就做成這筆大買賣，老漢服了你了！」

盧豫海卻轉了轉眼珠子，大聲道：「且慢！這筆生意，鈞興堂不能獨享。」

拉法蘭詫異道：「盧朋友是什麼意思？難道這筆銀子不夠嗎？」

盧豫海搖頭道：「夠是夠了……拉朋友不是對中國商業之道感興趣嗎？請問，你知不知道『留餘』二字？」拉法蘭納悶地搖搖頭。盧豫海道：「這『留餘』二字，是我們豫省商幫的古訓。留餘有四種境界，『留有餘，不盡之巧以還造化』，就是說要留餘給山川風水；『留有餘，不盡之祿以還朝廷』，就是說商賈要心繫國家；『留有餘，不盡之財以還百姓』，就是說不能為富不仁，要胸懷百姓；這三樣都做到了，才能『留有餘，不盡之福以還子孫』，就是給子孫積下陰德。我們中國說佛祖保佑，按你們洋教的說法就是上帝保佑了！……咳，我說了半天，你聽得懂嗎？」

盧豫海滔滔不絕，拉法蘭有些應接不暇，好半天才道：「好像懂一些……你是不是要分一些生意給這位段朋友，讓你們的佛祖保佑你的子孫？」

他聽得迷迷糊糊，可裴洪業和段雲全都再明白不過了。段雲全驚喜道：「二爺，您真要分生意給我嗎？」盧豫海笑道，「沒錯！鈞興堂初來乍到，說什麼也不能不給阜安堂這個面子。這樣吧，我們景號取個整數，那零頭就給你們阜安堂做吧！說實話，洋人裡還是有內行的，阜安堂的青花瓷畢竟是有名氣的，不能讓洋人光瞧稀罕，得讓他們長點見識。」他轉向拉法蘭道，「拉朋友，你看怎麼樣？」

拉法蘭還在琢磨著「留餘」，聽見盧豫海問自己，便道：「這樣也好。我的選擇就更多了，客戶也會更滿意，謝謝盧朋友爲我著想。我要回房去了，盧朋友講的這些，我要馬上記下來，回國路上好好體會。」

如今總算功德圓滿，段雲全對盧豫海佩服得五體投地。什麼是大商？這就是大商！一個零頭就是六萬兩白花花的銀子啊，這回不但沒有空手而歸，還學了不少本事。看人下菜是生意經裡最基本的道理，但凡做生意的誰不知道？可人家盧豫海就能獨闢蹊徑，撓到洋人的癢處，不但銀子到手了，洋人還覺得花得值得！

段雲全收好樣品，唏嘘感慨著告辭了。錢百芒見他對自己一點表示都沒有，急得直嘆氣。裴洪業心裡多少可惜那六千兩銀子的抽成，可白得了三萬兩也不是小數目，便湊過去低聲笑道：「老錢，你也別生氣，白家的生意是盧家賞的，跟你沒關係！」錢百芒氣得狠狠瞪了他一眼，他知道自己白跑了一趟，卻也只能吞下這黃連苦果。臨出門前，盧豫海悄聲對裴洪業道：「老裴，你抽的一成還是按三十六萬兩算，你幫了鈞興堂大忙，不能吃這個虧。」裴洪業身子一震，正想推辭，卻見盧豫海仰天大笑而去，兀自喊著：「得勁！真他娘的得勁！」

漁陽鼙鼓動地來

拉法蘭用三十六萬兩銀子收購的青花瓷器，因爲數量實在驚人，直到光緒十一年初夏才算準備妥當，按計畫走陸路運到了九江府。拉法蘭在南京急得團團轉，唯恐耽誤了西曆七月十四日的法國國慶日，每三天一封快信催問進度。一聽說貨備齊了，他立即從南京包了四艘機輪船直下九江碼頭。九江府是長江中下游的航運重鎮，每日在此中轉停靠的大小輪船不下千數。但四艘洋人的機輪船一齊停在碼頭裡，也是前所未有的盛事，看熱鬧的人絡繹不絕。

裝船的那天，鈞興堂景號和阜安堂的送貨隊伍浩浩蕩蕩地趕著車子過來，立即引來無數道好奇的目光。盧豫海和段雲全騎馬走在最前面，自然最受矚目。段雲全從商幾十年了，從未經歷過如此壯觀的場面，激動得無以復加。盧豫海倒是一副從從容容、不慌不忙的模樣。等二人在碼頭上下了馬，盧豫海回頭朝鈞興堂景號的人打了個手勢，一面大條幅從隊伍裡刷地豎了起來，正面寫著「九江父老物富人豐」，背面寫著「鈞興堂景德鎮分號恭祝」。二百多個夥計和僱來的腳夫從懷裡掏出面大紅色的小旗，漫天揮舞著，齊聲大喊道：「鈞興堂，威名揚，出景德，到九江，咱的貨，漂過洋！英吉利，法蘭西，誰都誇咱手藝強！」

盧豫海朝他們大吼道：「得勁不得勁？」

眾人齊聲回應道：「得勁！」

這句河南土話從二百多個江西老鄉嘴裡吼出來，多少變了些味道，可盧豫海依舊聽得熱血沸騰。按他的想法，鈞興堂走到哪裡做生意都是豫商，哪有豫商的夥計不會喊「得勁」的？出發當日他訓練了一個下午，才折騰出這場好戲來。段雲全看得目瞪口呆，周圍看熱鬧的不下千人，這下子誰不知道景德鎮出了個鈞興堂？誰不知道鈞興堂的生意做到了英吉利和法蘭西？想必不出兩天，九江府就盡人皆知了，比僱一千個跑街的夥計去吆喝還管用！這麼好的點子爲何自己沒想到呢？段雲全搖頭嘆息之餘，又一次感受到技不如人的悲涼。

拉法蘭早就在碼頭上翹首等著，見盧豫海精心安排的這個場面，也是佩服得連連點頭。盧豫海和段雲全領著拉法蘭清點交割貨物，拉法蘭發現多出了兩車，詫異道：「盧朋友，合同上沒有這兩車啊？」

盧豫海笑道：「拉朋友，這批瓷器得漂洋過海，海上風浪滔天，捆得再嚴實也難免有破損。這兩車算是我們鈞興堂額外送的，就當是給老太太和你妻子的見面禮吧。合同上是沒有，但如果你掏了三十六萬兩銀子，拉到法國只剩三十五萬兩的貨，你們洋人會說我們中國人不老實。我不能給中國商人丟這個臉！」

拉法蘭欽佩道：「這就是豫商的『留餘』嗎？」

盧豫海眼淚都笑出來了，「對！你還挺用功啊！」

拉法蘭嘆道：「我一直以爲貴國重農抑商，想不到在商業文化上還有這麼多獨到的見解。回國的路上，我終於可以靜下心來完成我的研究論文了。」

盧豫海拍拍他的肩膀道：「好好用功吧。我們好玩意兒多了，不怕你學了去！」

一百六七十輛車的貨眨眼間就裝上了船，拉法蘭跟盧豫海、段雲全揮手告別，眼裡充滿了不捨。盧豫海大聲吼道：「一路順風！二爺還等著你送銀子呢！」四艘機輪船馬達轟鳴，頃刻就不見了蹤影。盧豫海看著看著，原本興奮的臉色沉了下來，回去的路上一句話也不說。段雲全問道：「鈞興堂這下子聲名大噪了，二爺怎麼不開心啊？」盧豫海鐵青著臉，好半晌才道：「他娘的機輪船就是厲害！我在鈞興堂汴號船行裡造的太平船，每艘能裝一萬斤的貨，我以爲已經夠大了。可你瞧瞧洋人的機輪船，那麼多貨裝上去，才到船上的吃水線！運貨也好，打仗也好，又快又穩，怪不得朝廷整天他娘的打敗仗！」說著，狠狠抽了一鞭子，馬兒嘶鳴一聲，撒蹄飛奔。段雲全聽得不明所以，但見他絕塵而去，再看不見身影。

盧豫海首創鈞興堂景德鎮分號，又做成了拉法蘭這筆大生意，一時間在景德鎮出盡了風頭。許從延和關荷見他立下大功，便催他向神垕老家報喜。盧豫海夫婦自光緒八年離開神垕，從未給家裡寫過一封信，雙方音訊斷絕快三年了。眼下盧豫海建功立業，再不去信實在說不過去。盧豫海抵不住許從延和關荷一再催促，終於提筆給神垕老家寫了兩封信。一封是給鈞興堂總號老相公苗文鄉的，信很簡短，說的無非是景號已經按照豫商的規矩成立了，他自己做了大相公，生意開拓也很順利，特請總號派帳房先生來駐號合帳等。第二封是寫給父親盧維章的，詳細陳述了離家以來的種種遭遇見聞，把生意上的進展也大致提了。這封信寫得情真意切，言語動人，洋洋灑灑不下萬言，最後才委婉地請求父親准許他回鄉探望。

自兩封信發出去後，盧豫海天天盼著神垕來信。孰料轉眼間一個月過去，卻連隻字片語也無。盧豫海性子本來就急，脾氣越發大了，見了不順眼的事張口就罵。除了許從延老兩口外，就是關荷都時不時被他痛斥一番，更別提下面的相公夥計。一時間景號裡人人見了他就跟老鼠見了貓一樣，唯恐事情做得不妥當而挨罵。直到第二個月中旬，神垕那邊終於來了消息。夥計們見來人衣衫不整，滿面風塵，又滿口的河南話，推測跟大相公多少有些關係，立即把他領進後堂。碰巧盧豫海要騎馬出門，一見來人立刻叫了出來：「象林！你不是苗象林嗎？」

苗象林幾步跪倒在馬前，痛哭失聲道：「二爺！我可找到你了！……你得爲我爹報仇啊！」

盧豫海大驚道：「你爹？苗老相公怎麼了？」

苗象林放聲痛哭起來，似有滿肚子的委屈難以傾訴。盧豫海從他的神色看出來神垕肯定是出大事了，強壓住滿腔驚懼，把苗象林拉到了自己房裡。關荷正在準備回神垕帶的禮物，乍見苗象林也吃了一驚。苗象林哭了半晌，終於開口道：「二爺，我爹對盧家忠心耿耿，卻被你大哥活活逼死了，你得爲我爹做主啊！」

盧豫海但覺周身冰涼，顫聲道：「你慢慢說。」

苗象林悲切地半天說不出話來，盧豫海終於忍不住了，大怒道：「你他娘的還是個爺們兒嗎？有話就說，說不出來一頭撞死去吧。」

苗象林給他這麼一罵，反倒冷靜了下來。關荷見他嘴唇都起了水泡，忙端一碗茶給他，苗象林咕嚕嚕兩口喝完，這才從頭說了起來。

自盧豫海和關荷離開神垕老家，盧維章便退居幕後，再不過問鈞興堂的日常事務，統統交給盧豫川去打點。盧豫川剛掌權時，也是蕭規曹隨，凡事都按照盧維章慣常的做法處理，倒也沒出什麼亂子。光緒九年的春天，慈禧太后的萬壽慶典在京城舉行，盧家呈上的三十六件壽瓷大放異彩，轟動了京城官場。后黨的官員們趁機稱讚這是天降祥瑞，連老天爺都認為太后勞苦功高，要不然宋鈞失傳了六百多年，雍正、乾隆、嘉慶、道光幾代皇帝都沒能復興，怎麼偏偏在太后垂簾聽政的日子裡重現了？大內總管李蓮英也沒少說鈞興堂盧家老號的好話。慈禧太后鳳心大悅，賞了盧維章一件黃馬褂，恭親王也親筆題了匾額「宋鈞遺韻」。兩件賞賜從京城運到河南，巡撫馬千山雖是百般不情願，也只能親自護送這兩件皇家賞賜來到神垕。盧家在窯神廟花戲樓連唱了十天的大戲以示慶賀，盧家老號和盧維章的名望一時間達到了頂峰。

這樣大好的局面使盧豫川受到極大的鼓舞，他決定乘勝出擊，同時開辦鈞興堂的京號、津號和保定分號。老相公苗文鄉對此懷有異議，認為攤子鋪得太大，總號的五處窯場難以供給，建議暫緩開辦。盧豫川心胸狹隘，他以為苗文鄉是不忘當年汴號受辱之仇，故意阻撓他建功立業。楊建凡是此時唯一可以左右局勢的核心人物，盧豫川對他也是言聽計從。楊建凡本來贊同苗文鄉老成持重的觀點，但他深知盧豫川一心想做幾件大事，不忍潑他冷水，就抱定了中立的立場。盧豫川和苗文鄉兩人爭執不下，一直鬧到了盧維章那裡。不料盧維章聽了二人的陳述後一語不發，只淡淡地表示鈞興堂是盧豫川說了算，自己要安心養病，不願插手，今後生意上的事情不要再來問他。苗文鄉頓時心涼了半截。盧豫川得到叔叔的默許，立刻把苗文鄉、苗象天父子冷落一旁，親自領了一批親信遠赴直隸。不到兩個月，鈞興堂的京號、津號和保定分號都建了起來，聲勢日盛，大額訂單雪片般飛到神

垕鈞興堂總號。盧豫川志得意滿，以爲是受了皇封，買家慕名而來，不疑有他，連楊建凡

的話也聽不進去，不管楊建凡和苗文鄉「愼重初戰」的建議，欣然批准了新建三處分號上百萬兩銀子的訂單。楊建凡無奈，只好親自下窯督造，五處窯場日夜趕工燒製宋鈞。

可惜天有不測風雲，光緒十年，河南瘟疫成災，得病的人上吐下瀉，出不了十天就一命嗚呼。盧家老號一下子損失了四五百個夥計，這無異是雪上加霜。眼看離交貨的日子越來越近，還有一半的訂單沒有完成。苗文鄉當初之言竟一語成讖。盧豫川這才明白大事不妙，不得不親自去京號、津號和保號周旋，無奈買主來個閉不見面，只託人傳話說若不能按時交貨就照契約來，該罰的銀子少一兩都不成！盧豫川吃了個閉門羹，一鼻子灰地趕回神垕。危急之際，他不得已重新起用苗文鄉。眾人再次琢磨了一遍契約，無不膽顫心驚。原來契約上寫得清楚，一旦鈞興堂無法按時交貨，不但要全數繳回預支的三十萬兩訂金，燒出來的宋鈞也不要了，還得追罰四十萬兩！

鈞興堂爲了趕製這批宋鈞，已傾注了全力，自家的銀子和三十萬兩訂金全變成了宋鈞存在庫房裡，目前能挪用的銀子不過十多萬兩。盧豫川不甘心就此一敗塗地，決定高價向鎮上各大窯場購買宋鈞，銀子不夠，就以來年的生意做抵押，不顧一切要把這筆訂單的數目湊足。鎮上能燒造宋鈞的無非是董家和盧家，其餘的窯場只能燒造日用粗瓷而已。盧豫川對此豈會不知，只好硬著頭皮向董振魁求救。董振魁倒是樂意伸出援手，卻提出兩個條

件，一個比一個苛刻，不但要盧家以高價收購董家宋鈞，還要鈞興堂把留世場、餘世場兩處窯場交給董家經營一年！盧豫川和苗文鄉、楊建凡等人一合計，這筆損失差不多也抵得上違約的處罰了。那些買家要的無非是銀子，而董振魁直接張口要窯場，這是來挖盧家這棵大樹的樹根了！盧豫川被逼到兩難的絕境，一頭是違約失信，剛剛建起來的三處分號瀕臨倒閉；一頭是「喪權辱國，割地賠款」，跟窩囊廢朝廷有什麼區別？

盧豫川走投無路，只得找叔叔求救。盧維章想不到短短一年，鈞興堂居然在盧豫川手裡走到這個局面，就是他出面也怕是回天無力了。盧維章左思右想，抱病領著盧豫川去董家求情。董振魁偏偏在此時到外地遊玩，留在家裡主事的董克良雖對盧維章恭恭敬敬，卻一口一個事關重大，還是得等父親回來再說。盧豫川有心多說幾句，董克良居然請出了大哥董克溫！董克溫一句話也不說，只是默默地看著盧維章和盧豫川，他僅剩的一隻眼睛裡，灼灼燃燒著仇恨之火。盧豫川自知理虧，只得和盧維章無功而返。

盧維章畢竟是老謀深算，他對新建的三處分號驟得巨額訂單始終不解，讓苗象天暗中去調查底細。等苗象天回來，眾人才明白，原來這批訂單全是梁少寧暗中操縱訂下的，可梁少寧去哪裡弄來這三十萬兩銀子的訂金？肯定是董振魁在幕後操縱這一切！梁家怎麼又和董家攪在一起了？眾人百思不得其解，後來才想明白：那梁少寧原本以為關荷成了二少奶奶，盧家多少會幫助梁家一些。可他沒料到盧家根本不認他這個親家，婚禮上還再三羞辱他，所以對盧家恨之入骨；董家則是爲了替董克溫報仇，再加上嫉恨盧家受太后賞馬褂及親王賜匾額。但董家不便直接出面跟盧家交手，而梁少寧膿包一個，又對董家有愧，無疑是上佳的傀儡人選。

真相大白後，眾人無不瞠目結舌。盧豫川深知這都是因爲自己建功心切，加上大意輕敵，被董振魁抓住了破綻，才導致今日滿盤皆輸的局面。鈞興堂總號此時已亂成了一鍋粥，因爲沒了後續的銀子，各處窯場都停了火，家裡染上瘟疫死了人的夥計還眼巴巴等著總號救濟。在苗文鄉父子的鼓動下，不少人聯名上書盧維章，提議召回二爺盧豫海主持大局，連楊建凡都慨然附議。可盧維章沉思良久，駁回了苗文鄉等人的動議，決定傾銷目前的庫存，兌換成現銀，並以鈞興堂全部的產業爲抵押，向西幫票號借款還債。到了交貨的日子，盧家總算湊足了七十萬兩銀子的巨款。此番大敗已是光緒十年的年底了。鈞興堂把盧維章治病的銀子都拿出去還債了，哪裡還有銀子過年？盧王氏私下典當了首飾，得了幾千兩銀子的進項。盧維章又把大半拿出來接濟家境困難的夥計們，盧家只留下很少的一部分。光緒十一年的春節是鈞興堂有史以來最艱難的春節。盧豫川滿心渴望掌權後大展宏圖，卻一時不慎害得盧家傾家蕩產。這個打擊對他來說非同小可。大年夜剛過，盧豫川就一病不起，高燒不退，整天一會兒哭一會兒笑，不停地說著胡話。盧維章只好重新出面主事，卻因爲家中無錢治病，藥也停了，盧維章沒出正月就再次病倒。幸虧禹州陳家的二小姐陳司晝得到消息後不計前嫌，背著父母送來一千兩銀子，盧維章叔姪才有了抓藥救命的錢。到了二月末，票號的人來鈞興堂總號索要半年的利息銀子，一張口就是十萬兩。鈞興堂此刻哪裡拿得出這個數目？苗文鄉讓楊建凡跟他們周旋，自己跑到鈞興堂報信。

盧維章的病情才剛有些起色，盧王氏死活不許苗文鄉跟他見面。苗文鄉無奈之下只得找盧豫川商議。不料盧豫川大病初癒，神智恍惚，一見苗文鄉竟跟見了仇人似的，劈頭就是一番辱罵。說他是私通董家的奸細，是見死不救的敗類，故意看自己中計而不勸阻，就是要活活氣死自己之類的混帳話。苗文鄉這幾個月為了凋敝的局面耗盡心力，冷不防被他這麼糟蹋，當場氣得昏了過去。被抬回家後不久，老頭子越想越難過，自己為鈞興堂操勞半生，到頭來卻落了個大東家不見、少東家侮辱的下場！一時間滿腔羞憤鬱積在心難以化解，一口氣沒喘過來竟撒手西去了，彌留之際只說了一句話「快請二爺回家」。盧豫海一走就是三年杳無音信，就算想找也不知去哪裡找？苗象天和苗象林撫屍痛哭，全然沒了主意。出殯當天，久病不起的盧維章親自給苗文鄉抬棺送葬，又是一口血吐在墓前。楊建凡領著鈞興堂總號一干人黑壓壓跪倒了一片，哭求盧維章收回成命，召盧豫海回家挽回殘局。到了這個存亡之際，盧維章卻依舊斷然拒絕。

盧豫海的兩封信就是在這個節骨眼來到神垕的。在盧維章的安排下，楊建凡接替苗文鄉做了老相公，苗象天子承父業，做了二老相公。兩人見到書信驚喜萬狀，誰都沒想到鈞興堂總號衰落至此，二爺在強手如林的景德鎮卻做得有聲有色，看來天無絕人之路，總號有救了！二人一路抹著眼淚趕奔鈞興堂。盧王氏也接到了兒子的家信，卻沒敢告訴盧維章。跟兩個老相公商議後，盧王氏決定召回兒子。楊建凡和苗象天篩選了半天，決定讓已是總號帳房小相公的苗象林立即動身，千里遠赴景德鎮搬救兵。苗象林一人一馬離開了神垕，在信陽府又遭到土匪搶劫，値錢的東西都被一掃而光。但他牢記此行關係到鈞興堂的命運，便一路忍辱負重，要飯乞討，千辛萬苦才來到景德鎮。

就在苗象林哭訴的時候，許從延老兩口也悄悄在一旁坐下，盧豫海、關荷和苗象林竟絲毫沒有察覺。待他講完，許從延跌足道：「豫海，你一刻鐘也莫要耽擱了，這就起程回神垕！景號這裡有我老頭子照應，出不了事的！你就告訴我那老弟弟、老弟妹，不管總號欠了多少的債，景號獨力承擔下來。鈞興堂這塊牌子倒不得！」

盧豫海騰地站起身道：「我現在就走，象林跟關荷在這裡等著，先別急著動身。神垕那邊還不知道怎麼樣呢！等我的書信吧。爹，現在帳上還有流動銀子二十多萬，留十萬在景號，其餘的我帶走！您老跑一趟蔚豐厚，讓老裴開個見我本人才能兌付的銀票，我一會兒就趕過去拿。」

許從延不容置疑道：「二十八萬兩銀子，你全帶走！景號這邊還有一筆三萬兩的銀子就要到了，足夠用一陣子。總號是大樹，分號是樹枝，大樹都死了，樹枝再結實有個屁用！你稍微收拾一下，我這就去找老裴，咱爺兒倆蔚豐厚見！」老頭子說完後半句，推門就走了。許張氏也被這驚心動魄的故事驚呆了，此刻回過神來，忙跟關荷一起給盧豫海收拾行裝。關荷的心劇烈地跳著，囑託道：「二爺，苗相公剛在豫鄂交界的地方吃了虧，你一個人，還帶著銀票，千萬要小心啊！不行就繞開小路走官道……」盧豫海一肚子焦慮沒處發洩，陡然怒道：「放你娘的屁！妳老公公就快死了，妳還要我繞道！我恨不能插雙翅膀，現在就飛回家！」

知夫莫若妻，關荷豈會不知他現在的心情？挨了這頓沒來由的罵，她也不反駁，兀自流著淚收拾行囊。盧豫海一會兒叫爹，一會兒又發脾氣，苗象林早愣住了，傻傻地看著他。盧豫海背上包袱，又把隨身帶的短刀抽出來比畫了一陣，對苗象林道：「你們見了我的書信再動身，你二少奶奶不知道路，記得多帶夥計跟著，實在不行就僱兩個鏢局的師傅！二少奶奶有半點閃失，我就要你的命！」苗象林趕緊應承下來。盧豫海大步出了門，關荷追上去叫道：「二爺！一路小心！」盧豫海哪裡還有心思答話，頭也不回地催馬而去。關荷軟倒在許張氏懷裡，眼淚奪眶而出。許張氏替盧豫海打圓場道：「媳婦，男人就是這樣，冒冒失失的，說走就走……」

關荷含淚搖頭道：「我不怪他，我只是擔心就這麼回到神垕，公公婆婆見了我，萬一……」說到這裡，許張氏也明白了她在擔心什麼，難過地撫著她的臉道：「江西的風水害著妳了，別發愁，到神垕就能生了……」關荷被她觸動心事，淚水如同斷了線的珍珠，撲簌簌掉了下來。

千里回援

盧豫海一路馬不解鞍，縱穿贛、鄂、豫三省，日夜兼程趕往神垕老家。他此行須臾不敢耽擱，人累了就在馬上打盹，馬累了就找驛站換新馬接著趕路。屁股不知何時磨破了，也顧不得歇息，咬牙忍痛繼續前行。到了第八天早上，才遙遙望見闊別三年的乾鳴山。盧豫海近鄉情怯，拉著馬兜了好幾圈，才策馬馳進神垕鎮。

鈞興堂門口掛著恭親王親手題的「宋鈞遺韻」匾額，落滿了灰塵，顯然已很久無人打掃。盧豫海在門前下了馬，見大門緊閉，便用力捶了起來。他眼眶通紅，滿腹的話卻一句也說不出。鈞興堂門口有五六個人蹲著，正有一搭沒一搭地閒聊。見他過來叫門，就笑道：「兄弟，省省力氣吧。你也是來討債的嗎？」

盧豫海驚詫地回頭道：「怎麼，你們都是來討債的？」一人敲著煙鍋子道：「可不是嗎？盧家不行啦，欠了一屁股債。我們分成兩班，一夥人在他們總號那裡，一夥人在這裡蹲著！什麼狗屁鈞興堂，還宋鈞遺韻呢，有種就別借錢啊？連十萬兩銀子的本錢利息都付不起，面也不敢露，全是他娘的縮頭烏龜！」盧豫海猙獰一笑道：「要是盧家真的還不起，你們打算怎麼辦？」「呸！盧家真敢賴帳，我們就抄了他的家，分了他的家產，搶了他的老婆！」

一人淫笑道：「聽說盧豫川的老婆是個婊子，床上功夫可厲害呢！可惜他們家老二不在，二少奶奶聽說是個絕色丫頭，沒成親就被盧老二搞大了肚子，想來也是個風流……」

盧豫海沒等他說完，就一鞭子抽了下去。這一鞭用足了全力，那人臉上頓時綻開一條血口，疼得他捂臉慘叫起來。眾人見狀大叫著撲向盧豫海。盧豫海握著鞭子吼道：「老子就是盧家老二，頂天立地的拚命二郎盧豫海！你們誰敢來送死？」

鈞興堂臨著大街，往來的行人絡繹不絕，一見門口有人受傷，便圍過來看熱鬧。有人認出了盧豫海，驚叫道：「真是二爺！盧二爺回來了！」

盧豫海從懷裡掏出銀票，迎風一展，惡狠狠道：「你們他娘的都看仔細了！蔚豐厚的銀票，憑票見人立兌白銀二十八萬兩！從今天起，誰他娘的再說盧家欠債不還，老子拔掉他的舌頭！」

鎮上的人誰不知道盧二爺的名號？大家見他凶神惡煞般地站在鈞興堂門口，馬鞭上還滴著血，全都不敢出聲。幾個要債的扶著受傷的同伴，擠出人群屁滾尿流地跑了。盧豫海冷笑道：「各位鄉親，煩請大家互相轉告一聲，二爺我在江西景德鎮賺了錢，今天回家了！凡是跟鈞興堂有仇的，有怨的，有過節的，都他娘的來找二爺我！要銀子有銀子，要鞭子有鞭子，要命的話，二爺我也陪他玩玩！」

門外這麼大動靜，總算驚動了裡頭的人。鈞興堂的大門微微開了一條縫，老平小心翼翼地探出頭來窺視。他一見盧豫海的背影，使勁揉了揉眼睛，無聲地張大了嘴，好一陣子才哭喊出來：「二爺！真是你嗎？」

盧豫海回身，見他已經哭了，不耐煩道：「哭個屁！你的臉怎麼了？」老平擦了眼淚，羞愧道：「唉，給債主們打的……二爺，您趕緊去見見老爺夫人吧，您再不回來，大家都愁死了！」盧豫海瞪了他一眼道：「滿嘴胡說八道！什麼死不死的，二爺我回來，死人都能弄活！」說著健步朝鈞興堂裡走去。鈞興堂好久沒這麼揚眉吐氣了。老平索性大開了門，站在門口道：「你們聽好了，我們家二爺回來啦！」

眾人這才爆出一陣驚呼，議論著四下散去。頃刻間，盧家二爺帶著二十八萬兩銀子回到神垕的消息，傳得無人不知無人不曉。盧家中計衰敗以來，董振魁躲在圓知堂裡偷笑了好幾個月，聞訊更是驚駭不已。景德鎮那邊跟董家一直有書信往來，盧豫海是什麼時候在景德鎮落了腳，還掙下那麼多銀子的？這三年來竟一點消息都沒有，難道他在景德鎮挖到金礦了不成？董克溫和董克良也深感震驚。盧豫海本事再大也是個人，就算他離開神垕時帶著銀子，這三年來任他折騰，也絕不會做得這麼大，而且還是在有瓷都之稱的景德鎮！

董振魁皺眉道：「老大，你去給阜安堂的段雲全大掌櫃寫封信，問問他盧豫海是不是真的在景德鎮掙了錢。老二，你想辦法讓那些票號老幫們都知道，盧家有銀子了，叫他們去看看那銀票是真是假！」兩兄弟領命下去了。董振魁在書房裡踱步，想了半天也弄不明白盧豫海究竟是如何在景德鎮起的家。他不由得長嘆一聲，頹然坐在椅子上。

盧豫海見到父母的時候，盧維章剛剛服了藥，正靠在床頭假寐。盧王氏陪坐在一旁發呆。家裡最後一點銀子也支出去了，馬上就是月底了，去哪裡找銀子給下人發月錢？就算弄來了，下個月怎麼辦？難道又得像當年那樣，不得不遣散下人嗎？盧王氏憂心忡忡地想著心事，臉上卻一點也不敢顯露出來。票號討債的事一直瞞著盧維章，生怕他因此病情加劇。可紙包不住火，老平出去說好話，居然被人打得鼻青臉腫，看來票號的人絕不會善罷甘休，這麼大的事情早晚得攤到檯面上……盧豫川已經四五天沒來請安了，也不知他這瘋瘋癲癲的病症什麼時候才能好，就是好了，盧家還能交給他掌管嗎？逼死了老相公苗文鄉，總號上下沒一個人不恨他，就連楊建凡都當眾罵他忘恩負義……回想起春天的時候，太后的黃馬褂、恭親王題寫的匾額送到神垕，那萬人景仰、風風光光的場面歷歷在目，誰知道一年不到，家裡就成了眼前這個無以爲繼的樣子。幸好司畫那丫頭心腸好，送來一千兩救急銀子。可盧家拿了這筆錢，心裡愧疚啊！兒子的家信裡說得挺多，可隻字不提關荷有沒有生孩子，盧維章眼看朝不保夕，要是臨死前連孫子都見不到，這不是死不瞑目嗎？

盧豫海就是在這個時候進入後堂的。鈞興堂的丫鬟下人驀地看見二爺回家，彷彿善男信女看見菩薩顯靈般，一個個傻乎乎地站在原地。盧豫海也沒讓人通報，推門就進去了。盧王氏簡直不敢相信自己的眼睛，衝過去上下摸了一遍，才哭了出來。盧豫海扶著母親，跪倒在床頭道：「不孝子盧豫海，給父親磕頭了！」

盧維章眼睛沒睜，身子卻劇烈地震動起來，淡淡道：「誰讓你回來的？」

盧王氏脫口而出道：「我！」

盧維章微啓雙目道：「婦人之仁！妳想陷我盧維章於何地？趕他走的時候我說得明白，除非建功立業，否則永世不得回神垕！妳見家裡艱難，債主都逼到門口，老平也給人打了，妳就沒了主意，把這個孽障叫回來？妳想過沒有，這是打我盧維章的臉啊……」盧王氏心裡一驚，沒想到這些事他都了然於胸！虧自己百般小心，卻根本沒瞞住。盧王氏忍不住道：「家都要給人收走了，你還顧什麼臉面？何況兒子這次不是空手回來的，他還帶著……」

「還帶著他兒子嗎？」

盧王氏張口結舌道：「這、這倒沒有……他帶了整整二十八萬兩銀子回來！」盧維章這才睜開眼睛，直直盯著盧豫海道：「你的銀子哪裡來的？」

盧豫海見父親被病痛折磨得形銷骨立，難過至極，淚流滿面道：「父親，兒子在景德鎮把鈞興堂的景號建起來了，又跟洋人做了筆大買賣，單這一筆就足足賺了二十萬兩銀子！我是聽說總號有難，送銀子來了。爹要是不讓我久待，我明天就回景號。」

盧維章輕笑道：「你當我是三歲小孩嗎？景德鎮是什麼地方，我多年前就想把生意拓展過去，可一個白家阜安堂就能把你壓得死死的！你有三頭六臂？一派胡言！」盧豫海從懷裡掏出銀票，遞給盧王氏。盧王氏一看見銀票就語無倫次地叫道，「老爺，你不信兒子，可這銀票有假的嗎？蔚豐厚的銀票是假的嗎？」她越說越急，「老爺，兒子有出息回家了，你不高興，我還高興呢！家門都快被討債的擠破了，你一點不著急，還對兒子發火！」

盧維章強撐病體，坐起來道：「豫海，你把怎麼建立景號，怎麼跟洋人做生意的，好好跟我講講。要是敢說一句謊話，我打斷你的腿！」

不見父親發話，盧豫海也不敢坐，就站著把這幾年的事情挑重點說了一遍，最後道：「臨走前，我從家裡偷拿了父親一套八十卷的《海國圖志》。本想著南邊風化大開，洋人遍地，多少能有些作用，誰知真的幫了大忙！魏源老夫子寫得真是詳盡，山川地形、各國概況、民風民情無所不包。可惜只寫到道光二十三年。孩兒生怕弄錯，又專程從南昌府請了個同文館的通事，逐一核對無誤，這才燒出第一窯樣品！那個拉法蘭一見就愛不釋手，兒子這筆生意做得太順利了，連兒子自己都想不到！」

「你到底是年輕，做事不精細，我書房右手櫃子裡還有一套百卷的《海國圖志》，是魏默深先生道光二十七年重新編撰的，你怎麼不拿去？」盧維章臉色紅潤起來，慢慢下了地，道，「魏老夫子是本朝放眼看世界的第一人，是我素來敬仰的人物……可惜他在咸豐七年病故了，不然我一定要到湖南隆回縣去當面討教一二！我創立鈞興堂以後，買的第一套書就是你帶走的那套《海國圖志》。真正的大商，不是學幾本《生意世事初階》、《客商一覽醒迷》和《直指算法統宗》就行的，要想做出一番事業，不只是大清國，而是世界各國的山川地理、風土民情都得爛熟於心！還有如今是哪一派掌權，是皇帝還是共和，信什麼洋教，飲食有什麼喜好忌諱，都得心中有數。你才剛剛跟法國人做了生意，眼下澳門還有葡萄牙人、香港有英國人、東三省有俄國人和日本人，你早晚都要跟他們打交道、做生意！魏默深先生說：師夷長技以制夷。咱們經商的人，就是要在『知夷』和『制夷』上下功夫……」

盧王氏見盧維章含笑教誨，知道他已不再怪罪兒子了，剛想說什麼，卻見盧維章臉色一變道：「不過你也做了一件蠢事。白家阜安堂自明代開始，在景德鎮經營了二三百年，無數次衰落又崛起，你以爲白家是那麼好欺負的？以段雲全的手段、抱負，又豈會甘願落在你之後？整整三十六萬兩的生意，你才留給白家一個零頭，他不但不會感激你，還會以為這是譏諷！白家在青花瓷上的造詣，不是景號一年半載就能趕上的，得花上二十、三十年的時間去錘鍊、積累！你一個毛頭少年，在洋人面前擺弄倒也罷了，你忘了旁邊還站著個商界大才！逞一時口舌之快，種十年難去之苦果，將來有你後悔的。豫商講究留餘，你為何不在說話上也留些餘地？」

盧豫海被父親一番訓斥弄得一鼻子灰，壯著膽子笑道：「依父親之見，我該留給段雲全多少生意？」

「五五分！鈞興堂的景號剛剛建立起來，名聲重於利潤。你何不就此跟阜安堂聯手，兩家都坐大了，豈不更好？何況咱只不過是比他們多讀了兩本書贏的，這種贏法不長久。只有把功夫下在貨色上，才是長久之計……」

「孩兒明白了，等總號的事情一了，我就回景德鎮跟老段商議此事！」

「人才，說到底還是人才。遍觀天下商幫，豫商重家教、尚中庸、積陰德是其他商幫所不及的。經商之道，貴在隨機應變，貴在截長補短。你回到景號，頭等大事不是忙著開拓生意，而是沉下心來，好好調教出一批熟練的工匠和畫師，這才是根本之計！」盧王氏乍一聽見要讓兒子走，再也忍不住了，嚷道：「我不讓豫海走！總號亂成這樣，景號再興隆有什麼用？你病得連地也下不了，豫川又是瘋瘋癲癲的模樣，豫海再一走，總號就要垮了！」

盧豫海嚇了一跳，「怎麼，大哥瘋了不成？」

盧維章嘆道：「少年得志，又連遭重創，難免會失態。說實話，我最害怕的是看到你離開家，離開了父母，從此心灰意冷一蹶不振。你帶回來二十多萬兩銀子算什麼！我多大的銀票沒見過？你白手起家，就算只拿回來一兩銀子，也足以讓我歡天喜地！」盧王氏兀自道：「我不管你怎麼說，反正我就是不讓豫海走！要走，我跟他一起走，再不待在神垕了！留你一個光棍老漢，沒人照顧，沒人熬藥，看你怎麼辦！」

盧維章默然思索片刻，道：「景號那邊，除了你認下的爹，還有別人能主事嗎？」「許老爺子性情過於仁厚。維持局面還成，真刀真槍地跟白家交手，難免會吃虧。」「唉，總號紛亂如此，你怕是一時半刻回不去。景號如今是鈞興堂最大的財源，萬萬不能出事……這樣吧，把汴號的蘇茂東大相公調過去。這陣子各地分號都亂了，只有汴號還在正常營業，老蘇功不可沒！他這個人精明得很，大事上從不糊塗，跟段雲全也是知根知底的老相識了。有他在景號協助許老兄坐鎮，應該能放心。你說呢？」

盧豫海想了想，笑道：「老蘇就一個毛病，膽子太小！當年要不是他瞞了我十萬兩壓庫的銀子，我早把董克良打得落花流水了！董家吃了大虧，還有實力給咱家下圈套嗎？不如讓老苗去，他跟我差不多，敢想敢幹！」

盧維章瞪了他一眼道：「老蘇這是『小心駛得萬年船』！苗象天如今是二老相公，我還指望他跟你一塊兒穩定局勢呢！他不能走！」盧豫海見被駁回，只得笑道：「也好。大清國自光緒十年起，全國都設了電報局，景德鎮一旦有風吹草動，半天就能傳到南昌府，眨眼間電報就到了開封府，這麼算下來，兩天就夠打一趟來回……電報好是好，就是貴，一個字要八兩銀子！真他娘的不是搶劫嗎？」

盧維章斥道：「滿嘴髒話！你當這裡是窯場嗎？在爹娘面前口出穢言，不怕我動家法？」盧王氏終於確定兒子不走了，喜不自勝道：「你要打就打吧，別打死就好！我讓廚房做飯，你們爺兒倆吃飽了好好打架去！」盧豫海知道家裡沒銀子，就把腰間的錢褡褳解下，遞給母親道：「娘，這裡頭還有三四百兩的碎銀子，妳先拿去用。蔚豐厚的電報應該到汴號了，我明天就去兌銀子！」盧王氏提著銀子，喜孜孜道：「兒子有出息了，娘也可以花兒子掙的銀子啦。」她伸手抹著淚，感慨地離去。

房間裡只剩下盧維章父子，氣氛一時沉重起來。盧豫海察言觀色了良久，試探地問道：「爹，總號怎麼會衰敗成這個樣子？票號討債的人都打上門了。這還不到三年啊！」

「豫川吃虧就吃虧在爭強好勝上，這才——不過要追根究柢，責任還是在我。」

「爹是說一連開辦三處分號的事？」

「象林跟你說了吧？唉，開辦京號、津號和保號，是我夢寐以求的事。我也是盼著盧家聲勢日隆，就駁了苗老相公的意思，因此埋下禍根。其實董振魁的連環計並不高明，一開始就露出了破綻。盧家分號初開，哪裡有那麼多生意一股腦兒送上來？有點頭腦的人都會琢磨個爲什麼，一琢磨就看出董家的詭計了！可豫川一心想做大商，沒看出來。那幾份要命的契約一簽下來，盧家的敗局就注定了。」

「這也是天災人禍。如果沒有瘟疫，盧家真的如期交貨了，董振魁到哪裡哭訴去？」

「真正厲害的就在這裡。一旦盧家如期交貨，董振魁勢必會低價把盧家宋鈞轉賣給一些中小店鋪，一來刻意砸盧家宋鈞的名聲，二來也斷了盧家今後的宋鈞銷路！這是在拿咱們的東西砸咱們的生意啊，就算虧一二十萬兩也給他占到了便宜！我就是看到了這一點，才不惜傾家蕩產還借貸。票號那麼苛刻的條件我都答應了，就是爲了不讓他得逞。」

這一點倒是盧豫海沒料到的。若是換了他，依他有仇必報的性子，肯定要跟董家大幹一場，拚了命也會如期交貨。但董振魁是何許人物，居然步步設計，一環套著一環。只要你盧家簽了契約，就如同被毒蛇咬了一口，朝哪個方向走都損失慘重，難逃一死！照這麼看來，兩害相權取其輕，父親撕毀契約無異是壯士斷腕。盧豫海感嘆道：「董家跟盧家的冤仇，我以爲在光緒三年的霸盤生意上已經化解了。父親那時明明可以致董家於死地，卻放了他一馬。可惜董振魁沒有父親這樣的心胸。」

「你錯了。」盧維章緩緩道，「逼死我兄嫂的大仇，我無時無刻不銘記在心！就算我能放下，董振魁能放下他兒子瞎的那隻眼睛嗎？何況那時的情形與現在迥然不同。鈞興堂在光緒三年，還沒有一口吃掉董家老窯的實力，一旦董家凋敝，勢必會有另一個大商號來承辦，說不定就是如日中天的白家阜安堂！打死一隻狼，引來一隻虎，這是蠢人才會幹的事。」

「父親放心，等鈞興堂在孩兒手上發揚光大，能一口吃掉董家時，孩兒一定為大伯大娘報仇雪恨！」

「你又錯了……」盧維章微微一嘆道，「病了這些年，我總算想明白一個道理。商家就是商家，沒有永遠的仇恨，總惦記著報仇就不是商家！有仇必報是你和豫川的通病，可從今以後，你們要學會君子報仇十年不晚！圓知堂董家老窯誰都打不倒，只有他們自己能把自己打倒。就跟咱們鈞興堂盧家老號一樣，若不是豫川決策失誤，又有誰能打得倒盧家？豫商有古訓：大兵壓境不足慮，亂起蕭牆甚堪憂。你今年不過二十多歲，畢竟歷練還少，就算被逐出家門是個挫折，也不是生意上的。與其說我盼著你一帆風順，不如說我盼著你重重跌倒一次，再自己爬起來……這次總號瀕臨絕境，對你來說是個絕佳的機會！你有什麼主意，不妨跟爹講講吧。」

盧維章說了半天，終於說到了眼前的局面。盧豫海一路上都在考量此事，早已有了對策，便道：「當今應付之策無非三個。頭一個就是恢復聲譽，五處窯場得重新把火點起來，冷冷清清的像窯場嗎？第二個是反戈一擊，總是等人來打不是辦法，咱得主動出擊，打董家一個措手不及！我盤算過了，有二十萬兩銀子，足以安撫當前的局面，剩下的八萬兩，咱全都拿去買董家老窯的宋鈞！來個以其人之道，還治其人之身。讓他也爲難爲難。第三個主意嘛……我覺得還是等大局穩定了再說。」

「我替你說吧。你是跟洋人做生意做順手了，還想去掙洋人的銀子，對不對？」

盧豫海兩眼發亮道：「對！爹剛才提到了，澳門有葡萄牙人、香港有英國人、東三省有俄國人和日本人，都是咱們的買家！光等生意上門是不行的，得把貨送到他們眼前，把朝廷賠的款再掙回來，這才是本事！」

盧維章淡淡道：「你有這個心固然是好的，但眼下不是時候。五年之內，你怕是離不開神垕了。總號經歷這場變故，沒有三五年緩不過氣來。總號是根，分號是枝。盧家老號全靠宋鈞打天下，窯場才是根本所在！你在景德鎮這些日子，肯定試著燒過宋鈞。我問你，你燒出來了嗎？沒有吧？全天下只有神垕能產宋鈞，這是多少人失敗後不得不承認的事實。這次大敗，也與總號五處窯場供給不力有關。我交給你一件事，五年之內，把盧家老號窯場的規模擴大一倍！眼下咱們鈞興堂有維、中、庸、留、餘五處窯場，你還得建立起在、行、商、無、疆五處窯場。」

盧豫海順著父親的話道：「維中庸留餘，在行商無疆！爹，是這個意思嗎？」

「前一句話，說的是心中之道，後一句話，說的是腳下之路；前一句話是根本，後一句話是手段。等你真正做到這兩句話，離大商就不遠了。」

「孩兒牢記父親的期許！」

盧維章道：「這番話，我對你大哥也說過。他也的確是朝這個方向去的，可惜的是，他跑得太快，背的東西又太重。我講個故事給你聽。一老一小兩個和尚下山化緣，在河邊遇見一個絕色女子。河面無橋，老和尚以普渡眾生爲念，便背著女子過了河，小和尚百思不解。過河後，師徒二人又走了三十里路，小和尚心裡總放不下這件事，便問他師父：『咱們是出家人，怎能背女子過河？』老和尚笑道：『我背她過河便放下了，你卻背她走了三十里路！』」

盧豫海心裡一動，「爹，你的意思是……」

「成爲一代大商的夢想，如同那個絕色女子。若不能隨心所欲地拿起放下，放在心裡即成心魔。心中一旦有了魔障，則兩眼不明，雙耳不清，受其蠱惑，被其蒙蔽，困之於心，乃至於百物皆清而獨見其濁，百姓皆善而獨見其惡，最終事皆不可成。你去見見他吧，勸勸他，不要再背什麼心魔了。欲不可盡，心不可死，人不可廢。豫川是個命運多舛的孩子，我不敢奢望他能馬上振作起來，但求他能保留一分心氣而已。」

盧豫海驚道：「父親，你不準備起用大哥了？」

「他一番瘋話逼死了苗老相公，鈞興堂裡怕是沒有他立足之地了。他幾次三番給盧家帶來災難，就算我有心起用，他自己還有勇氣站在鈞興堂眾人面前嗎？豫川現在有三個心魔，一個是屢戰屢敗，一個是愧對家門，一個是好高騖遠。他若是從此修身養性，做個鬧市中的隱士，還能獨善其身，說不定若干年後他悟道重出，仍不失為一代豫商英傑。他若是除不去心中三道魔障，就是鈞興堂的大禍了。我打算就此分家，將鈞興堂一半家產給他，讓他好自為之。」

大禍起於蕭牆之內

鈞興堂總號的衰落，說到底還是因為銀子周轉不靈。盧豫海帶回神垕的銀子頃刻間化解了盧家的危局。票號們見盧家有銀子還本付息，立刻換了副模樣，不再像前些日子那麼盛氣凌人了。清償債務後，盧豫海和總號楊建凡、苗象天等人腳不沾地，忙著賑濟窯工、購買原料等事宜，為重新點火做準備。三天後，鈞興堂盧家老號五處窯場同時點火燒窯；又過了一個月，新燒的宋鈞源源不斷地送到各地分號銷售，一場風波到此才算徹底平息。

盧豫海在此期間幾次去探望盧豫川，都沒能見到他本人。大嫂蘇文娟憔悴得不成樣子，說盧豫川的病還是時好時壞，沒法見人。盧豫海猜到是大哥不願見他，便找來幾個在大房伺候的下人盤問，都說大少爺燒是不再燒了，瘋癲症好像也沒了，就是整天呆坐著，有時候一整天也不說一句話。盧豫海悵惘不已，有心直接闖進去，又怕驚動他，只得將此事暫且擱在一旁。

其實除了還有些虛弱，盧豫川身上的病已然痊癒，此刻折磨他的正是盧維章所說的「心魔」。盧豫海跟蘇文娟見面時，他就坐在側室聽著，沒遺漏一字一句。盧豫海衣錦還鄉，整頓殘局的事情他全都知道，這越發加重了他的心病。他深知風平浪靜後，叔叔定會論功行賞。如今盧豫海立下大功，鈞興堂上下萬眾歸心，而這場大難又是因他而起，苗文鄉也可說是死在他手上，他還有什麼話說？在眾人眼中，盧豫海和他本領一高一低，事業一成一敗，人心一向一背，所有的榮耀都棄他而去了，兩人見了面又能說什麼呢？無非是自取其辱罷了。

盧豫川始終不明白，自己不過是一心要做出番事業，爲何如此艱難？一敗於洛陽垂柳巷，二敗於護送禹王九鼎，三敗於京、津、保三處分號。從光緒三年做事到現在，整整八年過去，他還沒嘗過一次完勝的滋味，屢屢都是積小勝而成大敗！而每次大敗之後，不是盧維章，便是盧豫海挺身而出，力挽狂瀾，扶大廈於將傾，轉眼間就扭轉了敗局。自己的落魄屈辱所成就的，是他們父子的無上功業。在梁少寧承辦鈞興堂的時候，他跟梁少寧一起喝酒論事。梁少寧說盧維章居心叵測，每次大戰都是放手讓他衝在前方，一有失手就橫加貶謫，消磨其豪情，動搖其心志，爲的就是把他澈底打倒，好讓自己的兒子接班！盧豫川那時的反應是一碗酒潑在梁少寧臉上，大罵一番後拂袖離去。可現在仔細想想，梁少寧的話不無道理。這次同時開辦三處分號，又貿然簽下巨額的契約，盧維章對自己一意孤行的做法並沒有阻撓，反而駁回了苗文鄉等人的提議，難道就是要眼睜睜看著他大敗而歸，爲此不惜把鈞興堂的前途命運也賠上嗎？

夜深人靜時，盧豫川獨自在院中徘徊，常想起當年父母相繼辭世的場景。盧家老號起家的那口窯，就是父親拚了性命掙來的，盧家的產業也是奠基於父親之手。奈何父親早逝，不然他怎會落到如今這樣四處碰壁，叫天天不應、叫地地不靈的慘境！

不知經歷了多少個不眠之夜，盧豫川終於決定走出這個院子。他打定主意，要想真正成就心中的抱負，只有一個方法，就是離開盧維章父子，甩開臂膀大幹一場！成了，那是父母親在天之靈庇佑；不成，則是自己志大才疏，不堪成事，就是死也瞑目了。可究竟該怎麼做，才能脫離叔叔和弟弟的控制呢？盧豫川呆呆地站在院門口，收回了那隻剛剛邁出去的腳。

楊建凡這些日子裡忙得不亦樂乎。大難之後百廢待興，各地分號跟總號每天的信件不下幾十封，或是匯報生意進度，或有要事請求裁斷，就連哪個夥計生病、哪個學徒出師之類的事情都要報到總號備案。一到申時，當天的往來帳目和需要即刻決斷的請示信件，便一齊來到了總號老相公房。楊建凡跟苗象天面對面坐在炕上，一人守著一個小方桌處理商務。兩位老相公聽了帳房大相公古文樂和信房大相公江效宇的匯報後，對分號的信件或是同意或是駁回，遇到爭執不下的，便請一旁閉目養神的盧豫海裁決。鈞興堂這個龐大的商號，就這樣平平靜靜地運轉著。

盧維章此時還是鈞興堂盧家老號的大東家，自盧豫海回到神垕，他便徹底放下了生意，安心在家養病。盧豫海不過二十多歲，前些年與董克良鏖戰，打得董克良幾乎走投無路；坐鎮維世場，深得相公夥計們的擁戴；南下景德鎮，白手起家創立鈞興堂景號。關鍵時刻若不是他帶銀子回來，總號就要完了！一時間盧豫海的聲望之高、威信之大，除了有病在身無法理事的盧維章外，鈞興堂裡再無人能與之匹敵。總號上下對這個年輕人無不是心服口服。楊建凡和苗象天兩個老相公是盧豫海的啓蒙恩師，自然更是歡欣無比。盧豫海靠在躺椅上慢慢地搖著，古文樂和江效宇的話一字不漏地記在心裡，楊建凡和苗象天的處置方法若合他的心意，他便繼續假寐，一旦跟自己的想法有衝突，便微笑道：「兩位老相公、老古、老江，我看這事還得商量商量。」

江效宇今天提了一封津號的來信。津號大相公張文芳說自己年紀大了，不堪任用，特提出辭號。楊建凡和苗象天商議後，決定覆信挽留。張文芳跟楊建凡一樣，都是從維世場建窯開始就待在鈞興堂的老人了，年紀不到六十，離榮休還差三四年呢。楊建凡笑道：

「老張我再熟悉不過了，他哪裡是真心想辭號，無非是覺得辦砸了差事，下面的人不服他，沒臉再待在津號了！總號去封信挽留一下，好歹對他手下人有個交代。」苗象天也道：「其實辦砸了差事也怪不得他！去年分號剛剛成立，有訂單是好事，他總不能瞞著不報給總號吧？我也同意楊老相公的意思，挽留老張。」

盧豫海在這個時候睜開了眼睛，微笑道：「兩位老相公、老古、老江，我看這事還得商量商量！」

四個人都是一愣。明眼人都看得出來，張文芳假意辭號，實際上是想借總號的挽留來平息手下眾人的不滿，哪裡是真的打算辭號？大相公五釐的身股，主動辭號就分文也無了，傻子才會幹！四人面面相覷，盧豫海站起來，踱步道：「津號出了事，眾位夥計相公不服，這只是檯面上的問題。如不出我所料，各地分號都在觀望，看總號如何處置京號、津號和保號。常言道『秋後算帳』，十幾處分號都在等著這個『秋後』呢！如果總號真的去信挽留老張，等同於既往不咎，京號、保號的大相公勢必會如法炮製，到時候就不是一個老張辭號了。你們琢磨琢磨，是不是這個道理？」

苗象天道：「二爺看得遠，象天深感不及！不過去年請示的時候，老張在信上說得明白，他對此事深感疑慮，請總號慎重裁斷。這些在去年的往來信件上都有，隨時可以去查。至於總號決策失誤，罪不在他。」

盧豫海耐心道：「我也知道此事罪不在他。但你想過沒有，總號對老張一旦表了態，無論是覆信挽留也好，准他辭號也好，事情都算開了頭！這頭一開，再想收就收不住了。冤有頭債有主，這件事說到底，還是我大哥豫川的錯……挽留了老張，就等同於向各地分號暗示，總號對此事不再追究，如此難免會背上賞罰不公的罪名，這樣還怎麼統領各地分號？而准了老張辭號，則表示總號將按罪論罰，各地分號在這件事上多少都有些過錯，豈不弄得人心惶惶？總號剛剛有起色，各地分號也是剛度過危機，所謂新栽樹木不可搖其根，久病之人不可勞其心。總號不能小瞧了津號這件事，稍有不慎就會自亂陣腳，給旁人可乘之機！」

這番見解真是入木三分，從普普通通的人事任免上，居然看到了整個鈞興堂的大局。細細考量下來，若真是覆信挽留張文芳，其他分號聞風而動，不是平白惹出一場波瀾嗎？看來盧豫海是鐵了心要保他大哥，繼續對此事保持緘默了。張文芳是駐外的大相公，真動了他，肯定會牽連到盧豫川，那又是一場曠日廢時的紛爭。總號能死裡逃生已是萬幸，再也禁不起這樣的折騰了。這下子無論是老相公楊建凡、苗象天，還是大相公古文樂、江效宇，都對盧豫海欽佩無比。楊建凡沉默良久，道：「二爺說得極是！敢問這是大東家的意思嗎？」

盧豫海笑道：「此事不用勞煩我爹裁斷了。我自己做得了主！給津號的回信上，隻字不提老張辭號的事。我派人把老張的原信送回去，只跟他口傳六個字：『知道了，好好幹！』」

苗象天還是有些擔憂，便道：「總號對此事不置可否，各地分號一旦知道了，難免會有所猜疑。人心不穩是經商大忌，請二爺三思！」

盧豫海舒舒服服地靠在躺椅上，笑道：「這就有勞兩位老相公了！你們聯名給各地分號去信，就講一個大概的意思，勉勵他們好好做事，別的什麼都不要想。馬上就是八月十五了，駐外分號的相公夥計家裡，每家送銀子十兩！把這件事也告訴他們。嘿嘿，得了銀子，看他娘的人心還穩不穩！」

古文樂是總號帳房大相公，是有名的「神垕第一鐵公雞」，最不愛聽的就是讓他出銀子。他一直專心聽著，沒有插話，驀地聽見盧豫海又要當散財童子，當下便道：「回二爺，這銀子我出不了！一十六處分號，駐外的相公夥計快二百個人，這就是二千兩啊！一個尋常夥計每年的薪水也就七八兩銀子，哪有過個中秋節就送十兩的？那春節、端午呢？沒個十兩也不行！老古我沒辦法出這銀子，二爺見諒！」

在座的人知道古文樂吝嗇起來誰也招架不住，便都笑了。盧豫海道：「老古，我問你，帳上真的連二千兩都出不起嗎？」古文樂撇頭固執道：「不是出不起，是找不到出錢的名目！帳房每筆花銷都有預算，有審計，一點都馬虎不得！老古愚昧，請二爺說說，怎麼出？」盧豫海笑道：「從東家的紅利上扣吧。就當是我跟帳上借的，過年時分紅利，把這二千兩扣掉就是。」古文樂這才笑道：「二爺真是大方！老古明白了。」

盧豫海有心逗他，便故意道：「總號的這幾間房我看也該修修了，他娘的四處漏風！我在景德鎮認識一幫南方工匠，手藝很不錯！我打算請他們過來，從帳房支出萬把銀子，把總號他娘的好好修一下……」說著，他站起來，雙手比畫著丈量起來。古文樂聞言嚇得一哆嗦，立刻站起來道：「二爺，帳房還有些沒弄完的帳目，我先走了！」說完抱著厚厚的帳本奪門而出。盧豫海放聲大笑，在座的人這才明白二爺又要無賴了，無不哈哈大笑。楊建凡更是捧腹不已，連眼淚都笑出來了。

這一番談話到掌燈時分，總算是結束了。楊建凡跟盧豫海、苗象天打了個招呼，又去總號各處交代了一下明天要做的事情，才上馬回家。剛進家門，就看見院子裡停著一輛鈞興堂字號的馬車，他詫異道：「是大東家來了？」

楊建凡一共有三個兒子，老大楊伯安在汴號做帳房相公，老二楊仲安在餘世場掌窯，老三楊叔安年紀還小，楊建凡不肯讓他學生意，每日關在家裡勒令他讀書。楊叔安見父親發問，趕緊道：「父親，是豫川少東家來了。」「豫川？他不是病了嗎？怎麼，能下地了？」楊建凡正納悶著，盧豫川從客廳裡走出來，朝他一拱手，笑道：「楊叔可好？豫川等您好久了。」

楊建凡心裡一熱，上前拉住他的手，上下打量一番，感慨道：「病怎麼樣了？什麼時候下的地？」「前兩天剛下地，身子還有些虛，精神倒是好多了。」楊建凡知道他大病初癒，趕忙拉他進客廳，驀地看見蘇文娟也在，正跟老伴楊郭氏聊天。他施禮道：「大少奶奶也在？今天老漢家裡真是來貴人了！老三，去告訴廚房，多加兩個菜！」

盧豫川攔住楊叔安，笑道：「今天來打擾是有件事要跟楊叔商議，飯就不必了。」

楊建凡聞言一愣。盧豫川此番中了董振魁的連環計，連累鈞興堂元氣大傷，又氣死了前任老相公苗文鄉，總號裡對他的議論從沒停過。在這個關頭上，他還能有什麼事好說？難道是他有心向盧維章認錯，又有些心虛，怕叔叔不待見，來找自己幫忙？要不然，爲何連大少奶奶都帶來了？楊建凡想到這裡便憨厚地一笑，道：「少東家有事，咱們就去書房談吧。」

楊建凡是燒窯夥計出身，胸中文墨不多，書房裡只擺了幾本充門面的書，好些已覆滿了灰塵。楊建凡本來不想弄這些面子，可他畢竟是堂堂盧家老號的領東老相公，家裡沒個書房成何體統？便由著兒子們，蓋了這間書房。二人落坐後，楊建凡道：「少東家，老漢得先給你賠個不是。苗老相公過世的時候，我當著眾人的面罵你忘恩負義，害你病情又加重了。你莫要怪我，老苗哥死得太冤枉……」

盧豫川臉色本就不好，此刻越發難看了，勉強道：「我怎麼會怪楊叔，楊叔罵得是。我也是燒糊塗了，說了什麼自己都不知道！苗老相公因我而死，這筆債我遲早要還的。」「人都不在了，還還什麼啊？豫川，不說這些了，眼下你身子骨也好了，可有什麼打算？」

盧豫川沒有回答，卻出人意料地撲通跪倒，悲涼道：「楊叔，我的好楊叔！我大難臨頭了，或許明天，或許後天，我就要被逼死了！」楊建凡大吃一驚道：「豫川，你、你站起來說，誰逼你了？」

「我自己！盧家這番風波因我而起，差點傾家蕩產；幾年前的那場官司也是因我而起，幾乎家破人亡！苗文鄉老相公也是我害死的！我還有什麼臉活在盧家、活在盧家列祖列宗的牌位前？還有什麼臉去見鈞興堂的相公夥計？」

楊建凡上前攙他，他卻死跪著不起。楊建凡急道：「沒錯，這都是你做的……可沒人說你呀？你洩露盧家祕法，私自在鈞興堂入暗股的事，大夥多少都聽說了些，可大東家也沒罰你啊？反而委以重任！這次是你決策有誤，大東家卻說責任在他，根本沒提你的事！你、你這是何苦？」

盧豫川泣道：「楊叔，人言可畏啊！總號的人議論紛紛，我都知道……叔叔越是替我擋，我心裡就越難受，這比殺了我還難受！我求您跟叔叔說，好歹給我個處分，就是把我逐出家門，我也認了！一直這麼懸而不決，這樣的日子，我再也過不下去了，與其死在別人的唾沫裡，倒不如自我了斷乾淨！」

楊建凡目瞪口呆，好半晌才道：「你先起來，讓我慢慢想想。」盧豫川擦著眼淚起身回座，兀自啜泣不止。楊建凡思忖良久，道：「少東家，你自己有什麼打算？」

「我自然全憑叔叔發落。」

「那我說的話，你肯聽嗎？」

「我爹媽死得早，除了叔叔嬸子，您就是我最親近的人！」

楊建凡想起了盧豫海的那番話，便道：「那就好。老漢是個大老粗，說話過頭了你別見怪。大東家之所以一直不發落你，我想不是他忘了，而是實在難以抉擇！你是以少東家的身分掌管鈞興堂的，好端端的產業毀成那個樣子，怎麼罰你都不為過！可你畢竟是維義兄弟唯一的血脈，真能把你逐出家門嗎？維章兄弟的秉性脾氣，我再清楚不過。二爺是他的親生兒子，說攆走就攆走了！可你不然，你背後站著我那維義兄弟的在天之靈呢。他若是不罰你，鈞興堂上下幾千人心裡都不服；若是狠心處罰你，又怎麼對得起維義兄弟？大東家是有意擱置這件事，等風頭過了，再慢慢尋思一條萬全之策。你莫要著急，照我的意思，趁這些日子好好修養身子吧。鈞興堂是盧家的，大東家若要用你，誰敢放半個屁！」

盧豫川搖頭道：「楊叔，我一天也等不下去了！」楊建凡看了他一眼，嘆道：「你這是非逼著大東家左右爲難了！你可知道這麼做的後果嗎？」盧豫川道：「叔叔要不把我趕出鈞興堂，要不把我犯下的罪全攬在自己頭上！」「你既然都知道，又何必去逼大東家呢？除非你還有別的想法，難道你真想眼睜睜看著盧家一分爲二不成！」

楊建凡不過是氣頭上的一句話，卻道明了盧豫川此行的真正意圖。盧豫川騰地站起道：「楊叔，豫川情願就此離開鈞興堂，不再給鈞興堂、給叔叔添一星半點的麻煩！豫川這分心意，請楊叔務必轉告給我叔叔！」

楊建凡難以置信地看著他，氣急敗壞道：「你、你真的要分家？」

「對。豫川自請淨身出戶，離開鈞興堂！就是燒窯也好，種地也罷，從此再不連累盧家！」

形勢急轉直下，楊建凡這才明白了盧豫川的意思。敢情他說什麼認錯之類的都是託詞，一心要分家另過才是真的！

「你放屁！」楊建凡終於忍不住罵了起來，他急促地在屋裡踱步，邊走邊罵道，「忘恩負義的東西！你他娘的還有良心嗎？虧大東家對你期望那麼高！混帳王八羔子，惹下這麼大的禍事，你拍拍屁股，說走就走了？大東家是你親叔叔，他的脾氣你不知道嗎？他會讓你淨身出戶？留世場開工之際，大東家在全鎮人面前宣告過，盧家有一半的產業是你的，『除非天崩地裂，萬物不存，否則絕無更改之理』！全鎮誰不知道？大東家是最講信義之人，他肯爲你不顧家規，自然肯爲你踐諾分家！你一走，好端端的產業一分爲二，這不是親者痛仇者快嗎？連我一個外姓人都不忍見到這樣的場面，你盧豫川卻口口聲聲要分家！你、你……」

楊建凡氣得一拳砸在桌子上，一個宋鈞筆筒翻倒，七八根湖筆散落一地。盧豫川含淚俯身，將毛筆撿起，輕聲道：「楊叔，你罵也好，氣也罷，豫川心意已決！豫川此生只想做自己的生意，除此之外再沒有別的心願。可眼下，我在鈞興堂只能做個行尸走肉。古人云『哀莫大於心死』，留在鈞興堂，豫川便是心死之人；離開鈞興堂，豫川或許還有一點活下去的希望……我在鈞興堂，上對不起叔叔，下對不起苗家，也羞於和豫海、苗老相公等人共事……在窩棚營子裡的時候，楊叔一家跟盧家是鄰居，您是看著我和豫海長大的。自沒了爹娘，天底下除了叔叔嬸子，就只剩下楊叔你一個人爲我著想了……楊叔若真心爲我好，就請將豫川的心願告訴叔叔。三日之內，如不能得到叔叔的發落，楊叔就來爲我和文娟收屍吧。告辭！」

盧豫川深深一鞠躬，推門離去。楊建凡呆呆地站在書房裡，不知該如何是好。忽地，他聽見外面車馬的聲音，回過神來追了上去。待他趕到門口，已看不見盧豫川夫婦的馬車了。楊建凡失魂落魄地站在大門口，好半晌才向一旁呆若木雞的楊叔安道：「老三，給我備馬！」

「這麼晚了，爹要去哪裡？」

楊建凡沉默一會兒，忽而道：「你讀過書，聖人怎麼說大家子兄弟鬧分家的？」

楊叔安嚇了一跳，搖頭晃腦地背道：「《論語・季氏》有云：吾恐季孫之憂，不在顓臾，而在蕭牆之內也。」

「那後來呢？」

「後來、後來季家兄弟倆鬧翻了，自己打起了內戰，國家也被人滅了……爹，豫川少爺跟豫海少爺要分家嗎？」

楊建凡一個哆嗦，惡狠狠道：「你敢說出去半個字，小心我打斷你的狗腿！快去備馬，我要去苗家！」

盧豫川造訪楊家，是仔細計算後才決定的。他打定主意要脫離盧維章父子，自己獨闖天下，於是決定逼叔叔分家。他看準盧維章不會讓他淨身出戶，真要分家，即便帶不走祕法和窯場，也會有一筆數量驚人的銀子。就算盧家眼下周轉的銀子不多，鈞興堂整整一半的股份都歸他所有，每年的紅利能少嗎？一旦有了銀子，他何愁不能大展宏圖？何愁不能放開手腳做一番驚天動地的大事？盧維章所謂的三個心魔，已經把這個屢戰屢敗，又屢敗屢戰的商人牢牢控制住了。只要能繼續做生意，成就自己一代大瓷商的夙願，還有什麼他不敢去做的？

第一個知道盧豫川這個想法的，自然是朝夕相處的蘇文娟。盧豫川話音剛落，蘇文娟就叫了起來：「不成！」

盧豫川皺眉道：「那妳要我怎麼做？」

「總號這麼大的麻煩，都是你引起的。你就是有心分家，也不是現在這個時候！叔叔重病在身，裡裡外外全靠豫海和楊建凡、苗象天兩個老相公在支撐，大家都忙得不分晝夜。眼下危機剛過，你就提出分家，總號的人會怎麼說，鎮上的人又會怎麼說？」

「我現在不提出來，等豫海羽翼豐滿，我怕是連說話的機會都沒有了！」

「不會的，叔叔和豫海都是心胸開闊之人，你以前做過的錯事，現在有誰提起過？就是這次你中了董家的詭計，叔叔也未曾指責你，豫海也未曾怠慢你。」盧豫川知道這都是事實，便垂頭不語。蘇文娟耐心地道：「我知道你是耐不住寂寞的人，一蹶不振也不是你的性子。你有心東山再起，我打心裡替你高興！可小孩子都知道挨了打要老實幾天，你為何就不能放下心思，好好修養一陣呢？等總號恢復了元氣，生意重新興盛起來，你或者懇求叔叔讓你做生意，或者提出分家，豈不更好？」盧豫川看了她一眼，不耐煩道：「妳一個婦道人家懂什麼生意！不跟妳說了，妳去把楊建凡老相公請來，我要聽聽他的意思。」

蘇文娟苦笑道：「你不跟我說，我也不怨你。你成也好，敗也好，我還有別的去處嗎？這輩子除了你，我還有別的指望嗎？這麼多年了，我連一兒半女都沒能給你，心裡最有愧的是我啊。大少爺，我都聽你的，不過楊老相公不能去請。你一直對外稱病，忽然見楊老相公豈不讓人起疑？分家是大事，大家子裡最忌諱的就是分家二字。眼下這事八字還沒一撇，萬萬不能走漏風聲！你不如親自去找楊老相公商量，一來顯得誠心，二來也好避人耳目。」

盧豫川笑道：「這才是我盧豫川的女人！妳去找老平備車，就說我在家裡待久了，想出門散散心！」

盧豫川沒讓下人跟著，只帶了蘇文娟一人，親自趕著馬車出了鈞興堂。也許是作賊心虛，他在乾鳴山腳下兜了好幾個圈子，眼看天快黑了，才揚鞭策馬直奔楊宅。可偏偏楊建凡還在總號，他只好按捺著突突直跳的心，耐心等候。他已經盤算好了所有的說詞，楊建凡可能的態度他也都想到了。盧豫川深知，只要過了楊建凡這一關，由他向盧維章轉告自己的願望，分家的事就成功一半了！

事實證明盧豫川的算盤打得對極了。楊建凡在盧豫川告辭後，立刻直奔苗家。苗象天聽了盧豫川的意思也大吃一驚。盧豫川當年被大東家勒令不許過問生意，一氣之下居然在梁少寧承辦的鈞興堂入了暗股，甚至洩露盧家宋鈞祕法。這次沒人讓他脫離生意，是他自己覺得無顏再在鈞興堂立足，竟打起了分家的主意！兩個老相公默默對坐許久，苗象天皺眉道：「老楊，你說，盧豫川真的敢舉家自盡嗎？」

「很難說。他這個孩子我很清楚，爲了做生意，洩露祕法的事都敢幹，那是背叛祖宗啊！老苗，咱倆得先拿個主意，真要分家，還得講究分法。」

苗象天忽地站起，咬牙切齒道：「盧豫川跟我有殺父之仇，我巴不得他死！」楊建凡緊張不已，跟著站起來，連聲道：「象天，你冷靜些！」苗象天淒然一笑道：「老楊，你莫要怪我心狠。唉，這都是氣話，不說它了。盧家的產業無非是銀子、窯場和祕法。盧豫川一心要自立門戶，做自己的生意，這三樣都是他夢寐以求的東西。但我以爲，銀子可以給他，窯場也可以分他幾座，但祕法絕不能分！鈞興堂是盧家宋鈞的正宗，全仗獨門祕法，一旦連祕法都分了，憑空冒出兩個盧家宋鈞的字號，豈不是兩敗俱傷嗎？白白給老董家占了便宜！」

楊建凡點頭稱是，「我同意你的看法。二爺這兩天還一直念叨，要在維、中、庸、留、餘五處窯場之外，再建在、行、商、無、疆五處窯場，把盧家老號的規模擴大一倍！依我看，這窯場絕沒有分的道理！就給豫川銀子吧。他想做生意，不就需要銀子嗎？」

「眼下總號哪有銀子啊？二爺帶回來二十八萬兩，給了票號十萬，重新燒窯花了十萬，剩下八萬兩是二爺準備對付董家的，除掉這些，哪裡還有銀子？」

「朝廷貢奉的三十萬兩，不是快到了嗎？」

「那是活命銀子！來年全靠這筆銀子，又要燒窯又要還本付息，一鍋全端給了盧豫川，咱們總號要喝西北風去嗎？」

「還有景號啊。」

苗象天一愣，苦笑道：「景號才成立不到一年，給總號匯來不下三十五萬兩銀子了！總不能一下子就把景號的血抽乾抹淨！那裡頭有二爺多少心血啊。」

兩個老相公商議完，已是夜半。兩人有心立刻去鈞興堂報信，卻又怕驚動了盧維章，只得按下心急火燎的念頭，相約第二天一早齊赴鈞興堂。第二天剛用過早飯，苗象天直奔鈞興堂，遠遠就望見楊建凡在路口徘徊，立即趕過去道：「楊老相公久等了！早飯都沒吃吧？」楊建凡頂著黑眼圈，沙啞著嗓子道：「還他娘的吃什麼早飯，一宿都沒睡呢！快走吧，再等二爺就要去總號了。」

盧維章這些天身子好了許多，精神也好了起來。早上起來，還在小院裡打了一趟太極拳。盧王氏看得無比舒心，不停地抹眼淚念佛許願。盧豫海趁著母親高興，便道：「娘，關荷一直在景德鎮等著呢，沒您的吩咐，她不敢回來。您看……」盧王氏微微蹙眉道：「她這三年，一直沒有生養的跡象嗎？回來也好，我請開封府的名醫給她瞧瞧！不孝有三，無後為大，這事可拖不得。」盧豫海如釋重負道：「是！孩兒這就去寫信！」

盧豫海剛走到門口，就和來人撞了個滿懷。老平見到盧豫海，忙道：「二爺，正滿屋子找你呢！總號楊建凡、苗象天兩位老相公求見！」盧豫海愣道：「不是說好了，凡事都在總號見嗎？他們怎麼跑到鈞興堂來了？你讓他們……」

盧維章一套拳打完了，收了勢，道：「讓他們來我這裡吧。這麼早就來，不是要見你的，怕是又要給我出什麼難題！是福不是禍，是禍躲不過，該來的遲早會來。」說著，他輕輕轉身，朝房裡走去。盧王氏和盧豫海都是一驚。盧維章說得對，兩個老相公說是求見盧豫海，卻不在總號等著，一大早就來堵人？他們都知道大東家正在調養身子，如果不是連盧豫海都無法決斷的大事，絕不會貿然來鈞興堂！

盧維章的書房裡藥香裊裊，一個沙鍋裡噗噗嘟嘟地冒著白氣。盧維章擦了把臉，端坐在太師椅上，微笑道：「楊哥、象天，是什麼風把你們吹到我這藥鋪來了？」盧豫海狠狠瞪了他們一眼，道：「你們也真是的，有什麼事先告訴我呀！我爹身子剛好了些，你們就來添亂！」楊建凡和苗象天相視苦笑。苗象天道：「楊老相公，還是您先說吧。」

盧維章笑道：「不忙不忙，我也好久沒見你們了，不妨讓我猜一猜。眼下生意上有豫海主事，大事或許有，可你們幾個都是經商好手，什麼局面都難不倒你們，所以說不是生意上的事。至於家事嘛，有夫人掌管，你們都在總號忙著，也操不起這個閒心。那便只有一件事，這件事介乎生意和家事之間，說是生意也是家事；說是家事，卻又事關生意大局。如果我沒猜錯，是因爲豫川吧？」

楊建凡跌足嘆道：「大東家神機妙算，老漢佩服得五體投地！」隨即他把盧豫川深夜造訪的事情講述了一遍，最後道：「大少爺說，三日之內一定要得到大東家的回話，不然他們兩口子就自尋短見！」盧王氏駭然道：「這、這話怎麼說？誰逼他尋短見了？」盧維章轉向盧豫海道：「我讓你去勸勸你大哥，你去了沒有？」盧豫海愧然道：「去了幾次，大哥都稱病不見。父親稍等，我這就找大哥去！」

「罷了！」盧維章擺手道，「豫川心意已定，你再拿那些話勸他，只怕適得其反！既然豫川提出分家，我這個做叔叔的還有何話可說？他已經過了而立之年，凡事都有自己的主意了。即便今日不說，分家也是遲早的事。豫海，你怎麼看？」

「這個家不能分！我跟兩位老相公商量好了，下個月就跟董家開戰！這個節骨眼上，怎麼能分家！」

「兒大不由爹，何況我是他叔叔？」盧維章站起來，手裡一串佛珠緩緩捻動，道，「自古肌膚之疾易除，心中之魔難去。豫川不是要分家嗎？好，請楊哥去跟他講，我就分這個家！」

苗象天驚道：「就算分家，也得有個分家的辦法！總不能每樣東西都一劈兩半，你一半，我一半，那像什麼話？」

盧維章道：「我話還沒說完。楊哥，你對豫川說，盧家有三可分、三不可分。可分者：房產、股份、家財；不可分者：姓氏、窯場、祕法。豫川有鈞興堂一半的股份，這個全鎮都知道，我盧維章一言九鼎，絕無反悔之理。豫川若是決心分家，除了姓氏、窯場和祕法，其他的隨他取。他在鈞興堂的一半股份，每年的紅利一兩都不會少。不但如此，就連總號和五處窯場的相公夥計，凡是願意跟他的，一概來去自由，在鈞興堂的身股一律保留不變！」

在座的人皆大驚失色，倒不是因爲盧維章的慷慨允諾，而是驚訝他聽到姪子鬧分家，竟還如此泰然自若！每臨大事有靜氣，泰山崩於前而色不改。這要多大的涵養和氣量！盧維章彷彿猜到眾人的心思，笑道：「你們看著我幹什麼？自己的後人有出息了，能獨當一面，分出去又何妨？」盧維章信步走到一盆蘭草前，指著花盆笑道：「譬如這盆蘭草吧，你們看，只要勤給它澆水，就會抽枝吐芽，蒼翠欲滴，旺盛得很呢！別看它不起眼，什麼東西有它這麼頑強的命？只要一把泥，一口水，不用施肥，不用照應，便長得茂密繁盛！一盆子不夠它長，就分出一枝，栽到另一個盆子裡，不出兩個月又是鬱鬱青青！豫川就是這樣。眼下鈞興堂有豫海，接連做出幾件大事，別人眼裡就只有豫海而沒有豫川，這不是埋沒了豫川嗎？說實話，除去性子上的毛病，豫川這孩子還是有些本事的。他覺得在鈞興堂沒他的地方了，施展不開手腳，想自己闖出一番天地來。我做叔叔的高興還來不及呢，又怎麼會阻撓？別的大家子一分起家就雞飛狗跳，引得眾人恥笑。我們盧家絕不會這樣，不但要分家，還要分得風光體面！」

盧維章越說越激動，根本不像久病之人。他大聲道：「象天，你安排下去，後天是初九，正應了『合久必分』之意。我要在窯神廟花戲樓連唱三天大戲，請全鎮人都來看看，咱們盧家是怎麼分家的，我盧維章是如何對待姪子的！」

拾伍

少女情懷總是痴

鈞興堂盧家老號分家的事一傳出去，立刻在神垕鎮引起軒然大波。通常大家族分家，無不是爭奪財物、房產、土地，至於那些妯娌反目的，兄弟動手的，甚至到衙門打官司的事情，大家也見怪不怪。而盧家分家卻不像常見的那樣，一樣是熱熱鬧鬧，一樣是萬人矚目，卻是出人意料的一團和氣。鈞興堂上下一派喜氣洋洋，人人都換了新衣，進進出出地張羅得起勁，根本不像是分家，倒跟辦喜事差不多！

初九這天，窯神廟花戲樓前人聲鼎沸。誰都想看看這個百年難得一見的分家場面。盧維章許久沒在人前出現了。他一身棕紅色長衫，罩著深青色元寶印馬褂，腳踩開封府馬記鞋鋪的黑面千層底的棉靴，健步下了車，朝眾人拱手示意。盧豫川精神大振，一掃以往的頹唐，跟在叔叔後面含笑不語。盧豫海也是一副興致勃勃的模樣，尾隨於父兄身後。眾人看得發愣，議論聲四起：「瞧瞧人家老盧家，分家都這麼高興！」「俗話說『分家分家，親人也得變仇家』。可你看人家兄弟處得多好，沒一點仇人的樣子！」「唉，俗話套在盧家人身上，怕是也得改改嘍。」

眾人矚目下，盧維章領著盧豫川、盧豫海上了戲臺。盧維章朝下方施禮，語出驚人道：「今天是我們盧家分家的大喜日子，感謝諸位鄉親來捧場！」

議論聲又沸沸揚揚起來。致生場大東家雷生雨混在人群裡，朝身邊的興盛場大東家郭立三嘆道：「還是盧家厲害！分家都是大喜！都說老盧病得不輕，可你看他哪裡有生病的樣子？」

郭立三捅了他一拳道：「就你稀罕！人家老盧還有話說呢！」

盧維章待議論聲平息了一些，朗聲道：「大家都知道，鈞興堂盧家老號的產業，是由我大哥盧維義奠基起來的，盧豫川是我大哥唯一的血脈，如今他已過了而立之年，子承父業，繼承我大哥在盧家老號一半的家產，這是我大哥大嫂在天之靈庇佑！我現在宣布，由我姪兒盧豫川任東家的鈞惠堂從今天起，正式開張營業！從今往後，鈞興堂盧家老號的名字得倒過來念了。盧家老號一分為二，一個是鈞興堂，一個是鈞惠堂，兩個堂口同屬盧家老號，共用盧家老號的招牌和維世場、中世場、庸世場、留世場、餘世場五處窯場！」

雷生雨疑惑不解道：「老盧這打的是什麼算盤，好端端的鈞興堂盧家老號改名了？要叫盧家老號鈞興堂，盧家老號鈞惠堂不成？」

郭立三心一沉，脫口道：「糟了！老盧的意思，難道是鈞興堂燒宋鈞，鈞惠堂燒粗瓷嗎？」

自同治元年鈞興堂開創以來，神垕鎮的瓷業分為宋鈞窯場和粗瓷窯場兩種。宋鈞和粗瓷同屬鈞瓷一系，宋鈞需求量遠遠小於粗瓷，但價錢高出粗瓷許多，毛利驚人；而粗瓷則正好相反，民間日用的粗瓷需求量巨大，但價錢便宜得很。當前神垕鎮專燒宋鈞的是盧家和董家，其餘各大窯場苦於沒有宋鈞燒造祕法，只能以燒造日用粗瓷爲業。眼下盧家老號分成了鈞興堂和鈞惠堂兩處堂口，莫非盧維章野心勃勃，不但要賺宋鈞的銀子，還要在粗瓷生意上插一腳不成？雷生雨聽郭立三這麼一說，也著急起來。這可是家門洞開，大白天進來了一隻狼啊！

盧維章揮了揮手，讓眾人安靜下來，繼續道：「我姪兒能獨當一面，自立門戶了，我身爲他的長輩，自然要送他開張的見面禮。豫川從今天起，不但是鈞惠堂的東家，在鈞興堂還有一半的股份，每年跟我一樣，按股分紅，五五得利！除此之外，再由盧家老號的總號調撥現銀二十萬兩，還有大相公三人，相公十人，小相公十五人，燒窯夥計三百人，歸豫川使用！」他說完這些，轉向盧豫川道：「豫川，這份見面禮，你看夠不夠？」盧豫川沒想到叔叔還留了這麼一手，激動得難以形容，深深一鞠躬道：「豫川若不做出一番事業，怎麼對得起叔叔的盛情！」

他們叔姪二人說話的時候，戲臺一側三百多個由總號調配到鈞惠堂的相公、夥計一齊脫下了外衣，露出寫著「鈞惠堂」的嶄新號坎，一起吼道：「鈞惠堂開業，大吉大利！」接著就是鋪天蓋地的「得勁」聲。

盧維章笑容滿面，一手攙了盧豫川，一手攙了盧豫海，三人相視而笑，共同朝臺下揮手示意。這是誰都想不到的結局。這哪裡是分家，分明是盧維章送盧豫川一處生意，爲他出征壯行來了！盧家老號自此又多了一個堂口，盧維章總領兩個堂口，無疑還是大東家，而下面兩個少東家，一個是姪兒盧豫川，一個是兒子盧豫海。瞧人家這家分的，不但沒弄傷元氣，反而是聲勢大漲！郭立三再也看不下去，拉了拉看得正起勁的雷生雨，低聲道：「不成，這事得好好琢磨琢磨！你叫上立義場的老吳，今天晚上在壺笑天，咱們不見不散！」

鈞惠堂成立的消息，眨眼間就傳遍了各大窯場。大東家們無不勃然變色。事情明擺著，盧維章不會傻到再開一個燒宋鈞的窯場，跟自己過不去，那麼鈞惠堂肯定就是主打粗瓷這張牌了。花戲樓的大戲震天價響地唱著，心急如焚的大東家們卻無心看戲。天剛黑下來，郭立三就在壺笑天雅座裡如坐針氈，苦等著雷生雨和吳耀明。豈料跟在他們兩人後面又進來了七八個大東家，個個都如喪考妣。郭立三瞪了雷生雨一眼，雷生雨苦笑道：「老郭，你別生氣，不是我找他們的，是他們找我！」

吳耀明打圓場道：「既然都來了，就說說吧。人多力量大，就是打群架，也得把鈞惠堂掐死在娘胎裡！」

一個大東家嘆道：「還掐什麼！人家有銀子，又有相公夥計，脖子上套了生鐵環、長命鎖，不但掐不死，還說起來就起來了！咱只有乾瞪眼的分兒！」

郭立三轉著眼珠道：「不！盧家眼下只有五處窯場，對不對？盧維章剛剛吃了窯場供給不力的虧，宋鈞又是利潤肥厚的大買賣，他絕不會撥出窯場來燒粗瓷的！」

雷生雨道：「那就是建窯場吧，反正盧家有的是銀子！前幾天禹州知州曹大人，親自送了三十萬兩的朝廷貢奉銀子進了盧家。還有他們的景號，專做洋人的生意。原先汴號的蘇茂東去了景德鎮，幹得可好呢！聽蔚豐厚的人說，多則三五萬兩，少則七八千兩，都跟流水似的匯到神垕了！」

郭立三獰笑道：「誰說有銀子就能辦事了？我問你，建窯場，除了銀子、夥計，還需要什麼？」

吳耀明恍然大悟道：「地皮！」

「對！」郭立三拍桌子道，「眼下乾鳴山南坡，各大窯場把地皮都占滿了，盧家就是再有錢，還能把乾鳴山挪走，另闢一塊平地不成？」雷生雨搖頭道：「要說地皮，也不是沒有……回龍嶺西邊，還有一大片林場呢！把樹都砍了，有平地不說，連木柴都有了！」

郭立三笑道：「說你老雷死腦子，就是不開竅！你想想，那塊林場是誰家的？」

「是禹州陳家的啊。」

「這不就結了？禹州陳家做的是煤場和林場的生意，而陳漢章的二小姐陳司畫是什麼人？本來是盧家相中的二少奶奶！那時董振魁親自上門，給他們家老二董克良提親，陳漢章還婉言謝絕了。爲什麼？就是因爲陳司畫一心想嫁給盧家老二！可盧豫海偏偏跟一個丫頭成了親，氣得陳漢章大病一場，從此連煤、柴都不賣給盧家了，你覺得他還會把回龍嶺林場賣給盧維章嗎？」

另一個大東家道：「可我聽說，董振魁又去陳家提親，還是爲了他家老二董克良。萬一陳漢章把陳司畫許配給董家，那不是一樣嗎？盧家燒粗瓷也好，董家燒粗瓷也好，總歸咱們都得喝西北風了，領著一家老小上吊去吧。」郭立三乾笑了幾聲，道：「如今只有一個辦法，咱們所有的窯場聯合把那塊林場買下來！不管陳家開多少價錢，咱們只能認了！」

大東家們面面相覷。那塊林場足夠建五六處窯場了，得要多少銀子啊？沒個百十萬兩根本沒辦法！當下就有兩三個大東家想打退堂鼓。郭立三看了他們一眼，不以爲然道：「事情就是這樣，傻子才會坐等人家來吃，不如豁出老命去搏一把。成了，你好我好大家好；不成，大不了關門倒閉！誰還想走的，就請便吧。」

他這麼一說，本來想走的也不好溜走了。大家仔細商量了一番，公推郭立三和雷生雨爲代表，即刻前去跟陳漢章商議購買林場的事宜。雷生雨長嘆一聲道：「要是在三十年前，用得著這麼如臨大敵嗎？一兩銀子不花，就憑我一表人才，陳司畫那丫頭早就以身相許了！」眾人知道他在開玩笑，卻誰都樂不起來，只顧著琢磨心事。

禹州陳家商號的大東家陳漢章是舉人出身，去京城趕了幾次考，每次都名落孫山，久而久之也就斷了走仕途的念頭。陳家祖上靠南山煤場起家，在陳漢章父親手裡，又依著乾鳴山建了四處林場，可謂家境富足、日進斗金。陳漢章每隔幾天就偕夫人出去遊山玩水，日子過得舒服愜意，志得意滿。可陳漢章夫婦最大的遺憾，就是膝下只有兩個女兒，大小姐陳司琴嫁給神垕盧家的大少爺盧豫川，不料卻難產而死，連外孫女都沒熬過一歲，也跟著娘親走了。二小姐陳司畫自幼身體虛弱，大病沒有小病不斷，家裡熬的藥從來沒少過。陳司畫年紀不大，卻很有主見，從小跟盧家二少爺盧豫海青梅竹馬，打定主意非盧豫海不嫁。盧家燒出禹王九鼎那年，本來兩家說好了繼續聯姻，為此陳家把親自上門提親的董振魁都得罪了，沒想到那個叫關荷的丫頭卻近水樓臺，跟盧豫海成了親！盧維章夫婦也是混帳到家了，就算裡頭夾雜了梁家跟董家的瓜葛，也不能連個招呼都不打，就自作主張地把親事辦了。陳司畫連嫁衣都做好了，陳漢章也精心備好了嫁妝，全家上下就等著盧豫海來娶親，誰料到頭來竟是這樣的結局！陳司畫一時萬念俱灰，又是上吊又是割腕，一連尋了好幾次短見，幸好她娘陳葛氏留心注意，及時發現，才保住了性命。陳漢章氣得大病一場，手下的煤場和林場任盧家出再高的價錢，也不賣給盧家一兩煤、一根柴，就是爲了出一口氣。

三年過去了，陳司畫也是個二十歲的大姑娘了，上門提親的絡繹不絕。董振魁也沒放棄要陳司畫做二少奶奶的念頭，讓管家老詹再次登門。陳漢章知道閨女的脾氣，不敢當面詢問，便讓陳葛氏旁敲側擊地問了一次。沒想到陳司畫竟一口回絕，口口聲聲說她情願終生伺候爹娘，永不出閣。後來見父母逼得緊了，她索性剪下一縷頭髮，說要是再提此事，她就削髮爲尼。反正爹娘都信佛，家裡就有現成的佛堂，她便去守著青燈古佛過一輩子！陳漢章聽了捶胸頓足，卻也無可奈何，只好拿那縷頭髮向來提親的人說，陳家世代信奉佛祖，閨女孝順得很，只想在家伺候父母，暫時沒有出嫁的打算。聞者無不驚詫，日子一久，一傳十，十傳百，誰都知道陳家有個帶髮修行的二小姐。

陳葛氏愛女心切，哪裡肯讓閨女一輩子待字閨中，便找了個機會問她，難道還是對盧豫海念念不忘，非他不嫁？陳司畫回得也絕：「只要有一個跟豫海哥哥一模一樣的人，我就嫁給他。」陳葛氏聽了瞠目結舌，世上只有一個盧豫海，哪裡去找個一模一樣的人？看來閨女是鐵了心了。陳葛氏不甘心道：「盧家的規矩妳又不是不知道，只能娶一個夫人！盧豫海就是再好，也是有老婆的人了，妳還要等他嗎？」陳司畫一笑道：「他不娶我，我就等他。十年也好，二十年也好，等關荷不在了，我再嫁給他。」「要是關荷比盧老二還死得晚呢？」

陳司畫沉了臉道：「那我就跟豫海哥哥一塊兒死！在陰間，他總能娶我了吧？」這番話嚇得陳葛氏不敢再說下去，只有每天祈求佛祖讓盧豫海長命百歲，讓關荷早死早超生。陳漢章每晚就寢前，都聽到妻子念念有詞，卻不知在說什麼，問她她也不說。這天偶然聽到她的祈求，陳漢章氣急反笑道：「妳真是老糊塗了！佛祖見妳一邊心善，一邊心狠，哪裡會如妳所願？」陳葛氏苦笑道：「你是她爹！閨女這麼大了，你一點都不操心，還不許我祈求嗎？」

陳漢章搖頭道：「妳怎麼知道我不操心？我私底下讓人去找了，只要找到跟盧老二那個畜生一模一樣的人，就立刻讓閨女嫁給他！」陳葛氏氣得大罵道：「可天底下再找不出第二個像你這麼混帳的爹！莫說根本找不到，就算找到了，你知道他的秉性嗎？你知道他的底細嗎？萬一是個吃喝嫖賭的敗家子，你也要將閨女送進虎口不成！」

陳漢章挨了罵也不惱，喟然道：「說實話，盧豫海還真是個好後生，又仗義，又有本事。可他有老婆呀，就算盧家肯破了規矩，讓他再娶一房，妳難道願意讓咱閨女做小？」陳葛氏也是一愣，道，「那也比當一輩子老姑娘強！小的就小的，咱閨女不是笨人，早晚把大太太的位置搶過來！」她兀自說著，忽然想到了什麼，「孩子的爹，難道盧家來提親了？」

陳漢章看了她一眼，一點睡意都沒了，索性披衣下床，把燭光撥亮，呆坐在椅子上。陳葛氏急得喊道：「孩子的爹，你這是要急死我不成？」陳漢章艱澀地道：「唉，盧維章的確讓人來提親了！來的是盧家老號總號的楊建凡、苗象天兩個老相公。說只要咱閨女肯嫁過去，什麼規矩都不管了，還有十萬兩的聘禮。」「聘禮算什麼！你是怎麼回的？」「我能怎麼回？讓他們看看閨女自己割的那縷頭髮，打發他們走了。」

陳葛氏抓起枕頭便丟了過去，大罵道：「真是個窩囊廢！你瘋了嗎？」陳漢章躲過枕頭，急道：「那我該怎麼回？難道答應他不成？」「你得提條件呀！讓盧老二那個畜生把關荷休了，咱們閨女不就不用做小了？」

陳漢章瞥了她一眼，嘆道：「唉，妳怎麼知道我沒說？楊建凡說了，關荷沒有犯錯，盧家不能休她。何況她還是梁少寧的閨女，董振魁的親外孫女！咱陳家若逼盧家休了關荷，不明擺著得罪梁家和董家嗎？得罪梁大膿包還無所謂，開罪董家那可是不得了！沒了董家老窯的生意，咱煤場的煤，林場的木柴，賣給誰去？董家跟盧家本來就是你死我活的大仇人，眼下都看上了咱家老閨女，這可怎麼辦？」

陳葛氏的想法也是反反覆覆，此刻又想起了董克良的好處，不由得道：「其實董克良也是個好後生，咱們閨女嫁到董家也不吃虧，一去就是大太太！董克良幾年前就讓他爹來求親了，難道他真的對司畫有意思？對，不能去盧家，哪能真的做小啊？咱閨女是大家閨秀，不能受這個欺負！」「只要閨女願意嫁到董家，我沒有二話！」陳葛氏明白過來，嘆息道：「說得也是，咱閨女就看上盧豫海那個畜生！盧家遭難，她還偷偷送了一千兩過去，錢無所謂，丟人啊！盧維章究竟打算怎麼擺放咱閨女？」

「盧維章的意思是，兩房平起平坐，都是大太太，沒有大小之分！」陳葛氏愣道：「這……哪裡有沒大小的？老盧家真亂來！」陳漢章愁眉苦臉，只知道搖頭。老兩口你一言我一語，時而吵架時而商量，一直折騰到很晚，也沒能得出個結論。都聽見雞叫了，才互相責備著睡下。

楊建凡和苗象天確實是去陳家提親了。這件事是盧維章親自授意的，並要他們務必瞞著盧豫海。楊建凡和苗象天豈會不知其中的恩怨瓜葛，知道此去必定碰一鼻子灰，但大東家之命又不得不從。無奈之下，二人只得說是到禹州城拜訪知州曹利成，背著盧豫海去了趟陳家。結果自然是被陳漢章冷嘲熱諷一番，又親眼看見那縷盡人皆知的頭髮，灰頭土臉地回來覆命。盧維章聽了微微一笑，道：「老陳這是非要我親自出馬啊。為了盧家老號，看來這個面子我不能不給了。」

楊、苗二人互看了一眼，還是楊建凡開口道：「大東家，回龍嶺林場對盧家而言，的確是至關重要，咱不妨直接買下就得了，何必要多此一舉？明知道陳漢章對二爺恨之入骨，自討沒趣幹嘛？」

盧維章笑道：「買林場，娶陳司畫，這看起來毫不相干，實際上卻是一回事。陳漢章恨盧家，不肯嫁閨女，難道就肯把林場賣給咱們了？這些年，陳家的煤場、林場對盧家謝絕往來，其實還是在賭氣。陳司畫那個丫頭我清楚，她非豫海不嫁。不然這三年來，老陳也用不著老拿頭髮來惹人笑話了。」

苗象天忍了半天，終於道：「大東家，此事一直瞞著二爺，也不是辦法。說到底是要給二爺娶媳婦，他到現在還蒙在鼓裡呢！再說二少奶奶明後天就到神垕了，二爺跟二少奶奶在外頭相依爲命，感情也是如膠似漆，忽然讓他再娶一個，二爺那裡……能過得去嗎？」

「過不去也得過得去！」盧維章臉上結起了霜，說的話也是寒意逼人，「他不奉父母之命，媒妁之言，已經犯了一回大錯。這次是我親自給他定的親事，女方是跟他青梅竹馬的陳司畫，關荷也一直沒有生養，種種不是全在他，他還有臉推託嗎？」

苗象天小心翼翼道：「那……二少奶奶回家，是按老規矩辦，由總號出面迎出十里接待，還是……」

「家事我不管，你去跟夫人商量吧！不過關荷畢竟是拜過天地的二少奶奶，跟豫海在景德鎮也吃了不少苦，如果怠慢了，一是對不住她，二來難免給梁家和董家抓住把柄。我的意思，還是按老規矩。」

苗象天不敢再多說一句話，和楊建凡躬身告退了。其實他們兩人都不願攪和進盧家的家事裡，這個家遲早是盧豫海來當，萬一處置不合二爺的心意，按他六親不認的無賴脾氣，早晚都有苦果吃。楊建凡出了書房院子，吁出一口氣，笑道：「老苗，你去見夫人吧，我得回總號了。」苗象天可憐兮兮地道：「老楊，你就丟下我一個人嗎？」

楊建凡哈哈大笑道，「二老相公協管家事，這是總號的規矩！」他看見苗象天左右爲難的表情，斂住笑，嘆道，「當初你爹做老相公，我做二老相公，爲了這家事操了多少心！唉，總算能脫身了。天底下最難辦的，就是兒女之情。常言道『英雄氣短，兒女情長』。別看二爺冒冒失失的，還指不定會難過成什麼樣子呢！不說了不說了，我先走一步。」

盧王氏跟苗象天商議了半天，最後還是照盧維章的意思辦了。關荷、苗象林等人一共乘了三輛車，帶了不少南方特產，一路跋山涉水回到了神垕。離鎮上還有十里地，就看見路邊一處棚子，瓜果茶水之類的擺在棚下的長桌上，由穿著盧家老號號坎的夥計守在路邊迎接，高叫「恭迎二少奶奶衣錦還鄉」。此後每隔二里地就有一處棚子，幾個夥計，一直迎到神垕鎮裡。鎮上好久不見這麼大的陣仗，還以爲來了多大的官呢，一打聽才知道是盧家二少奶奶回府省親，而這個二少奶奶，就是大前年因爲跟盧豫海有了私情而被趕出家門的關荷，她還是圓知堂董振魁的親外孫女呢！於是群情激動，無不奔走相告。

關荷也想不到公公婆婆給她安排了這麼大的排場，一時間又是激動又是愧疚，神情恍恍惚惚的。直到馬車在鈞興堂門口停下，有丫鬟來服侍她下車的時候，才多少清醒了些。她剛下車，便看見門口處，幾個丫鬟婆子簇擁著一位二十來歲的年輕夫人，正是大少奶奶蘇文娟。關荷忙上前施禮道：「關荷給嫂子請安！」

蘇文娟笑意盈盈地上前，拉著她的手道：「走了幾個月，路上辛苦了！夫人在後堂等妳呢！」

關荷最怕見到的就是盧王氏，又知道非見不可，心裡惶惶不安。蘇文娟以爲她牽掛盧豫海，便一邊拉著她朝裡走，一邊笑道：「豫川和豫海他們正忙大事呢，咱們女人家不管他們的事。夫人念叨妳好半天了，一再讓下人去瞧……」

關荷當年是被買進盧家做丫頭的，十年一晃而過，當她再次踏入這熟悉的院落，身分已有了天壤之別。以前對她呼來喝去的老平，如今換了副恭恭敬敬的模樣，一口一個「二少奶奶」。那些舊日同桌吃飯，一起玩耍的丫鬟們，都帶了幾分敬畏、幾許豔羨地看著她，一個個唯恐言詞舉止不當，惹得二少奶奶不高興，哪裡還敢像以往那樣親密？關荷茫然無措地讓蘇文娟牽著手，一路朝後堂走去。蘇文娟見離下人遠了，才低聲道：「妹子，妳在景德鎮這幾年，一直沒生養？」關荷心一沉，艱難地點點頭。蘇文娟安慰道：「也許是南方的風水不服，一回家就好了！改天咱倆一起去登封縣中岳廟上香，聽說那裡的送子觀音可靈驗了！」

關荷這次回家最大的心結就是這個，聽了蘇文娟的話更是悲從中來，連腳步都不穩了，一句話也說不出來。兩人進入後堂，盧王氏正端坐著，見了關荷，不由得顫聲道：「媳婦，妳回來了？」

關荷從進盧家大門起就一直在盧王氏身前伺候，兩人的感情要比尋常主僕深厚許多。其間鈞興堂幾經磨難，下人遣散之際，盧王氏也不忍心將關荷趕出家門。只是她和盧豫海有了私情，壞了盧王氏一心撮合盧豫海和陳司畫的計畫，盧王氏才對她由愛生恨起來。但眼下她已是名正言順的二少奶奶，又跟著盧豫海南下千里謀生，受了不少磨難，盧豫海在景德鎮做得轟轟烈烈，想必也少不了關荷的貼心照料。盧王氏就是再有不滿，也消散了大半，這時驀地見到關荷，忍不住落下淚來。關荷見夫人動了感情，滿腹的心酸再也按捺不住，也是哀泣不止。蘇文娟讓下人們退去，房中只剩這三個黯然抹淚的女人。

盧王氏哭了一陣，才止住眼淚，悲聲道：「關荷，妳過來！讓我好好瞧瞧……」關荷順從地過去，跟過去伺候盧王氏一樣低眉順眼地站著。盧王氏拉過她的手，笑道：「妳如今身分不同了，還當自己是丫鬟呢？讓我瞧瞧。南方就是養人，咱家關荷本就水靈靈的，給這麼一滋潤，越發標緻了！」關荷羞得滿臉通紅。蘇文娟笑道：「妹妹天生麗質，走到哪裡都俊俏！妹妹，夫人一直想聽二爺在景德鎮的事，妳一回家，總算有個說書的了！」

盧王氏道：「我前一陣子還想問豫海呢，他卻像椅子上有釘子似的，片刻也坐不住！老二媳婦，妳好好給我說說，你們在景德鎮是怎麼過日子的？我聽說南方都是吃米飯，你們吃得慣嗎？」

關荷低聲道：「夫人，我們——」

「還叫夫人呢！叫娘！」盧王氏瞪了她一眼，道，「你們成親第二天就走了，一晃眼就是三年，我想聽妳叫聲娘都沒辦法……豫海也真是好強，整整三年連封信都沒有。」

關荷鼓足了勇氣叫道：「娘！」

盧王氏欣慰地一笑，從枕邊摸出個紅包，塞給她道：「神垕的老習俗，這叫改口錢！我放了整整三年啦，今天總算送出去了！」

蘇文娟見她們二人親熱，驀地想起自己成親時的淒涼。爲了給自己拚下一個大少奶奶的名分，盧豫川不惜喝毒酒以死相逼，那樣生死一線的場景，哪裡有眼前這樣的溫情？難怪盧豫川始終對此事耿耿於懷，對叔叔嬸子深有怨言了。蘇文娟撫今追昔，不禁觸景傷情，忙轉過身去，偷偷擦了擦眼角溢出的淚珠。

盧豫海雖然知道關荷已經回了神垕，卻還是待在總號不肯回家。楊建凡和苗象天知道他們少年夫妻，幾個月不見自然有說不盡的枕邊蜜語，便同聲勸他趕緊回去。盧豫海不願落個「戀家」的名聲，便瞪眼道：「怎麼，有了老婆就不做事了嗎？你們急什麼，又不是你們的老婆！」楊、苗兩人哭笑不得，只好繼續處理事務。轉眼間天色暗了下去，盧豫海也不急，搖了半天的躺椅，冷不防問道：「你們前兩天去禹州，見到曹大人沒有？」

楊建凡為人老實，最不擅長說瞎話，一時間張口結舌。好在苗象天反應快，忙道：「見了，說的還是朝廷貢奉的事。二爺有什麼要問的嗎？」盧豫海納悶道：「老董家又搞鬼了不成？朝廷貢奉不是說好的嗎？」苗象天只得繼續圓謊道：「二爺多慮了，還不是朝廷例行的公事！我跟楊老相公去了一趟，都說好了，沒什麼要緊的。」說著，他瞥了一眼楊建凡，額頭上冒出冷汗。楊建凡趕緊幫腔道：「沒錯沒錯，曹大人那邊都說好了，明年的朝廷貢奉還是老規矩！」

盧豫海笑道：「朝廷貢奉是鐵打的生意，多少銀子踏出來的路，諒他們老董家也想不出什麼花招來！不過咱也不能等了。老苗，回龍嶺林場的事談得如何？我聽說董振魁和其他各大窯場都開了天價，這幫狗娘養的還算眼尖，一眼就瞧出咱的意圖來了！」

「回龍嶺林場是禹州陳家的產業，咱們去說恐怕多有不便吧！」苗象天靈機一動，心想既然盧豫海提到此事，何不把盧維章的意思透露一點，好讓他有個準備？當下便道：

「要是當年二爺娶的是陳司畫，那就好辦了。自己親家的事情，陳漢章還能答應別人嗎？可今非昔比啦，聽說董振魁又上門去提親了，還是給他家老二董克良提的，一旦陳司畫嫁給了董克良，那塊地皮咱就沒指望了！你說是不是，老楊？」

楊建凡會意，大聲嘆道：「現在說這個有什麼用，總不能讓二爺也去求親吧？」

「司畫妹妹還沒嫁人嗎？」盧豫海吃驚地站了起來，死死盯著苗象天。他回神垕以來一直在總號收拾殘局，根本沒心思打聽陳司畫的事。按他的想法，陳司畫早該嫁人了，何況是自己負心在先，也不能埋怨人家。猛然聽見陳司畫三年了還待字閨中，他自然是吃驚不小。苗象天見狀搖頭道：「禹州城誰不知道陳家二小姐心有所屬，哪裡看得上別人？二爺，這三年來司畫小姐任誰提親都不答應，只怕還想著你呢！」

盧豫海呆呆地站著，忽然一屁股坐下去，好半晌才道：「這可怎麼辦才好……」

楊建凡有心再說幾句，卻被苗象天一個眼神攔住了。苗象天抱定了「點到為止」的主意，就怕楊建凡憋不住，把其中的隱情一股腦兒說出來，這不是明擺著得罪二爺嗎？兩人便不再說這個，有一搭沒一搭地說起了生意上的事。盧豫海沉默了半天，騰地站起來道：「你們兩位忙吧，我回去了。」

二人知道他這次回去，鈞興堂裡還不知道會惹出多大的風波來呢，可此刻他倆也不敢點破，只能一起離座送他。盧豫海悶聲道：「送什麼！我又不是不知道路。」說著便挑簾出去了。楊建凡和苗象天相視苦笑。苗象天待他走遠了，嘆道：「唉，真是人在江湖身不由己，二爺真應了那句話，『商場得意，情場失意』！」

「又要娶個如花似玉的小老婆，這是哪門子『失意』？」楊建凡看了他一眼，道，「我勸你少攪和進去，馬上就要跟董振魁開戰了，生意上的事我又不在行，到時候有你忙的！」

苗象天一愣，道：「我想攪和進去？我他娘的躲還來不及呢！」

夜長天色怎難明

盧豫海滿腹心事，不料一進門就給老平攔住了。見盧豫海一臉惱怒，老平忙陪笑道：「二爺，對不住！今天二少奶奶剛回來，說什麼我也不該耽誤您！可是老爺有話，讓您一回家先去他屋裡……」

盧豫海本想直接去找關荷傾訴相思之苦，給老平這麼一說，只得掉頭去父親的書房。盧維章這些日子身體恢復得不錯，早離了病榻，整天在書房裡看看書，在院子裡打打拳，氣色一天天好起來。盧豫海心裡亂成一團，冒冒失失地推開書房門，見父親正在看書，便笑道：「兒子給爹請安了。」

盧維章抬頭看了看他，不動聲色道：「出去，重新進來。」

盧豫海一愣，知道今天父親不會給好臉色看了，卻不明白自己哪裡做錯了，惹得父親如此動怒。只好轉身出去，把門闔上，規規矩矩地敲門道：「父親，兒子來給父親請安了。」

書房裡傳來盧維章的聲音：「進來吧。」

盧豫海這才敢推門進去，大氣不敢出，垂手站在書桌旁。盧維章翻著書，道：「知道哪裡做錯了嗎？」

「孩兒只顧想心事，把禮數都忘了。」

「心事？你能有什麼心事？」盧維章把書一推，冷冷道，「盧家因爲你，又被人家欺負到頭上了，你還有功夫想心事！」

「誰敢欺負盧家？我這就去找他們！」盧豫海瞪圓了兩隻眼，一眨不眨地看著父親。

「盧家老號今後的生意一分爲二，鈞興堂專燒宋鈞，鈞惠堂專燒粗瓷，這是咱們父子定下的發展大計，你難道忘了不成！」「這個孩兒哪裡能忘了？怎麼，有人下絆子爲難大哥嗎？」「這事已經黃了八成了。你可知因爲什麼？」

盧豫海目瞪口呆道：「黃了八成？這怎麼可能！大哥不是都幹起來了嗎？」

「豫川把所有的鋪墊都做好了，只等著開工建窯呢！可人家陳漢章把話挑明了，陳家的回龍嶺林場能賣給董家，能賣給各大窯場，唯獨不能賣給咱們盧家老號！沒了地皮，咱們去哪裡建窯場？沒了窯場，拿什麼建鈞惠堂？」

盧維章的話震得盧豫海身子一顫。他在外歷練了三年，飽嘗人情世故，此刻已隱約聽出父親的弦外之音，慨然道：「是孩兒惹下的禍事，得罪了陳漢章。請父親明示，孩兒如何才能挽回這個大錯？就是讓孩兒去陳家負荊請罪，再丟人孩兒也絕不含糊！」

盧維章繞了半天的圈子，終於把盧豫海這句話逼出來了，暗中一笑，臉上卻是波瀾不見，「丟人也是你自作自受！要是負荊請罪能辦成事，就是讓我去又有何妨？只是陳司畫一心想嫁的不是你爹我，而是你這個畜生不如的東西！」

盧豫海聽得呆若木雞，半天才道：「這、這可不成！」

盧維章沉下臉來，大聲道：「怎麼不成？我是你爹！上回的親事我已經由你胡作非爲，這次難道我還不能做主嗎？」盧豫海頂撞道：「盧家子孫只能娶一房太太，這是爹爹您定的！」盧維章怒道：「我定的，我就能改！到底盧家是你說了算還是我說了算？」

「爹，您別逼我！大不了鈞惠堂不幹了，我把鈞興堂給大哥算了！」

「你這是放什麼屁！你有資格說不要就不要嗎？你以爲你現在是鈞興堂的東家，我就奈何不了你嗎？又不是讓你去死，不過是再娶個夫人而已，你吃虧了嗎？」

盧豫海被父親逼得走投無路，急道：「爹，我盧豫海算什麼東西！把陳司畫娶進門，那關荷怎麼辦？難道休了她不成？不休關荷，難道要陳司畫做二房？陳漢章絕對不會同意的！我是不吃虧，可關荷吃虧，陳司畫也吃虧，我成什麼人了？」

「若我告訴你，陳漢章同意了，陳司畫也同意了，就連關荷也同意了！你還有什麼話說？」

「不可能！」盧豫海脫口而出道，「……就是他們都同意了，我也不同意！爹，您別逼我了，我娶了關荷，已經對不起司畫一次。若是讓她嫁過來做二房，我更對不起她！」

盧維章負手站起來，繞著盧豫海轉了一圈，冷笑道：「眼下你有兩條路：要不按我的意思辦，那樣關荷還能留在盧家；要不我就以『無法生養』的罪名休了她，你還是得娶陳司畫！」

盧豫海撲通跪倒，使出最後一招，「爹，難道您為了生意，就連兒子都不要了嗎？您不怕逼得我一頭撞死在您面前嗎？」

盧維章微微一笑，「你想一頭撞死，也好，真是有情有義的漢子！我且幫你分析一下你死後的事情：關荷和陳司畫都對你一往情深，這自不待言了。她們一旦知道你不肯讓她倆為難而一死了之，自然也會為你殉情；你娘愛子心切，說不定過不了幾天也會跟著你去了；剩下老爹我一人孤苦伶仃，怕是也沒幾日好活；陳漢章兩口子心疼閨女，想必也……你算算，你一死，得賠上六條人命！你現在連個傳宗接代的兒子都沒有，你大哥也一直沒有孩子，可嘆我老盧家就此斷子絕孫，一家子死得乾乾淨淨！也罷，董家夢寐以求的事，你盧豫海統統替他們辦到了！」

盧豫海完全沒了退路，「爹，我想死都不行嗎？」

盧維章無動於衷道：「爲了你一個，搭上那麼多條人命，也絕了盧家的香火，多划算啊！好好想想吧。」

盧豫海明白父親多少有些揶揄之意，但仔細想想，父親所說的什麼「六條人命」、「斷子絕孫」之類的，還真不是空穴來風！看來父親這番話，是精心設想過的，從他一進門開始，先是來了個下馬威，接著拿生意受挫來威脅、拿父命家法相逼。連關荷、陳司畫和母親都搬出來了，把所有的退路堵得死死的。而自己負荊請罪不可，放棄生意不可，苦苦哀求也不可，最後就是想求一死都不可得！

盧豫海苦笑道：「父親真是好口才！我鬥不過您！」盧維章終於露出笑容道：「怎麼樣，兒子還是鬥不過老子吧。」盧豫海覺得又可笑，又可嘆，又難以置信，賭氣道：「可兒子沒有父親能言善道，這件事……孩兒實在萬難向關荷開口。」「毋須你去開口。」盧維章穩坐在書桌前，淡淡道，「你娘已經跟她說了。」

「什麼？」盧豫海頓時變了臉色，「她剛剛回來，怎麼能……」

「自家的媳婦，爲何說不得？關荷既然做了盧家的二少奶奶，就得有容人的雅量！她跟你一出門就是三年，也沒生個一兒半女，要是在別家早被休了！盧家眼下有難處，正是她為盧家盡點心的時候，她若是有半點孝敬公婆的心思，定會滿口答應下來。」

盧豫海長嘆一聲，一跺腳便推門走了。盧維章輕輕一笑，看著他的身影消失在遠處，才喟然一嘆，臉色變得陰鬱起來，朝半空中拱了拱手，淒涼道：「關荷，公公我對不住妳！嫁到盧家來，是妳自己選的，這就是妳的命啊……」

盧豫海心急火燎地往房間走去，關荷正在房裡失魂落魄地坐著，聽見門外的動靜，趕忙擦了眼淚，翻箱倒櫃起來。盧豫海衝進房門，呆呆地看著她，一句話也不敢說。關荷手忙腳亂了半天，裝作才發現他的樣子，嗔笑道：「你鬼鬼祟祟的做什麼？進屋也不說一句話！」

盧豫海小心翼翼地察言觀色道：「關荷，妳……妳忙什麼呢？」

「找衣服啊！」關荷笑容滿面道，「司畫妹妹要嫁過來了，我做姐姐的，得找件像樣的衣服迎接她呢！可找了半天，一件合適的都沒找到，明天還是叫裁縫來做吧……」關荷努力做出歡天喜地的表情，但從她滿臉的淚痕，通紅的雙眼，還有不停顫抖的身子，看得出來她萬分悲哀。盧豫海心如刀絞，上前摟住她，痛心道：「關荷，妳難過就哭吧，哭出來就……」

「二爺大喜的事情，我幹嘛要哭？」關荷輕輕推開他，笑道，「這下多好，二爺不是一直希望咱們三個在一起嗎？」

「妳……妳別這麼說，那是咱們沒成親以前的玩笑話……這三年裡，我提過陳司畫沒有？妳知道我心裡只有妳一個。我也明白妳心裡難受……」

「我才不難受呢！你瞧，本來我沒能生養對盧家有愧，還怕公公婆婆怪罪呢！這下算是給盧家立了大功一件，多少能討公婆一點歡心，我為何要難受？」

盧豫海再也聽不下去，一把抓住她的手，急切道：「關荷，妳聽我說，這不是我的意思！我說什麼也沒用……妳現在收拾行李吧，咱們倆立刻就走！什麼生意，什麼鈞興堂，什麼回龍嶺林場，統統去他的！我們走得遠遠的，再也不回神垕了！」

關荷心裡一顫，道：「二爺，你說的是真的嗎？」

盧豫海斬釘截鐵道：「真的！」

「你不後悔？這麼大的產業，你說不要就不要了？」

「去他娘的產業！我不要了，我只要妳就夠了！妳快收拾一下，我去找輛馬車——不行，馬車動靜太大，可沒馬也走不遠，這樣吧，咱倆先離開鈞興堂，我去苗象天家裡借馬，咱倆今天晚上就走！」

關荷直直地看著他，道：「好，我聽你的！」說完，匆匆整理了些衣服、細軟，裝成包袱提在手上。盧豫海從腰間解下總號密帳房的鑰匙，放在桌上，拉起關荷頭也不回地走了。

夜深了，鈞興堂裡上上下下多已就寢，只有更夫的梆子聲時遠時近地響著。盧豫海和關荷對鈞興堂再熟悉不過，輕而易舉便來到後院。馬房裡空無一人，只有幾匹馬在馬廄裡。盧豫海眼睛一亮道：「妳等等！」說著便上前解開一匹馬，順手抓了把草料塞在馬嘴裡。關荷怔怔地看著他，身子禁不住顫抖著。盧豫海牽著馬朝後院的角門走去，低聲朝關荷道：「快走！別驚動了旁人！」關荷臉上不知是悲是喜，順從地跟了上去。盧豫海輕手輕腳地拉開門閂，外面就是胡同。

盧豫海不容分說，舉起關荷放在馬鞍上，自己再翻身上去，揚手一鞭子下去。馬兒嘴裡塞滿了草料，叫也叫不得，一頭竄了出去。眨眼間兩人已離開鈞興堂，飛馳在神垕的大街上。盧豫海沒想到會如此順利，得意道：「關荷，妳瞧老天爺都幫著咱們呢！今天晚上……」

關荷只覺兩耳邊風聲呼嘯，神垕鎮的一屋一宇、一草一木都飛快地消失在身後。前面就是官道，照這個速度跑下去，不到天亮就能跑出一二百里地，到時候就是盧家發現了派人追趕，也找不到他們了！關荷驀然一驚，伸手抓住韁繩，拚命朝懷裡一拽。馬兒被主人拉得仰頭長嘶，兩個前蹄騰空而起，差點把盧豫海和關荷摔落在地。盧豫海嚇了一跳，趕緊搶過韁繩，好不容易把馬安撫住，大聲道：「關荷！妳瘋了不成？」

關荷無力地靠在他懷裡，苦笑道：「我剛才是瘋了，但現在清醒多了。若是繼續走下去，那我們倆才真是瘋了！你讓我下去！」

盧豫海見她拚命掙扎，只得下了馬，把她抱下來，茫然地看著她。關荷懷裡還揣著包袱，衝他淒涼一笑道：「二爺，你能跟我走到這裡，你的心意我全明白了……關荷是個私生女，自小沒人疼愛，嫁給二爺之後才有了個真心待我好的人。為了不讓我受委屈，二爺連家和爹娘、生意都不要了，可我又算什麼？不值得二爺為了我一人捨棄那麼多！娘今天送我回房裡，跟我說了娶司畫妹妹的事，她生怕我不答應，竟然……竟然跪在我面前……不能給你生個一兒半女，還害得你離家出走，這分罪過我實在擔當不起！司畫妹妹對你情深一片，你和我就這麼走了，豈不是害了司畫妹妹一輩子嗎？何況這還關係到盧家的生意……」

盧豫海聽得肝腸寸斷，道：「娘怎麼能……妳想這麼多做什麼？生意的事情跟妳有何相關？」

「我關荷生是二爺的人，死是二爺的鬼。為了二爺的前途，我有什麼不能做的？二爺莫怪，我剛才只是試探二爺來著。我想知道二爺究竟待我如何，可二爺眉頭都不皺一下，說出走就出走了，一點猶豫都沒有。我已經知道自己在二爺心中的分量了。二爺是個真正的大丈夫，我就是和司畫妹妹平分，也比那些尋常男人的妻室得到更多……二爺，今天就走到這兒吧，這是出鎮的官道口，我只求二爺今後能記住這裡，等我老死了，求二爺不要把我入土安葬，就把我的骨灰撒在這裡，我想看著二爺外出經商，看著二爺得勝歸來……」

「妳說這些，難道還是信不過我嗎？咱們可以遠走高飛，誰都攔不住咱們！這難道不是妳的心願嗎？」

關荷終於流下眼淚，在月色映襯下顯得清亮無比，「這固然是我的心願……說到底，哪個女子肯跟人分享丈夫？可公公為了你，把自己立下的規矩都破了，婆婆更不惜對我下跪！要不是他們收留，我一個孤兒根本活不到現在，我若是不答應，還有良心嗎？要是堅持不許司畫進門，我又如何在盧家立足，少不了被一紙休書趕出盧家！我想清楚了，只要能留在二爺身邊，就是做個丫頭我都願意！二少奶奶的名分又算什麼？能讓二爺陪我走這麼遠，我現在就是死了，也毫無遺憾！二爺，聽我的話，咱們回家吧……」

盧豫海狀若癲狂，飛身上馬，厲聲道：「我心意已決，今天非走不可！妳如果還願意跟著我，就上馬來一起走，不然我一個人走！」

關荷一把抓住轡繩，喊道：「二爺！你為何如此不聽人勸？你以為咱們真的可以遠走高飛嗎？你就真的忍心不要爹娘了嗎？我跟你一走，盧家所有人會如何說我？我就能安生一輩子嗎？葉落歸根啊，咱們就是走十年，二十年，五十年，總要回神垕的，到時候你要人人都說我紅顏禍水，是個害得盧家家破人亡的妖孽嗎？你若真的要走，就先踏過我的身子吧！我寧可死在你的馬蹄之下，也不願死在罵名裡！」

盧豫海的手遽然鬆了開來，身子在馬上搖搖晃晃。他仰頭朝天，淚流滿面，忽地大吼道：「爹，您為何連親生兒子都要算計？為何算計得如此周詳？連這最後一步都算到了，為何我想捨棄一切您都不許？」

關荷無聲地流著淚，牽著馬，回頭朝神垕鎮走去。一路上兩人默然無語，只有馬兒不停地噴著響鼻，似乎有一肚子不解。二人走進胡同，鈞興堂後院的角門還開著，跟剛才離開的時候一模一樣，但兩人的心情卻已有了巨大的變化。盧豫海木然地下了馬，低頭跟關荷一前一後地走進角門。關荷的腳步驟然停住，盧豫海撞到她身上，抬頭看去，但見院子裡坐滿了人。盧維章和盧王氏端坐在椅子上，盧豫川和蘇文娟立在他們身後，就連剛剛四歲的弟妹盧豫江和盧玉婉也在，正睜著黑溜溜的眼珠子，目不轉睛地看著他們。

盧維章黯然道：「你們回來了？」

盧豫海和關荷相視一眼，一起跪倒在地。

「我替你們支開下人，為的就是讓你們順利離開。」盧維章的聲音一片安詳，「我知道此事對你們夫妻來說，實在是太難了。強人所難有違天理，這不是我的本意。事情的利害也對你們說過了，我放手讓你們自己決定。我跟你娘，你哥嫂還有你弟妹，盧家所有的人都在這裡等你們，或者說是送你們。你們走了，我替你們高興；你們回來了，我卻高興不起來……人非草木，豫海，你是我唯一的兒子，我要你明白，爹不是爲了生意不顧一切的人。我再問你一次，你還想走嗎？你若是想走，我絕不阻攔！」

關荷膝行幾步，來到盧王氏跟前，哭道：「娘，我們不走了。」盧王氏一句話也說不出來，眼淚落在關荷的手背上。蘇文娟不停地抹著眼淚，盧豫川也是一臉戚容。只有盧玉婉奶聲奶氣道：「爹！二哥爲什麼要走？」盧豫江更是急紅了小臉道：「爹，二哥不回來了嗎？那誰給我捉螞蚱！二哥還說要帶我去窯場玩呢，說話不算話！」

「他們……」盧維章說了半句，就再難開口了。盧豫海艱難無比地看了看親人，強裝出笑意，沙啞道：「老三，二哥不走，二哥是跟你二嫂出門遛馬去了，這不回來了嗎？」他還想衝盧豫江笑，卻忽覺眼前一黑，彷彿跌入了深淵，急速地下墜，卻怎麼也到不了谷底……這個過程實在太漫長了，他巴不得立刻迎來粉身碎骨的瞬間，那該是多麼愜意，多麼平靜啊。

盧豫海恍惚地站了起來，雙手拚命揮舞著，目光似癲似狂！盧豫川失聲叫道：「老二，你……」盧豫江和盧玉婉嚇得閉上眼睛。盧豫海突然頓住，身子搖晃了一下，再無法支撐，仰面向後倒去。

父女之間

盧家兩個老相公上門提親的事情，就算陳漢章夫婦不肯張揚，陳家上下這麼多雙眼睛耳朵，又哪裡能瞞得住陳司畫？過不了兩天，她不知從哪裡聽說了消息，立即來找父母親詢問。陳漢章還裝作沒這回事，佯怒道：「盧家？哼，給他膽子他也不敢來提親！就他們家老二那個德性，還敢惦記著我家閨女？我是沒看見他，不然見一次打一次！讓他知道老陳家不是好欺負的！」

陳葛氏倒是好言相勸道：「閨女，沒這檔子事！董家倒是來過，給他們家董克良提親。我看董克良也不比盧豫海差，陳家和董家又是這麼多年的老商伙了，對他也是知根知底的……不如讓董克良來一趟，妳隔著門縫瞧瞧，看中不中意……」

陳司畫騰地站了起來，道：「爹、娘，女兒今天說句不要臉的話！我這輩子要不不嫁人，要嫁就嫁給豫海哥哥！別說是做二房，就是三房、四房我都不在乎！娘要是再提什麼董克良，我就把頭髮全剪了，讓你們二老開心！」

陳漢章氣得吹鬍子瞪眼，卻拿閨女一點辦法都沒有。陳葛氏嚇得快步上前拉住她，好說歹說才按她坐下，她猶自氣鼓鼓的，一語不發。陳葛氏為難道：「既然妳都知道了，我也不瞞妳，盧家還真的來提親了。爹媽不是有意不告訴妳，只是不忍心讓妳去盧家做小。妳一個大家閨秀，給人做了二房姨太太，受一個丫頭出身的人指使，丟不丟人？妳放心，爹媽正跟盧家談條件呢，等他們把關荷休了，再把妳風風光光地嫁過去，妳看可好？」

「不好！」陳司畫急道，「豫海哥哥跟關荷感情深厚，爲了跟關荷成親，他心甘情願被逐出家門，好好的事業都不要了。就算盧老伯肯休關荷，他也不會同意！你們拿這個逼盧老伯，不是在逼豫海哥哥爲難嗎？要是我嫁過去讓他爲難，我寧可不嫁！」

陳葛氏聽得目瞪口呆道：「閨女，妳真的甘心做姨太太？」陳漢章氣急敗壞地嚷道：「讓她嫁！讓她做二房！給全禹州的人瞧瞧，陳家的寶貝閨女給盧家做姨太太去了！妳一口一個『豫海哥哥』，爹娘兩個加在一起，還比不上妳一個『豫海哥哥』嗎？我養妳這麼大，算是賠到家了！」

陳葛氏不敢惹惱女兒，把一頭無名火全出在陳漢章身上，罵道：「你還有臉說咱閨女呢！你這個當爹的又做了什麼？當初我說早點辦喜事，你非說盧家去京城送壽禮，肯定能得皇封，到時候幾個喜事一塊兒辦，圖個風光體面？可到頭來呢？沒等盧維章回來，盧豫海跟關荷就明鋪暗蓋了！」這一席話噎得陳漢章張口結舌，好半晌才道：「閨女，妳過來，爹問妳一句話。」

陳司畫被母親推到父親面前，卻低著頭不去看他。陳漢章長嘆一聲，道：「閨女，妳是鐵了心要嫁給盧豫海？」

陳司畫點了點頭。她雖然面帶羞赧，態度卻異常堅決。

「那爹也把話說明了，妳知道盧維章爲什麼偏偏這時候來提親嗎？他是惦記著咱們家回龍嶺林場呢！神垕鎮沒別的地皮了，那塊地就是地王！董振魁開價一百萬兩，各大窯場聯手出一百一十萬兩，爹要是圖銀子，早賣給他們了！爹爲什麼不賣？還不是知道妳的心思，怕絕了妳的念想……我不擔心別的，就擔心盧維章提親是假，要地皮是真！妳要是這麼嫁過去，能有好日子過嗎？盧豫海也成親三年了，妳能擔保他對妳還跟以前一樣嗎？」

陳司畫聽了半晌，忽然道：「爹，要去除這個擔憂，我有個法子！」

陳漢章和陳葛氏都是一愣，齊聲道：「妳有什麼法子？」

陳司畫鎮定道：「爹，您下午去一趟神垕，先去董家，隨便坐坐就出來。然後再去盧家，找盧老伯，就說回龍嶺的林場已經賣給董家了！如果盧老伯還認提親的事，我就死心塌地嫁過去，哪怕是去做姨太太。可如果盧老伯果真是圖林場，我就連人帶地皮，一起嫁到董家去！」

陳葛氏不假思索道：「妳心裡不是只有盧豫海嗎？若盧家真的不願意，妳難道真嫁給董家二少爺？」

陳司畫臉色慘白，道：「盧家已經讓我傷了一次心，若是再讓我傷心一次，就是我的仇人！我就是再討厭董克良，也要嫁到董家，一定要親眼看見盧家家破人亡！」

在陳漢章夫婦眼裡，陳司畫一直是個大門不出二門不邁，嚴守《女兒經》和三綱五常的女兒家，哪裡料到她會有這般心機，這般見識，一下子都愣住了。陳葛氏駭然道：「妳怎麼有這麼狠的心思？」

「至愛不得就是至恨！爹，算女兒求您了！」說著，陳司畫不容分說便跪了下去。陳葛氏急得團團轉，直叫道：「老爺，你倒是拿個主意啊？」

陳漢章凝神看著她，彷彿不認識她似的。他思忖了良久，才道，「閨女，妳的意思爹都明白了，這的確是個好計策！但是，爹不能答應妳。沒錯，盧家究竟是不是誠心提親，這樣一試便知，但試出來了又怎樣？是真心的，皆大歡喜，若不是真心的，難道要爹眼睜睜看妳嫁給董克良？妳心裡明明沒有他，嫁過去一輩子活在仇恨裡，又得受多少折磨！妳說的計策，是用在生意上的，不能用在兒女之情上……」陳漢章伸手攙起女兒，接著在房中踱步道，「盧維章的爲人我也清楚，他不是絕情寡義之人，只要咱對得住他，他斷然不會爲難妳。至於盧豫海和關荷那裡，爹相信以妳如今的心機和見識，還有咱陳家的地位，就是嫁過去，也不至於受人欺負！只是在名分上，有些委屈妳了……爹再問妳一遍，妳真的不在乎名分上低關荷一截嗎？」

「在乎！」陳司畫佯裝到現在，終於還是說出了真心話，眼淚也撲簌簌滾落下來。陳葛氏心疼不已，便叫道：「娘知道妳在乎！那妳還……」陳司畫卻擰眉道：「不過女兒深信，假以時日，女兒一定能把大房太太的位置搶過來！」

陳漢章重重點頭道：「這一點，爹也深信不疑。不過妳爲何不許爹現在就爲妳擺平了關荷，讓妳一過門就做大太太呢？」

陳司畫忽然明白了什麼，道：「爹，您這是考我嗎？」陳漢章哈哈一笑道：「就當是考妳吧。若妳過關了，爹就通知盧家下聘！」陳司畫臉色通紅，忸怩道：「爹尋我開心吧，我才不說呢。」

陳葛氏聽得糊里糊塗，急道：「你們父女倆打什麼啞謎，真要急死我呀？」

陳漢章回到座位上，端起茶碗道：「夫人，都是妳教出來的好閨女！我問妳，妳平日都給她看什麼書？」

陳葛氏不解道：「不過是些稗官小說而已。我怕閨女愁出毛病，又不能老去茶館拋頭露面，就買些書給她解悶。無非是什麼《三國演義》、《紅樓夢》之類的尋常消遣。這事老爺你也知道啊？」

陳漢章喟然道：「大清的太祖太宗自遼東崛起逐鹿中原，靠的就是一部《三國演義》！那《紅樓夢》是什麼書？全是講大家子裡明爭暗鬥的故事，兒女之情爭風吃醋的典故。妳給閨女看這些，不是存心教她長心眼嗎？」

陳司畫羞得無地自容，陳葛氏多少明白了些，卻還是張大了嘴巴，「這書有這麼厲害？」

「書是給人讀的。無心人看了，也就是解個悶而已，對有心人來說，那卻是取之不竭的智囊啊！妳還看不出來嗎？如今的閨女不是當年的小丫頭了，她心裡的彎彎繞繞怕是比我這個當爹的還多呢！像剛才那個試探盧家的計策，我就沒有想出來，卻給她一語道破了！閨女，妳就說吧，省得妳嫁過去，讓妳娘日夜擔心。」

陳司畫微微一笑，「既然如此……」她明白如果過不了父親這一關，再說什麼也沒用，便清了清嗓子，道，「爹好心替我趕走了關荷，看起來是件好事，但深一層看，卻是件不折不扣的壞事。我還沒過門，就逼得盧家無緣無故休掉關荷，勢必會引起一陣波瀾！無異於讓盧家人人都知道我不能容人，就連豫海哥哥也難免遷怒於我，到時候上上下下都對我有微詞，我就是得了大房的位置，又如何坐得穩？而我心甘情願去做姨太太，上上下下都會認爲我對豫海哥哥一片痴心，不惜在名分上受委屈，就會對我百般照顧。這人心一背一向，娘還看不出來得失所在嗎？」

陳葛氏沒想到女兒的心思竟如此縝密，吃驚道：「那今後妳打算怎麼辦？」

陳司畫在父母面前從容淡定地緩緩踱步，有條不紊地分析道：「豫海哥哥對關荷的確一往情深，但他也對我有愧，在他那裡，我跟關荷算是打了個平手。但在盧家長輩心裡，我是有父母之命、媒妁之言，明媒正娶進盧家的，不像關荷是私訂終身，何況我背後還有爹娘做靠山。盧家燒造宋鈞，少不了跟陳家的煤場、林場做生意，爹只要說句話，盧老伯就得掂掂其中的分量，這麼一來，在長輩那裡我就占了上風。大少爺盧豫川以前是我的姐夫，兩家本就有淵源，而他做東家的鈞惠堂更是要用咱們陳家林場的地，他盧豫川不是傻瓜，自然會給爹面子。至於下人，陳家有的是銀子，隔三差五地給他們些好處，不怕他們不說我的好話。這樣下來，盧家從上到下，女兒我處處占了先機！而關荷是丫頭出身，無非仗著跟豫海哥哥青梅竹馬，從小建立的感情而已。論涵養，她大字不識幾個，而我讀過不少書；論見識，關荷不過是照料豫海哥哥日常起居，而我卻能相夫教子，幫豫海哥哥做生意；論人望，她除了豫海哥哥，跟孤家寡人無異，而我內有長輩垂青，外有父母為後盾；論兒女情長，關荷和我都是跟豫海哥哥從小玩到大的，誰也差不到哪裡去！據我所知，關荷跟豫海哥哥一走三年，至今沒有生養，『不孝有三，無後為大』。日子久了，我一旦……」

陳司畫忽地臉頰緋紅，再也說不下去。陳葛氏聽得連連點頭，接口笑道：「妳再給盧家添個一兒半女，還怕她關荷嗎？好好好，真是娘的好閨女！妳這麼嫁過去，娘就放心了！」陳漢章也是一再點頭道：「罷了！妳說，妳想要什麼嫁妝？」陳司畫畢竟還是女兒家，羞澀道：「隨爹媽張羅，我才不管呢！」說著，轉身跑了出去。陳漢章哈哈大笑道：

「夫人，這才是妳閨女的真面目，瞞得咱倆好苦啊。」

「她這些見識，都是從哪裡學來的呀？」

「生在商家，長在商家，看的是經商之事，聽的是經商之道，學的是經商之法。可惜她不是個男兒身！不然我早收手不幹，遊山玩水去了。可嘆可嘆，都說年輕一代裡，有盧豫海、董克良這樣的少年英傑，誰知道咱閨女也不亞於他們！老董家要倒楣啦，這也是天意，誰娶了咱家丫頭，誰家生意興隆！」

陳葛氏聽罷良久，抹淚道：「雖是如此，我還是不甘心她去做姨太太！老爺，這嫁妝你一定得好好準備，無論如何也得給關荷一個下馬威！」

盧陳兩家的長輩磋商了幾次，陳司畫過門的日子就定在本月二十二。盧王氏是請人算了許多遍的，說這個日子過門的女子，有旺夫旺子之象。陳漢章對此自然沒什麼異議。二十二日這天，盧家的彩禮車隊浩浩蕩蕩地離開了神垕。盧維章夫婦深知娶陳司畫做兒子的姨太太，實在是委屈了她，便在彩禮上煞費苦心。除了尋常見的綾羅綢緞、首飾珠寶外，又特意從日昇昌票號兌出來十萬兩現銀，一輛銀橇車裝五千兩，整整裝了二十輛！銀橇車造型奇特，跟鳥巢相似，由二十五根油木棍子上下搭成，每根棍子上都鑿了銀眼，正好放十錠二十兩的銀元寶。盧家的車隊出現在神垕街道上，立即轟動了全鎮，把街道兩旁圍得人山人海。十萬兩白花花的銀元寶，在日光照耀下燦爛無比，奪人雙目。鎮上的人這輩子也沒見過這麼龐大的銀車隊伍，一個個踮著腳尖，唯恐少看了幾眼。

雷生雨和郭立三、吳耀明等人正在壺笑天茶館議事，說的還是聯手購買回龍嶺林場的事情。董振魁最新的出價是一百一十五萬兩，這可嚇壞了各大窯場的東家們。郭立三好話說盡，又是喻之以理又是誘之以利，苦口婆心勸了半天，才說動大家把價錢抬到一百二十萬兩。一個大東家愁眉苦臉道：「老雷、老郭，這可是咱的底價了！再高出這個價，說什麼咱也承擔不起了！」眾人紛紛點頭附和。他們這邊剛剛有了眉目，卻冷不防聽見樓下一陣喧譁，眾人便湊到窗前去看。雷生雨眼尖，一眼就瞧見盧家老號的苗象天騎馬走在前面，跟他並轡而行的，居然是陳家商號的老相公羅建堂！當下大吃一驚道：「老天爺，難道盧家跟陳家結親了不成？」

吳耀明面如死灰道：「他娘的，陳司畫真肯做姨太太嗎？沒聽說盧家休妻啊！」

郭立三呆呆地看著車隊遠去，黯然回到茶桌前，猛地伸手掀了桌子，茶壺茶碗碎了一地。眾人面面相覷，知道大勢已去。雷生雨怒道：「陳漢章是念佛吃齋，吃糊塗了！一百二十萬兩，還比不上一個盧豫海嗎？」

「盧維章只出了咱們的零頭，就連人帶地皮都到手了！」吳耀明踢了一腳碎瓷片，恨恨道，「我他娘的不服！陳漢章究竟是打什麼主意，這年頭還真有花錢都辦不來的事！」

郭立三長嘆一聲道：「唉，機關用盡，卻算不到兒女之情上……盧維章連自己定的規矩都破了，可見他開拓粗瓷生意的決心！爲今之計，只有期盼盧維章能多少給咱們留些餘地，不要趕盡殺絕才好。」郭立三說著，把手裡剛擬好的新條目撕碎，揚手一撒，白紙黑字的碎片宛如一場小雪，覆蓋住眾人的心，頃刻間只覺周身冰冷。

陳家裡裡外外張燈結綵，一片喜慶的景象。大大小小的嫁妝箱子擺滿了庭院，陳葛氏歡天喜地地來回張羅著裝車。閨房裡，陳司畫在丫頭晴柔的服侍下穿上嫁衣，幾個老媽子捧著一盒盒的珠寶首飾進進出出，賀喜聲不絕於耳。陳漢章端著煙鍋子吞雲吐霧，雙眼迷離，沉思不語。待陳司畫穿好嫁衣，陳漢章敲了敲煙鍋子，道：「晴柔，妳們都下去吧。我跟二小姐有話要說。」

晴柔是陳司畫陪嫁的貼身丫頭，兩人名爲主僕，實則情同姐妹。晴柔給老爺道了萬福，便端著首飾盒子下去了，反手扣上房門。陳漢章愣愣地看著女兒，半晌才沙啞道：「都弄好了嗎？」

陳司畫咬著脣微笑道：「都按爹的意思，弄好了。」陳漢章嘆道：「閨女大了，遲早要走的，我也知道不能留妳一輩子……可今天妳就要出門了，爹心裡還是有些不捨。」陳司畫拭淚道：「爹，神垕離禹州這麼近，不一會兒功夫就回來了。何況陳家的產業、生意都在神臯，爹也是常來常往的，到時候去盧家看看閨女，還不是抬腳就到了嗎？」

陳漢章搖頭道：「我倒不是擔心這個。妳今年二十啦，要是沒前幾年那檔事，說不定現在我都抱外孫了。妳這次去，畢竟是姨太太的身分，就算妳胸有成竹，早晚會奪了大房太太的位置，也不是三年五年就能成的。我是心疼妳新婚燕爾，還得時時算計，這日子妳可怎麼過啊！盧豫海那個王八蛋就在門外等妳呢，花轎也在門前候著，按理說我該高興，可我怎麼也高興不起來……我就剩妳這一個閨女了，妳要是受了半點委屈，我……」

陳司畫知道今天是大喜日子，卻還是忍不住落下淚來，道：「爹，你不要這樣，我終於嫁給我想嫁的人，爹得高高興興的才好……」

陳漢章擦了把老淚道：「不許妳嫁，妳尋死覓活的；許妳嫁，就該我牽腸掛肚了！我告訴妳兩句話，妳一定要記住：步步留心，時時在意。這是《紅樓夢》裡林黛玉的處世之道。《紅樓夢》妳也爛熟於心了，我要妳學黛玉的謹慎，卻不要學她的懦弱；學寶釵的機警，卻不學她的張揚。懦弱者被人欺，張揚者遭人棄……此外，妳這次嫁給盧豫海，只是得了他這個人，妳還得想方設法得到他的心！爹雖說是個舉人出身，這麼多年下來學問也廢了，再教不了妳別的，妳就好自爲之吧。」

陳司畫剛想說什麼，陳葛氏推門進來道：「快走吧，盧家人在催了，閨女該行禮辭行了！」陳漢章放下煙鍋子，整了整衣服，大聲道：「閨女，爹的話，妳千萬要記在心裡！

萬一在盧家待不下去，妳回家來，有爹娘守著，誰都不敢欺負妳！」說著，和陳葛氏大步走出了閨房。

晴柔輕手輕腳進來，扶著有些恍惚的陳司畫下了樓，踏著紅氈來到客廳。陳漢章和陳葛氏已經在喜堂正中端坐了。老相公羅建堂高聲道：「有請小姐，向老爺夫人辭行！」陳司畫裊裊婷婷地跪了下去，猶自哽咽不止。陳葛氏也不住掉淚，陳漢章把臉轉到一邊，硬了心腸道：「罷了罷了，起來吧。」陳司畫跪道：「爹娘在上，女兒陳司畫受父母二十年養育之恩，無以回報。今天女兒走了，不能在爹娘身邊盡孝，請爹娘多多保重！」陳葛氏抹著眼淚道：「別跪了，快起來吧，大喜日子，說這些幹什麼……」羅建堂是看著二小姐長大的，也是心酸不已，感嘆著繼續高聲道：「得勁了——起！」陳司畫這才起身，晴柔忙上來服侍，把一塊紅蓋頭搭在陳司畫頭上。羅建堂見狀，便朝喜堂外大聲喊道：「有請姑爺，向老爺夫人接親辭行嘍！」

盧豫海披紅戴花，從堂外來到陳漢章夫婦面前，跪地道：「女婿盧豫海，給岳父、岳母大人磕頭！」陳司畫的臉被紅布罩著，看不出表情，晴柔攙著她的胳膊，小聲道：「小姐，姑爺來了！」陳司畫不禁顫抖起來。從光緒三年她在盧家避災養病，第一次見到盧豫海至今，已整整八年了。這八年裡盧家數度沉浮，盧豫海負心遠去，董克良再三提親，而她的心思卻從未變過，無時無刻不在想著如何成為盧豫海的女人。這個念頭從模糊到清晰，從虛幻莫測到觸手可及，她也從一個不諳世事的小丫頭成長為一個滿腹心機的少女，所有的改變都是為了眼前這個曾經有負於她，如今又來接她過門的男人！尤其是這三年來，不管盧家出盡風頭也好，衰敗凋敝也罷，即使不曾得到盧豫海半點消息，她的心也從未動搖過一分一毫。但當心儀之人就在她面前，她的心願即將成真之際，她只有滿腔撫今追昔的唏噓感慨，心中對未來生活的無限憧憬，全化成了一陣眩暈，一絲顫抖。

陳漢章原本準備了一肚子的話，但此刻看著奪走自己閨女的盧豫海，卻一句也想不起來。他只是點頭道：「司畫就跟你走了，希望你們夫妻白頭到老，和和睦睦，好好過日子。」

「女婿一定照顧好司畫，不負岳父大人的期許！」

羅建堂又道：「得勁了——起！姑爺接新人上轎吧！」

晴柔將紅綢的一端塞給盧豫海，一端塞給陳司畫，兩人一前一後地踏著紅氈走出喜堂。喜堂裡的人都跟出去伺候了，只剩下陳漢章老兩口。陳漢章呆呆地看著女兒女婿離去的背影，忍了半天的眼淚終於掉了下來。陳葛氏嗔怪他道：「閨女大喜之日，你哭什麼？」話雖這麼說，可她自己也是淚流滿面，擦都擦不及。

拾陸

北上通商

自陳司畫風風光光地嫁到盧家後，或許真應了風水先生「旺夫旺子」之說。盧豫海的鈞興堂生意興隆自不待言，在光緒十三年、十六年，陳司畫又接連生了兒子盧廣生和女兒盧廣綾，盧家一下子人丁興旺起來。再加上三少爺盧豫江、大小姐盧玉婉，盧家終日裡笑語不絕，十幾個下人圍著四個小孩忙得不亦樂乎。而盧豫海的大太太關荷卻始終沒能生養，豫省的名醫看遍了，連平日做商伙的各國商人推薦的什麼東洋大夫、西洋郎中都去看了，無一不是搖頭嘆息。跟關荷同病相憐的還有大少奶奶蘇文娟。自光緒八年小產後，流產在蘇文娟身上竟成了常事，接連懷了兩三胎都沒能保住。接二連三的打擊使蘇文娟憔悴不堪，形容姿貌也大不如前。好在盧豫川一心全在鈞惠堂的生意上，又對蘇文娟用情極專，她提了好幾次再娶個能生養的黃花大閨女進門，都被盧豫川駁回了。到光緒二十一年，盧維章已是五十多歲的老漢了，盧豫川和盧豫海正值壯年。盧家老號鈞興堂生意蒸蒸日上，專營粗瓷生意的鈞惠堂也在神垕站住了腳，盧家的產業進入前所未有的鼎盛時期。

這十年裡董家圓知堂也沒閒著。董振魁老謀深算，趁盧豫川的鈞惠堂不斷壯大，各大窯場日漸凋敝之際，憑著雄厚的財力強迫各大窯場接受董家入股，進而併吞了不少中小字號的窯場，改組爲董家老窯圓豐堂。自此董家也有了兩處堂口，圓知堂專燒宋鈞，圓豐堂專燒粗瓷，跟盧家老號針鋒相對起來。十年間董盧兩家屢屢交手。董克良時刻不忘哥哥被盧家弄瞎一隻眼睛的仇怨，加上他對陳司畫傾心不已，卻被盧豫海橫刀奪愛，新仇舊恨攪在一起，自然是處處施計、步步設伏，必置對方於死地而後快。盧豫海疲於應付董克良的挑釁，原本定下北上通商的大計也不得不擱置下來。

到了光緒二十一年的春末夏初，一個震動全國的消息從京城傳來。從上年開戰的中日戰爭以大清完敗的結局收場，全權議和大臣李鴻章跟日本人簽訂了《馬關條約》，大清國不但賠款白銀二萬萬兩，還割去了整個臺灣省！神垕鎮遠離京城一千多里地，這樣的朝局變故傳到神垕，已經由沸水變得溫水了，除了少數幾戶人家，幾乎沒人在意。各家關注的無非是窯場的生意，身股的增減，田裡的收成，至於是戰是和，自有皇帝、太后去管，自己操這個心幹嘛？老老實實給朝廷交糧納稅就是了。

盧維章得到朝廷戰敗、議和初成的消息之後，立即召集了盧豫川、盧豫海兄弟和楊建凡、苗象天等人到鈞興堂議事。多年前盧家老號一分爲二，盧豫川自立門戶，在鈞興堂對面修建了鈞惠堂。盧維章老兩口自然是跟著兒子盧豫海，住在鈞興堂。一干人齊至盧維章的書房，見盧維章負手立在窗前，正想著心事，便悄無聲息地各自坐下。盧維章沉思許久，才轉過身，向眾人道：「都來了？朝廷跟小日本議和的事情，大家都聽說了吧？」

盧豫海已過而立之年，「拚命二郎」的秉性卻還是未改，第一個道：「聽說了，真叫人氣炸了！這十幾年來，朝廷光是練兵的銀子，就跟我們商家要了多少？可練出來的兵呢？那麼大個北洋水師，說完就他娘的完了！」

苗象天蹙眉道：「一下就賠了白銀二萬萬兩，就是朝廷不吃不喝，三五年也還不完！聽說朝廷要以海關關稅和鹽稅做抵押，向各國銀行借錢還債。可是借洋人的錢還給洋人，到頭來還是得攤到咱們老百姓身上！」

盧豫川一直沒有言語，微笑著聽他們說。楊建凡今年快七十了，幾次申請榮休都被盧豫海婉拒，說是他早晚要出去開闢商路，家裡沒個老成的人坐鎮他不放心。此刻聽到盧豫海和苗象天的話，老漢也是一驚，「我還以爲朝廷打了敗仗，跟咱們商家關係不大呢，這麼看來，跟咱家的生意關係還頗大！」

盧豫川隨口安慰道：「話是這麼說。不過老相公別擔心，就是有關係，也不是只關係咱們一家，董家的生意勢必也會受影響！」盧維章輕輕搖頭，似乎有不同之見。盧豫海卻挑了眉大聲道：「大哥，我看何止是受影響，簡直就是滅頂之災！」

盧維章臉一沉，斥道：「放肆！在座的都是你的長輩，你這麼大呼小叫的，成何體統！」盧豫川臉色微紅，道：「盧家老號裡最了解洋人的就是豫海，你給大夥說說，這賠款怎麼會爲我們惹下滅頂之災了？」盧豫海侃侃而談道：「咱們大清國出口的貨物，多年來以絲綢、茶葉和瓷器爲大宗，可這些年來英國人在印度廣建茶園，茶葉生意說不行就不行了。那些洋布，又結實又耐用，成本、價錢比國內還低，江浙一帶多少作坊都破產了！眼下能賺洋人錢的，唯獨剩下瓷器生意了……」

楊建凡奇道：「這樣一來，咱的賺頭不是更大了嗎？」

「按常理是這樣，可朝廷的脾氣跟小孩子似的，一旦知道瓷器生意掙錢，朝廷又欠了一屁股洋債，肯定會給瓷業加稅，不但國內要加，出口的關稅也要加，這兩頭的賦稅一上去，只怕是永遠都降不下來了！這多出來的賦稅是什麼？就是咱的毛利啊！如此一來，成本還是那麼高，可毛利下降了，該怎麼維持？」

盧豫川已然聽明白了，他深深佩服盧豫海看得透澈，不由得憂心道：「真是這樣的話，鈞興堂的宋鈞生意就不好做了！鈞惠堂以日用粗瓷爲主業，想來受的衝擊也不會小。」楊建凡瞪了他一眼，道：「豫川，這是商量盧家老號的大事，你別只顧著你的鈞惠堂！盧家老號兩個堂口，一損俱損，一榮俱榮，心眼得放寬闊些！」盧豫川沒想到楊建凡越老脾氣越大，一語不慎又觸怒他了，當下大窘道：「楊叔說得是，豫川失言了！」

盧維章知道楊建凡對盧豫川素來嚴格，恨鐵不成鋼之意溢於言表，但自己不想讓盧豫川當眾遭他數落，便有意地咳了一聲。眾人都知道他要說話了，就一起住了口。盧維章平靜地看了看他們，淡淡道：「豫海，我書房門口的楹聯，寫的是哪兩句話？」

「每臨大事有靜氣，一逢惡戰自壯然！」盧豫海神情肅穆道。「對。眼下朝局變幻莫測，正是大事將臨之際。這次兩國交戰打了一年，從朝鮮打到遼東，從海上打到陸地，朝廷裡帝黨和后黨爭執不下，總是在戰與和之間徘徊，才造成今日的大敗求和！賠款對咱們瓷業的利害關係，剛才豫海說了不少，我就不多說了。眼下不但是鈞興堂跟洋人的宋鈞生意大受牽連，就是豫川的鈞惠堂也好不到哪裡去。國衰則民疲，老百姓都沒銀子了，你的日用粗瓷要賣給誰？賠款伊始，關稅必漲！目前各處通商口岸瓷器的關稅是五分，說不定會漲到七分以上！」

苗象天驚道：「七分？那咱給洋人的價錢，是不是也要漲？」

「不能說漲就漲。」盧維章氣定神閒道，「咱們得看看董振魁的動靜，貿然漲價是商家的大忌。『每臨大事有靜氣，一逢惡戰自壯然』，巨變之後，一場惡戰在所難免。爲今之計，只有『節流開源』四個字。楊哥，咱們這宋鈞和粗瓷的燒造技法，也不能總是不變。反正你年紀也大了，生意上的事情，就多交給象天去辦吧。咱們老哥兒倆燒了一輩子的窯，眼下跑是跑不動了，乾脆在維世場找個窯口，一起好好琢磨琢磨，看能不能出點新招，把工本給降下來。」

楊建凡呵呵笑道：「大東家這話說到老漢心裡去了。我跟豫海東家提了好幾次榮休，都被他駁了回來。老漢這輩子就想死在窯場裡，能跟大東家一起燒幾天窯，那是老漢我求之不得的！不就是他娘的降低工本嗎？咱們哥兒倆一起試試，說什麼也要降下個一成半成！」

盧豫海笑道：「爹跟楊老相公出馬，算是『節流』了。這『開源』二字，不知爹如何打算？」

盧維章看也不看他，繼續道：「豫川，你的鈞惠堂跟董家的圓豐堂相比，能打個平手嗎？」盧豫川思忖了一陣，道：「若是從窯口、成色、產量上看，如今打個平手是綽綽有餘了。但比起商路、名望和銷量的話，還是董家略勝一籌。叔叔，再給豫川三年時間，一定能趕在圓豐堂前頭！」

「你有這個雄心自然是好，不過照眼前的情勢，恐怕三年還不夠啊！」盧維章搖搖頭，點了一袋煙，深深吸了一口，書房裡頓時輕煙繚繞。盧維章的聲音從裊裊煙霧後傳來，「眼下盧家老號鈞興堂有維世場、中世場、庸世場、留世場和餘世場五處窯場，而鈞惠堂有在世場、行世場、商世場、無世場、疆世場五處窯場，合起來就是『維中庸留餘，在行商無疆』！我本想讓你和豫海一起北上開闢商路，但盧家老號兩處堂口，須臾離不開你們。這樣吧，我跟楊哥去維世場，琢磨如何降低工本；象天就多勞累些，全權處理總號的日常事務；豫川，在豫海離家北上的日子裡，你就把鈞興堂的生意也兼顧起來吧。那裡面也有你一半股份，說起來也名正言順。」

「爹！您真要我北上嗎？」

「南邊的市場，畢竟還是白家阜安堂的天下。景號這些年硬是虎口奪食，掙了不少銀子。可再開拓下去勢必要跟董家、白家一北一南兩線開戰，盧家當前還沒有這個實力。而朝廷此番戰敗之後，遼東、直隸、山東諸省門戶大開，那裡原本是俄國人、德國人和法國人的地盤，如今又多了個小日本，各國洋人的勢力在那裡犬牙交錯，正是咱們商家的大好時機！你不是一直想北上嗎？我就遂了你這個心願。」

盧豫海喜出望外道：「孩兒多謝父親成全！」

盧維章淡淡道：「你此行要切記一條，北上通商，打開商路，不是為了一個鈞興堂，也不是為了一個盧家老號。如今國困民疲，生意艱難。神垕鎮所有窯場，幾萬口窯工夥計日後的生計，全靠這條商路了。咱們一旦把商路打通，你不但給盧家立了大功，就是全鎮的人心裡都會給你記上一筆！」

北上開闢瓷業商路，是盧豫川多年來夢寐以求的壯舉，猛地落在他人手裡，他心中多少有些不平。但同時主持鈞興堂和鈞惠堂，在神垕也算是叱吒風雲了，跟盧豫海相比也差不到哪裡去。他思及此，便含笑道：「豫海，哥哥祝你旗開得勝！」

盧豫海多年的心願終於可以實現，他興奮得直搓手，道：「豫海謝大哥吉言！爹，事不宜遲，我後天就走！」盧維章莞爾道：「你打算帶誰去？」

「苗象林！」盧豫海不假思索道，「象林這些年也歷練出來了，不過總號得給我準備十萬兩銀子，沒銀子辦不成事！古文樂那個老傢伙摳得很，這事恐怕得爹親自發話。」

「都依你！北上之路前途莫測，你回去好好跟你兩個妻子告別，準備一下行裝。後天，我率盧家老號所有相公以上的人，給你送行！」

常言道「英雄氣短，兒女情長」，這句話放在盧豫海身上再貼切不過了。他興沖沖地離開父親的書房，但走沒多遠，腳步就慢了下來。後院裡有兩個夫人，一邊是關荷，一邊是陳司畫，兩人的房間是面對面的，眼看就要遠行，先去誰房裡都不合適。關荷畢竟是大房太太，本來先去她那邊於情於理都說得過去，但陳司畫爲自己生下一子一女，也是對盧家有功之人，真要厚此薄彼豈不是傷了她的心嗎？想到這裡，盧豫海不禁躊躇起來，因大戰在即而點起的滿腔熱火也漸漸熄滅了。他在生意場上的確是縱橫捭闔，但一遇到兒女之情就沒了主意。這兩房太太說到底都是盧豫海心頭的至愛，疏忽了哪一個都不忍，冷落了哪一方都心疼。就像天平的兩端，一頭坐著關荷，一頭坐著陳司畫，而盧豫海則萬般爲難地站在中間，朝任何一頭挪動半步，都會讓脆弱的平衡毀於一旦。

盧豫海胡思亂想了良久，心裡越發煩亂，只好悵惘地長嘆一聲，轉身又回到父親的書房。盧維章剛送走了其他人，正在屋子裡翻書，驀地見兒子又回來了，便不解道：「怎麼，還有什麼不明白的？」

盧豫海愁眉苦臉道：「爹，都是你給我惹的禍！」

盧維章瞪了他一眼，道：「簡直莫名其妙！」

盧豫海再也忍不住，便把左右爲難的苦處向父親傾訴一遍。盧維章哭笑不得道：「你就來問這個？實話告訴你，爹也不知道該怎麼辦！老婆是你的，你連自己的老婆都擺不平，還有臉來向我訴苦！」

盧豫海碰了一鼻子灰，賭氣道：「那爹說，我先去哪邊好？」

盧維章無可奈何地看著他，嘆道：「你做生意的鬼主意都到哪裡去了？還說什麼天平、兩頭的，自己在中間爲難，都是放屁！堂堂男子漢大丈夫，哪有讓老婆坐著，自己兩頭跑的道理？你就不會去你房裡，讓兩個老婆來見你？真是笨蛋窩囊廢！你滾吧，我怎麼有你這麼個蠢兒子！」

盧豫海茅塞頓開，大喜道：「爹爹真是老謀深算！我就聽爹的！」說著樂不可支地跑開了。盧維章看著他的背影，手裡的書再也讀不下去，只好反手扣在桌上，搖頭嘆息起來。

盧豫海果真依樣畫葫蘆，直接回到自己房裡，對下人道：「去把大太太和二太太請來，就說我有大事跟她們講！」不多時，關荷就到了。她不過三十出頭，雖然保養得好，可眉宇之間縈繞著層層疊疊的哀婉之色，看上去帶著幾分憔悴。關荷盈盈一拜，落坐道：「二爺，有什麼大事嗎？」盧豫海笑道：「妳先坐，等司畫來了一起說。」關荷微微笑道：「她怕是得等會兒了，我來的時候，聽見二房裡廣生和廣綾正在鬧呢！廣生今年八歲了，該請個先生教他識字了吧？盧家一向重家教，這可是件大事呢。」

關荷自己不能生養，便對盧廣生兄妹視如己出，比陳司畫還多了幾分溺愛之情。盧豫海對此焉能不知，便笑道：「司畫自己就是讀書人，她房裡的書怕是比我的還多呢！不過是啓蒙罷了，回頭我請爹好好選個先生來就是。」

盧豫海這句話是隨口說的，關荷聽來卻別有深意。她咬了咬嘴脣，幽幽道：「司畫妹妹能識文斷字，我比她可差得遠了！唉，我畢竟是丫頭出身，不是大家閨秀，享了命裡不該有的福，就得受命裡不該有的罪，老天爺可公平呢！」

盧豫海在兩個妻子面前一向小心翼翼，唯恐言語稍有不慎引發風波。他見關荷的話裡分明帶著怨意，忙開導她道，「妳就是愛使小性子……都是一家人，哪來什麼出身之別？妳是做姐姐的，就得有做姐姐的氣度。司畫也就是比妳多識幾個字罷了，妳想學，也可以學啊！」盧豫海忽然想起了什麼，一拍額頭道，「是不是下人們嚼舌根了？妳告訴我，我打斷他的狗腿！」

關荷黯然一笑道：「嘴長在人家身上，你能把下人的嘴都縫上嗎？我關荷是私生女，沒爹娘做靠山，不能像司畫那樣今天賞人家這個，明天賞人家那個，下人們懂什麼？自然是向著有錢人了。」盧豫海怒道：「不就是賞賜嗎？我回頭給妳銀子，妳也賞給他們！這幫狗奴才，老子早晚收拾他們！」

門外有人咯咯笑道：「二爺這是衝誰發脾氣呢，隔著老遠就聽見了。」話音剛落，陳司畫挑簾進來，一臉的笑意，對關荷道了個萬福，「姐姐，廣生和廣綾搶妳做的那個布老虎，搶得面紅耳赤的，都打起來了！看來還得麻煩姐姐再做一個。」關荷立刻舒眉展顏，笑道：「不就是個布老虎嗎？有什麼要緊，明天就給廣生廣綾做。他們倆喜歡我的手藝，我歡喜還來不及呢！」

陳司畫正在風韻之年，連生兩個孩子之後不但沒傷元氣，反倒日漸豐滿，平添了幾分富貴之氣。比起關荷，更有少奶奶的風範。她挨著關荷坐下，笑道：「二爺有什麼大事要說？家裡的事，你跟姐姐說不就行了？你又不是不知道，兩個孩子可難纏呢，夜夜都要我抱才肯睡，晴柔根本近不得身。」

關荷見她半句話不離兒女，剛有的一點歡喜頃刻煙消雲散，心裡酸楚不已，淡笑著垂下頭去。盧豫海總覺得陳司畫有些炫耀的意味，卻挑不出什麼毛病，只好振作起精神道：「我要出遠門了，去遼東，後天就走！」

關荷陡然一驚，抬頭道：「去那麼遠做什麼？天寒地凍的，還走得這麼急！過冬的衣服都收起來了，還沒來得及晒晒呢！」

陳司畫思索一陣，笑道：「二爺是去遼東開闢商路嗎？司畫恭喜二爺得償所願！」

盧豫海心裡一震，兩個妻子，兩種截然不同的態度，都是如此鮮明、如此直接。要是兩個人能合成一個該多好！既有關荷的體貼入微，又有陳司畫的機敏聰慧……唉，真是做白日夢啊，盧豫海內心長嘆，道：「妳們說得都對。我這次出門，歸期還難以確定，家裡的事就靠妳們了。平時多向爹媽請安問候，兩個孩子也得好好照應……」盧豫海說著說著，又想起今晚按照「輪流過夜」這個不成文的規矩，該去關荷房裡了，可明晚就是臨行之夜，照家法應該是到大房那裡的。這可怎麼辦好？久別在即，連著在關荷房裡兩晚說不過去，對陳司畫也不公，但又不好因此壞了規矩……盧豫海不由得腦袋生疼，話也戛然而止。關荷還在想著怎麼為他收拾行裝，陳司畫卻一眼看出了盧豫海的心事，便起身道：「二爺，沒別的事我就先回房了。明天是我姥姥的冥壽，我得回禹州一趟。後天一早我趕回來給二爺送行！姐姐，收拾行李的事，就有勞姐姐了！」

盧豫海知道這是陳司畫有意不讓他為難，一時間除了感激再想不出別的，只能看著她朝自己和關荷道了萬福，推門出去了。關荷這時才意會過來，想去攔她卻已來不及了，只得做錯了事般站起來，怔怔地看著盧豫海。盧豫海嘆道：「走吧，去妳房裡。」關荷搖頭道：「不行，你後天就走，司畫明天又不在家，你好歹跟她說說話呀！」

盧豫海猶豫道：「我昨天就是在她房裡，今天……」

關荷心意已定，便上前推著他朝外走，笑道：「都是一家人，分那麼清楚幹什麼？要是你明天就走，還要分前半夜、後半夜不成？你就是不想別的，也得想想廣生和廣綾啊。好好陪兩個孩子玩玩……他們喜歡那個布老虎，我正好趕一晚上，明天上午就能做出來了！快去吧！」

盧豫海萬般無奈，只得說了句「妳也早點休息」，便朝陳司畫的房裡走去。關荷傻傻地看著他，臉上的笑容慢慢凝結。她佇立在門口良久，才朝自己房裡蹣跚而去。水靈早整好了床鋪，見她一個人進來，詫異道：「二爺呢？」

「他去二房了。」

「可今天該來您這裡了呀？昨天就是在二房……」

關荷苦笑道：「二爺後天就要出遠門了，司畫明天又要回娘家，我能怎麼辦？」水靈憤憤不平道：「二少奶奶就是心腸太好了，該爭的不去爭！」

「爭什麼，就那麼一個丈夫，還能劈成兩半嗎？妳去把針線筐拿來，今天晚上再做個布老虎。」

「真是沒見過您這麼做大太太的，又不是您的親生骨肉，犯得著嗎？」水靈說著，氣鼓鼓地取來了針線布頭，賭氣道，「要做您做，我可不幫忙給二房做事！」

闟荷拿起針線，笑道：「我要是有兒子，該是姓盧，二房生的孩子，不也是姓盧嗎？都是二爺的骨肉……妳不做就不做，今晚也別走了，陪我說說話吧！」

水靈嘆息了一陣，又跑去趴在門口聽了聽，越發生氣道：「二少奶奶您聽聽，二房那邊鬧得多開心！」

闟荷一笑，側耳去聽，果然是盧豫海在逗兩個孩子，陳司畫陪著丈夫孩子玩耍，歡聲笑語不絕。水靈怒氣沖沖地在她身旁坐下，道：「二少奶奶，我就不信您做得下去！」水靈坐了好半天，見闟荷只顧垂頭做針線，心裡實在不忍，便一把搶過來，道：「好了，我幫您做！」闟荷抬起頭來，竟已淚流滿面。水靈嚇了一跳，忙道：「二少奶奶，我、我剛才都是胡說呢，您別放在心上……」闟荷慘白的臉上迸出一絲冷笑，「妳以爲陳司畫那麼好對付嗎？她今天處處讓著我，二爺沒那麼多心思，我卻看得出她的如意算盤。留住他的人，也留不住他的心……其實今天晚上二爺就算在我房裡，心裡還是想著她的寬容、她的好處！可我偏偏不讓她得逞！」水靈身子一顫，再不敢出聲。

莫測風雲此中來

盧豫海離家北上的那天，盧維章果然帶著盧家老號全體相公以上的人，簇擁在鈞興堂大門口給他送行。盧豫海和苗象林告別了眾人，翻身上馬。盧豫海朝大家拱手道：「各位都是盧家的支柱，總號就交給大家了！等二爺我把商路打通了，要是你們供給不力，統統他娘的挨鞭子！」眾人爆出一陣大笑，盧豫海也大笑不已。他遠遠瞥見關荷、陳司畫和兩個孩子站在眾人身後，便大聲嚷道：「二位夫人好好侍奉爹娘，照顧孩子，等我在遼東站住腳，接妳們過去玩！」關荷和陳司畫互相看了一眼，關荷抓住陳司畫的手，兩人一起看著盧豫海，都含淚微笑著。

盧維章咳嗽一聲，道：「婆婆媽媽的幹什麼，走吧！」

盧豫海揚鞭催馬，邊走邊唱道：「刀劈三關我這威名大，殺得那胡兒亂如麻！亂如麻……」

苗象林見他走遠了，忙跟大哥苗象天揮手告別，也打馬跟了上去。不久兩人的身影便消失在眾人眼前。事情也巧，盧豫海走的那天下午，禹州知州曹利成輕車簡從來到了鈞興堂。曹府大少爺曹依山跟盧家大小姐盧玉婉早就訂下了親事，只等盧玉婉成年後就嫁過去。老平見親家翁穿了一身便服，便知道他不想聲張，忙領他到盧維章的書房。曹利成剛跟盧維章見了禮，就擦了把汗道：「老盧，豫海呢？」「他去遼東了，怎麼，曹大人要見他？」

盧豫海北上遼東開闢商路，是盧家老號的頭等機密大事，盧維章已交代下去，對外一律聲稱二爺是去景號巡視生意。但曹利成跟盧家淵源已久，又是未來的親家翁，也就不必刻意隱瞞。曹利成聞言一驚道：「剛打過仗的地方，兵荒馬亂的，洋人橫行，去那裡幹什麼？罷了罷了，你們鈞興堂又有禍事了！」

盧維章淡然笑道：「是福不是禍，是禍躲不過。親家翁慢慢說，別著急。」

曹利成嘆道：「京城剛傳來消息，說日本人除了跟李中堂訂下的條約外，還提出要一套禹王九鼎！消息千真萬確，不出十天朝廷就會有旨意。我一得到消息就過來了，董家還不知道呢！」

盧維章的臉色依舊是波瀾不驚，默默思忖了一陣，道：「這還真是個禍事。要是不造，就是抗旨，可真要造出來送到日本去，那跟賣國賊有什麼兩樣？禹王九鼎是中華九州的象徵，小日本的意思是，不但要臺灣，還想吃掉咱們整個大清國嗎？」

「麻煩就在這兒！」曹利成蹙眉道，「中日之戰，太后是主和的，可皇上一直主戰，軍機處帝黨和后黨爭得不可開交。議和成了，軍機處在禹王九鼎這件事上又分成了兩派，李鴻章和我恩師李鴻藻兩位中堂大人本來逢事必爭，可在禹王九鼎這件事上卻是空前一致，堅持不能給。但翁同龢、翁中堂卻說連臺灣都丟了，還在乎一套宋鈞？兩方爭執到皇上面前，皇上也沒轍，只好請太后的懿旨……」

「太后自然是百般推託，不肯出這個頭，是嗎？」

「沒錯！」曹利成佩服道，「割地賠款，不過是砍掉一隻胳膊，把禹王九鼎拱手送給日本，這可是亡國之兆！翁同龢當然知道這個道理，他無非是對議和之事耿耿於懷，想藉此讓太后和后黨的大臣招千夫所指，其心可誅，其言可恥！」說到最後，曹利成惡狠狠地一拳砸在桌子上。

盧維章知道李鴻藻和曹利成師生二人是不折不扣的后黨，跟帝黨勢同水火，對翁同龢的不滿是可想而知的。他不動聲色地點了一袋煙，猛吸了幾口，道：「那曹大人怎麼打算？」

「太后陛下決意委曲求全，而皇上就是再不情願，也得聽太后的意思。我對宋鈞一竅不通，還能有什麼主意？這會兒剛聽了消息，就馬不停蹄地來找老兄商量！」

「那是以太后的懿旨為名，還是以皇上的聖旨為名？」

「太后絕不會打自己耳光，這個旨意，怕是得要皇上來下。」

「那就好。曹大人，這個皇差萬萬接不得！從今天開始，我佯稱臥床不起，禹王九鼎只有我親自下窯才燒得出來，我一病，鈞興堂好歹能躲過這一劫。」

曹利成愕然道：「二十萬兩銀子的皇差，你要拱手讓給董家？」

「該掙的銀子，盧家寸步不讓，可這是喪權辱國的差事，我就算做了，把銀子掙到手裡，又有何面目去見盧家列祖列宗？」盧維章敲了敲煙灰，道，「不但是我要稱病，我勸曹大人也稱病才好。當前的局勢撲朔迷離，就拿太后來說，你以爲她真的願意把禹王九鼎送給小日本？不可能！曹大人剛才說得好，太后是委曲求全，其本意絕非如此。太后是不想送，又不得不送；皇上呢，也是不想送，但又想藉送禹王九鼎之事，來詆毀太后和后黨……國家大事，還是太后說了算，如不出我所料，這次的皇差又會是你來全權督造，若造成了，給小日本，便是賣國求榮，將來朝局稍有變化，你難逃御史言官的彈劾；若造不成，就是破壞議和，違抗聖旨！不管怎麼處置，太后都不會高興的。像這樣的燙手山芋，還是扔給別人去做吧。」

曹利成點頭道：「老盧你這麼一說，我豁然開朗了。又得送給日本人，又得讓日本人空歡喜一場，這事的確不好辦！從今天起，你病了，我也病了，就讓馬千山跟董振魁去忙吧。」

盧維章一愣道：「怎麼，馬千山又撫豫了？他不是調到京城了嗎？」

「馬千山是翁同龢的門生，皇上有旨意，馬千山又回來了！也就是這兩三天才從吏部傳出來的消息，說不定正是爲了這個禹王九鼎！」

曹利成回到禹州不久，便給巡撫衙門上了條陳，聲稱突發眼疾無法理事，由州府衙門的主簿代爲主持政務。這時開封府巡撫衙門裡正忙著交接事宜，離開河南好幾年的前任巡撫馬千山再次撫豫，一上任就見到曹利成的條陳。馬千山對曹利成託病避禍的用意心知肚明，也懶得去戳破，親自兼了禹王九鼎全權督造一職，帶著聖旨和一干隨從浩浩蕩蕩來到了神垕。不料剛到神垕，就聽說盧家的大東家盧維章也病了，而且是故疾復發，病得不輕，根本沒辦法下床。馬千山拈著鬍鬚冷笑道：「都病了？也好！本撫臺自有良藥，專治他們這群奸臣奸商的病，只怕是藥苦了些，進不得口！」

神垕鎮能燒宋鈞的只有董家和盧家。眼下盧家唯一一個造過禹王九鼎的人又得了重病，這次的皇差毫無疑問地落到了董家。董振魁對這個突如其來的差事猝不及防，眼看著巡撫大人揣著聖旨來到了家門口，再想細細琢磨利害關係已來不及了，只得硬著頭皮接旨謝恩。馬千山見一切順利，便笑容滿面地跟著董振魁來到後院書房。他見只有董克良隨行伺候，便道：「你們家老大呢？怎麼不見他來？」

董振魁苦笑道：「回馬大人，犬子董克溫燒窯不慎，毀了一隻眼睛。按照規矩，五官不全者不得接旨，還請馬大人見諒。」

董克良憤憤然道：「馬大人，我大哥是中了別人的奸計乃至於此！還望馬大人主持公道！」

馬千山早已知道其中的恩怨糾葛，他故意提起董克溫，用意就在於挑起董盧兩家的仇恨，把董振魁逼上自己這條船。馬千山奇道：「以董克溫大少爺的學識見地，怎麼會中了奸計？難道又是盧家嗎？」

董振魁知道此事牽扯甚多，真揭開了難免會殃及自身，要是把暗中違旨入股鈞興堂、買通盧豫川偷竊祕法等事翻出來，頭一個吃虧的就是董家。於是搖頭道，「是不是老盧家的奸計，老天爺都看著呢！不是不報，時候未到。犬子的大仇早晚要討個說法！」接著他話鋒一轉，「馬大人，這次重造禹王九鼎，爲何不像上次那樣，平分到董盧兩家，而後擇優送入京城呢？以董家一家之力，應付這麼大的差事，恐怕力不從心啊！」

馬千山笑道：「神垕鎮誰不知道《敕造禹王九鼎圖譜》是董家獨門傳家寶？董家獨家燒造，順理成章！何況一隻鼎二萬兩，事成之後再追加二萬兩的賞賜，一共是二十萬兩白花花的銀子，難道董老東家不看在眼裡嗎？」

「銀子固然是夠多了，但這個銀子，老漢卻是不敢掙啊！」董振魁一臉誠懇道，「馬大人請想想，禹王九鼎是什麼？是華夏九州之象徵！若是給朝廷造，那是順理成章，也是我們商家的本分。可這次是給小日本造，將九鼎神器送到異國他鄉，這不是賣國嗎？國家興亡，匹夫有責！」董振魁動了意氣，一巴掌拍在太師椅的扶手上，情緒激越起來，「這二十萬兩銀子收進了家門，就跟存了二十萬兩大糞在家裡一樣，董家老窯還不臭名遠播嗎？今後有何顏面面對各路商伙？要是幹，也成，盧家必須參與！若少了盧家，這個皇差董家做不得！」

馬千山沒想到董振魁竟然拒絕得如此直白，頓時氣道：「董老東家，你的意思我沒聽明白。剛才領旨謝恩的時候，老東家怎麼不說這些？我明明白白告訴你，盧維章病了，連床也下不了！不管他這病是真是假，本撫臺眼裡，只有董家能接這個皇差！既然老東家說得如此乾脆，我也道個痛快：你願意也得接，不願意也得接！本撫臺是全權督造，造不出來少不了被削職問罪，可我臨走之前，董家就算不是血流成河，也會雞犬不寧！」

馬千山仗著大權在握，說起話來底氣十足，殺氣四溢。董克良何曾見過巡撫大人發威，不禁呆立原地，心急如焚地看著父親。董振魁卻鎮定異常，淡淡道，「民不畏死，奈何以死懼之！馬大人，若您殺董家老小能殺出來禹王九鼎，我這就召集全家，讓馬大人殺個痛快！」他指了指桌上的聖旨，「至於這道聖旨，請恕董振魁無法領命！」

馬千山想不到他居然如此頑固，勃然大怒道：「你、你真敢抗旨？」

「一介草民，怎敢抗旨？馬大人，旨意是給巡撫大人您的，老漢就是不從，也只是抗了馬大人的鈞令，跟皇上有什麼相干？董家無力承擔獨家燒造禹王九鼎的差事，即便是皇上來問，老漢也敢這麼回答！」

馬千山氣急反笑，道：「老東家，我再問你最後一遍，這禹王九鼎的差事，你到底是接，還是不接？」

「老漢說了，只要盧家也參與，董家自然不甘於人後！」

馬千山騰地站起身道：「可盧維章有病在身，根本下不得窯場！你說，盧家還有誰能燒禹王九鼎？」

董振魁也不甘示弱地站起來，大聲道：「盧維章是病了，那是他人得了病，可有一樣東西不會得病。」

馬千山已看透董振魁的心思，看來這老狐狸是鐵了心要拉盧家下水，便陰鷙一笑道：「老東家句句不離盧家，看來你想先挾持本撫臺，再讓本撫臺挾持盧家了？你既然有話何不明說！」

「草民不敢挾持大人。不過要想董家承辦這個差事，有兩個條件：第一、盧家務必參與。第二、就算盧維章病重，盧家也要交出宋鈞燒造祕法給董家，讓董家替盧家來燒！這兩個條件，馬大人只要能成全其中一項，董家就算被千萬人唾罵，也絕不推辭！」

馬千山不由得倒吸一口冷氣。董振魁果然老奸巨猾，明知道這個「賣國求榮」的罵名是背定了，還能在倉促之間想出這樣的對策！如此一來董家固然是名聲大損，但也把盧家拉了進來，造成一損俱損的局面。反觀盧維章機關用盡，也沒能脫身，盧家要不跟董家一起背負這個罪名，要不就乖乖交出獨門宋鈞祕法！

董振魁說完這些話，悠然坐下，端起茶碗小啜一口，和董克良交換了一個眼神。董克良從沒見過父親跟人如此針鋒相對，對方還是手握一省生殺大權的巡撫大人！早佩服得五體投地了。董振魁見馬千山站在原地不動，知道他是在盤算計策，便笑道：「馬大人，這個皇差是燙手山芋，盧維章病了，曹利成也病了，哪裡有這麼巧合的事情？想來他們是早得到了消息吧？有錢大家賺，有禍大家擔，就是這塊山芋燙掉老漢兩手的皮，也不能讓盧維章揣著兩隻手，在一旁看笑話！」

馬千山終於點頭道：「這兩個條件，本撫臺一定給你辦到其中一項！」

董振魁不卑不亢道：「果真如此，董家所得的朝廷餉銀，分給馬大人一半！」

馬千山恨恨地哼了一聲，冷笑道：「董老東家真是好手段，本撫臺佩服！可惜老東家不在官場，不然豈有我等的活路。告辭。」說完便怒氣沖沖地走了。董克良待他走遠，不無擔憂地道：「父親，盧維章會給咱祕法嗎？」

「爲父也不知啊！」董振魁一眨眼的功夫彷彿老了十歲，剛才跟馬千山鬥智鬥勇的豪邁之情蕩然無存。他頹然坐下，一手緊摀胸口，不住地喘著粗氣。嚇得董克良慌忙上前又是捶背又是端茶。董振魁好半天才恢復過來，有氣無力地擺擺手道：「不用忙了，畢竟八十多歲了……人不服老不行啊！要換在二十年前，區區一個馬千山能奈我何！現在才多動了點心思，就……」

「爹剛才有理有節，步步都站在理上，說得馬千山毫無還手之力！孩兒就是再歷練十年、二十年，也望塵莫及！」

董振魁苦笑道：「這次盧維章不是丟個燙手山芋給我，他哪有那麼好心？他是扔給我一個燒紅的鐵環啊！他想活活燒掉爲父這雙手！」

「可父親的對策也高明，他能扔一個鐵環過來，咱們就能扔兩個回去！爹制伏了馬千山，這下子不用咱們費一點力氣，盧維章就是不交出祕法，也得乖乖接下皇差，共同承擔這個罵名！」

「這是險中求勝的法子，拚的是董家上下一二百口人的性命……這招棋實在凶險，若不是盧維章太陰險，我又何至於此！」董振魁緩緩說著，忽然想到，「這些日子怎麼不見盧豫海？」

「聽說他去景德鎮巡視生意，都離開十多天了。」

「……鈞興堂景號是盧家一大財源，若真是去巡視，爲何沒有任何跡象？你這就給阜安堂的老段發個電報，倘若盧豫海真的南下，一個月內必會到景德鎮，讓他一有消息立刻傳話！」

「用得著發電報嗎？」董克良陪笑道，「盧豫海不是南下，難道還能北上不成？朝廷剛打了敗仗，他去北邊幹什麼？」

董振魁真的老了，臉上浮現一陣陣倦意，道：「遼東的商路阻斷多年，如今日本人又打了進來，那裡的局面更加微妙，盧豫海是個敢想敢做的人，他就是不顧兵災，冒險去打通商路，我也不覺得奇怪。你快去發電報吧，禹王九鼎的事，先等盧維章拿了主意再說……」董克良見他的聲音越來越低，不敢再讓父親傷神，忙一揖下去了，留董振魁一人在書房裡閉目沉思。剛才跟馬千山鬥智耗費了董振魁所有的精氣，他本是想假寐片刻，卻不由自主地昏昏睡去。

董家提出的兩個條件宛如兩道巨閘，把盧維章前後的去路堵得死死的。董振魁就像是一條垂死的毒蛇，臨死之際狠狠咬了盧家一口，逼得盧維章要不與他同歸於盡，要不自斷一臂。這讓盧維章頭一次感覺到進退維谷。他接到馬千山的鈞令後，不得不拋下楊建凡一個人在維世場研究降低工本的辦法，帶著盧豫川和苗象天回到鈞興堂。三人反覆斟酌，從中午一直商議到掌燈時分，也沒能得出一個全身而退的辦法。到最後，盧豫川和苗象天各執一詞，提出了兩種觀點：苗象天力主參與燒造禹王九鼎，以保住盧家的祕法不外洩；而盧豫川則主張故計重施，給董家一本假祕法拉倒。盧維章聽了二人的建議後沉默不語，許久才道：「我既然對外聲稱病重不起，一接到巡撫衙門的鈞令立刻就好了起來，豈不是自打嘴巴？何況這次皇差勢必會引來無窮的罵名，董家敢犯眾怒，那是馬千山逼得太急，盧家萬萬不能蹚這場渾水！名聲臭了，一切都完了。至於豫川的主意，本來也是可行的，但這個計策已經用過一次，董克溫還瞎了一隻眼，誰能保證給他假祕法不會被瞧出破綻來？一旦形跡敗露，別說董家，馬千山也會拿咱們開刀……一個貽誤皇差的罪名，盧家擔當不起啊……」

苗象天道：「這下為難了，不然把二爺召回來吧，大家一起想辦法！」

盧豫川搖頭道：「來不及召回二弟了，馬千山只給了兩天時間，後天就得答覆！」

盧維章站起來，在房間裡慢慢踱步道：「豫海才走了幾天，『一鼓作氣，再而衰，三而竭』，不能讓他這麼無功而返。這件事也不要告訴他，省得他有後顧之憂。咱們幾個再好好想想，是不是在這兩條路之外，還有第三條路？」

苗象天靈機一動道，「乾脆說鈞興堂遭了大火，把祕法全燒了！」此話一出，連他自己都搖頭，「不成不成，這個計策太拙劣，有點腦子的人都能看穿！何況祕法沒了，知道祕法的大東家還在，少不了要逼著大東家重新寫一份。」

盧豫川本想發笑，見他自己都說了不行，便咳了一聲道：「老苗的主意固然不可，但我有個想法，不知叔叔能否答應？」「你說吧。」「這兩條路是董振魁借馬千山之手給咱定的，只要董家少了馬千山的支持，咱根本不用爲難！叔叔，馬千山是個貪官，咱們爲今之計，只有破財消災了！」

「官之所求，商無所退啊！五十萬兩，能擺平嗎？」

「我看差不多！要是叔叔同意，我明天就去開封府！」

盧維章停下腳步，輕輕搖頭道：「尋常的事也就罷了，可這件事牽扯到帝黨后黨之爭，還跟小日本有瓜葛，怕不是銀子能打發的。董家難道出不起五十萬兩嗎？若是銀子能打動馬千山，董振魁早甩得乾乾淨淨了！何至於出此險中求勝的計策？那馬千山是個貪官，只要能保住官位，就有源源不絕的銀子送上門。官位就是他的飯碗，再多的銀子也買不走他的烏紗帽！譬如咱們燒窯人的兩隻手，有人拿錢來買，誰肯賣給他？馬千山這個差事要是辦砸了，皇上或是太后一句話就能抄了他的家，到時候銀子還有何意義？」

盧豫川細細思量，覺得他的話不無道理，只得點頭道：「叔叔說得是，但這第三條路，到底在哪裡呢？」

「怕是根本沒有第三條路了！」盧維章坐回原處，悵然道，「董振魁玩了一手絕的，根本沒給咱留任何出路！」盧豫川和苗象天聞言面如死灰，頹然看著盧維章。

盧維章闔上雙目，喃喃道：「其實，我並不是沒有辦法對付他們……只是這辦法太卑鄙、太小人了，不是君子之道，更不是豫商所爲！此計一出，盧家的名聲保住了，祕法也保住了，但我盧維章就成了徹頭徹尾的卑鄙小人！一世聲名毀於一旦，我盧維章還有何顏面面對商伙？……你們都下去吧，讓我再好好考慮兩天。唉，我一直以爲自己看破功名利祿，可一到抉擇之際，竟是如此徘徊……」

盧豫海野心勃勃地踏上了北上通商之路，卻遇到了意想不到的阻撓。他原本打算走直隸到天津，再乘船去旅順口。走到半路，卻忽然得了消息，俄法德三國對《馬關條約》裡割讓遼東半島給日本頗爲不滿，爲了不讓日本獨霸遼東，已經派了三國聯合軍艦進駐大連灣，控制了附近海域，並列艦於日本橫濱、長崎等港口外，威脅日本放棄遼東半島。眼看中日兩國剛打完仗，遼東又是戰雲密布，大批關外難民經山海關逃到了直隸，沿途乞討。盧豫海和苗象林逆著難民隊伍北上來到天津，在港口苦等了五六天，居然找不到一艘船敢去遼東。津號的大相公張文芳再三苦勸盧豫海不要身涉險境，盧豫海哪裡肯聽，還是整日泡在碼頭等船。又過了幾天，盧豫海再也等不下去了，一咬牙開了二萬兩銀子的天價，買下一艘破舊的商船，又高薪挽留了船老大、船夫一共七人，冒險從天津碼頭起航，直奔旅順口而去。

這艘商船原叫「寶豐號」，盧豫海接手後整修一番，把「鈞興堂」的名號塗了上去，是爲「興字一號」船。船老大姓田，是山東蓬萊縣人，今年四十多歲，生得虬髯橫目，面帶凶惡。他手下的六個夥計全是蓬萊老鄉，對田老大奉若神明。而苗象林卻對田老大一直存有戒心。山東出響馬是天下有名的，誰能保證一進入這茫茫大海，他們幾個不會見財起意？盧豫海倒是泰然自若，一上船就把帶的二鍋頭打開了一罈，跟田老大談笑風生對飲起來，不一會兒功夫已到了汪洋之上。田老大開始還有些冷漠，幾碗酒下肚後，話也多了起來，「盧老闆，你這次去旅順口，是做什麼生意？」

「鈞瓷生意。」

「兵荒馬亂的，做什麼鈞瓷生意！我看你肯定要賠個精光！」

「賠本拉倒。錢是王八蛋，賠了再掙！可要我抱著銀子在家等死，還是男人嗎？」

「你帶了多少銀子？」

苗象林急得捅了盧豫海一把，盧豫海卻快言快語道：「銀子帶的不多，七八萬兩吧。」田老大深感意外，陰森森笑道：「盧老闆，你就不怕我們幾個把你們倆扔進海裡，平分了你的銀子？」苗象林按捺不住了，騰地從懷裡掏出火槍，大吼道：「誰敢搶銀子？我這槍可是不長眼的！」盧豫海回頭罵道：「收了你的燒火棍！風浪這麼大，走火了怎麼辦？」

田老大一聲口哨，六個夥計抱著臂膀，悄悄從四面圍了上來。苗象林哪裡還敢把槍收起來，哆哆嗦嗦地指著他們，嚇得一句話也說不出來。盧豫海旁若無人地笑道：「來來來，諸位兄弟都累了，喝碗酒解解乏吧。」田老大定定地看著盧豫海，忽地發出一陣大笑道：「盧老闆，你知道爲何誰都不敢去旅順口，偏偏我們兄弟幾個肯送你去？」

盧豫海剝了顆花生扔到嘴裡，嚼得咯咯響，道：「無非是兩個原因，要不是你們跟二爺我一樣，都是他娘的亡命之徒，要不就是有人買通你們，來害我倆的性命！」

「沒錯！」田老大心裡暗暗佩服他處變不驚，大聲道，「的確是有人想要盧老闆的命！我們弟兄幾個拿人錢財，與人消災，盧老闆，你莫要怪我們啊！」

盧豫海哈哈大笑道：「果然不出我所料！《水滸傳》裡，江湖船匪有『下餛飩』、『板刀麵』之說，田老大也是山東好漢，這次給我們倆做了一鍋什麼菜呀？」

田老大奇道：「你一點都不害怕？」

「要是害怕，我就不會拋下父母、老婆孩子，去兵荒馬亂的遼東了！告訴你，如今朝廷昏庸無能，老百姓的日子都過不下去了，若不是因爲我們神垕鎮上萬窯工夥計的衣食無著，我犯得著放著少爺的日子不過，跑到遼東來開闢商路？」盧豫海又飲了一碗酒，站起身來，直視田老大的面孔，道，「你既然收了人家的銀子，我這條命看來是非丟不可了。我只有一個要求，你把我送到大連灣，讓我遠遠看一眼旅順口，了了心願！而後你再一刀結果了我，你看好不好？還有，就是我這個夥計，他老婆剛懷了孩子，是我硬把他拉出來的，你要是還有點良心，就把他放回去吧。」

苗象林聽到這裡，語帶哭腔道：「二爺，我跟你一起死！咱跟他們拚了！」他舉著槍朝田老大衝過去，被身後一個夥計絆了一腳，連人帶槍跌在甲板上。幾個夥計上前按住他，把他捆得結結實實的。田老大衝他冷笑道：「你一上船就不停摸你那枝槍，不然老田我也不會這麼快動手！盧老闆，我瞧你也是條漢子，就讓你再說一件心事！不過送你到大連灣怕是不可能了，再走二十里，就有老毛子的軍艦巡邏，一見咱們就會開炮！咱們是商船，根本進不了大連灣！」

一股巨浪打來，把「興字一號」高高掀到了浪尖上，眾人不免腳下踉蹌，而盧豫海跟田老大面對面站著，竟都跟釘子似的絲毫沒有晃動！待船穩住了，盧豫海輕輕一笑，從懷裡掏出一把隨身短刀，揮手一擲，刀深深刺進了船側身。田老大臉色頓時雪白，周圍幾個夥計紛紛抽出武器，圍了上來。苗象林的嘴被堵住了，急得拚命掙扎。盧豫海旁若無人地微笑道：「就剛才那個風浪，我若是趁機出手，該有幾分勝算？」

「八分！」田老大猙獰笑道，「可惜現在，你連一分勝算都沒有了！」

「都是百姓人家，若不是迫不得已，誰甘願披上一身賊皮？」盧豫海盤腿坐下，舉起酒碗道，「我剛才不願出手，是看在老田你是條漢子，不忍心讓你死在這裡！我活不了半個時辰了，沒必要再拉上你一起死。既然我去大連灣不可得，求你放了我的夥計也不可得，那我無話可說了。象林，這次出門是我點了你，是二爺我對不住你！我喝了這碗酒，咱哥兒倆就一起上路吧！」說完，他仰頭一飲而盡，然後啪地砸碎了酒碗。

幾個夥計都是一愣。殺人越貨的勾當他們幹得多了，卻從沒見過如此視生死如兒戲的少爺。田老大怔怔地看著他，也盤腿坐下，嘆道：「盧老闆，也罷，就衝你剛才沒有出刀，我就捨命陪一回君子！夥計們，去他娘的大連灣！」幾個夥計應了一聲，掌舵的掌舵，使帆的使帆，「興字一號」在風浪中朝大連灣駛去。

盧豫海絲毫不像個將死之人，繼續跟田老大飲酒聊天，「老田，家裡還有什麼人？」田老大也不隱瞞，道：「老爹老娘都在，一個老婆，兩個兒子。」「咱倆差不多，可我有兩個老婆，嘿嘿，比你多一個！」「你們大戶人家，有兩個老婆算什麼？」「唉，兩個老婆有兩個老婆的難處啊！等這筆買賣做成了，你也闊了，回家再娶一個，就知道其中的厲害啦。」

田老大呵呵笑道：「盧老闆，你真的不怕死？」

盧豫海嘆道：「怕，可我不是怕死，死就是一眨眼的功夫，有什麼好怕的？我是怕我死了，神垕鎮裡就沒人再敢來打通商路了！一萬多個窯工夥計，四五萬口家人，都指望這條商路討生活呢！活到一百歲也是死，活到四十歲也是死，男子漢大丈夫，不能轟轟烈烈幹一番事業，活得再久又有什麼意思！老田，我看你這回做成了買賣，也別再幹這傷天害理的生意了，守著爹娘妻子，幹什麼不好？」

田老大酒勁也上來了，悵然道：「我每回出門，家裡人都牽掛得吃不下飯，他們要是知道我做的是殺人越貨的生意，早他娘的嚇死了！你瞧瞧我這幫夥計，原本都是做正經船運生意的，可如今咱這破船，載貨少，走得慢，自己都顧不得了，哪裡有錢養家餬口？我在洋人的機輪船上幹過，那是什麼貨色？鐵板、鐵輪、鐵馬達，一艘船抵咱們十艘都不止……要不是洋人欺人太甚，我實在受不了那個窩囊氣，也不至於淪落至此……」

「你在機輪船上幹過？」盧豫海驚喜道，「那太好了！我早打算在鈞興堂的汴號船行裡弄一艘機輪船，只愁沒人會開！你要是肯去，我給你寫封信！」田老大眼珠子一轉，忽而大笑道：「盧老闆，你是開玩笑的吧？我馬上就要殺你了，你還要把我推薦到你的船行去，這不是耍我嗎？」

「二爺從不騙人！」盧豫海目光炯炯道，「更不會拿生意開玩笑！你要殺我，那是你拿了人家的銀子，你肯為了銀子殺人，難道不肯為了銀子做正經生意？」

田老大收住笑，重新打量他，默默地思索著。盧豫海也不再說話，兀自剝著花生下酒。田老大剛想說什麼，忽然一個夥計臉色大變地跑過來，叫道：「哥，不好了，有老毛子的軍艦！」田老大遽然鐵青了臉，大叫道：「快轉舵！」話音未落，一顆炮彈已落在了船舷左側，激起高高的浪柱，船體隨之劇烈搖蕩起來。盧豫海跑到船邊張望，果然有一艘掛著俄國雙頭鷹旗的軍艦就在正前方，有人嘰哩呱啦地大聲說著話。田老大顧不上防備盧豫海，把掌舵的夥計推開，自己拚命地轉舵，幾個夥計嚇得面如死灰。又有幾發炮彈打了過來，在離船舷咫尺之遙的地方爆炸了，夥計們一個個趴在甲板上叫起「佛祖保佑」、「菩薩顯靈」，不敢動彈。田老大咬著辮子用盡力氣轉舵，但商船實在太老了，舵已打滿，可船在巨大的風浪裡卻絲毫沒有轉向。盧豫海趺趺撞撞地跑到他身邊，叫道：「你把船弄穩了，我有辦法解圍！」

田老大頭也不回地罵道：「滾你娘的，老子都被你害死了！」

盧豫海不跟他計較，跑回自己放行李的地方，從箱子裡掏出一件東西，轉身跑到船舷邊，一手抓緊了船舷，一手將那塊花布迎風展開。田老大已是萬念俱灰，放棄了船舵，死死抱著船舷，目瞪口呆地看著他。盧豫海又跳又叫，把手裡那塊布跟耍大刀般揮舞著。那俄國軍艦居然真的不再開炮，用大喇叭吆喝了一陣，竟掉頭開走了！風平浪靜之後，盧豫海精疲力竭地靠在船舷上，大口喘著粗氣。田老大爬到他身邊，上氣不接下氣道：「你、你手裡拿的是什麼護身符？」盧豫海把花布扔給他，笑道：「這是法國國旗，眼下俄國跟法國結盟，見了法國旗，以為是載法國貨物的商船，又沒帶武器，就不開炮了。」這時夥計們都爬了起來，臉上仍是驚恐萬狀。田老大搖搖晃晃地站起身，喝斥道：「還他娘的愣著幹嘛！快走！等著挨炮嗎？」

盧豫海不無絕望地看著遼闊的海面，搖頭道：「這麼大的海域，居然讓洋鬼子橫行霸道！看來大連灣真的去不成了，那還能去哪裡？」田老大想也沒想就回道：「去煙臺！盧老闆不是要他娘的開闢商路嗎？煙臺自咸豐十一年開埠通商以來，各國的洋人都有，怕是比中國人還多呢！」盧豫海吃驚道：「煙臺？哪一年開埠的？」

「咸豐十一年。我家就在隔壁的蓬萊縣，那年我十六歲，膠東正鬧捻匪嘛！」

盧豫海興奮地大叫道：「老田，你知道我是哪一年出生的嗎？就是咸豐十一年！天意啊，這是天意！老田，你這就領我去煙臺！」田老大沒答話，一眼瞥見捆得像粽子似的苗象林，叫道：「孫老二，你瞎眼了嗎？去把盧老闆的夥計鬆開！」盧豫海心裡一動，笑道：「老田，你不殺我了？」

田老大一怔，隨即大笑道：「咱爺們兒這條命是你救的，怎麼好恩將仇報？唉，要是你想跟咱們同歸於盡，咱們早被老毛子的炮彈砸到海裡去了！咱倆算是一命抵一命，誰也不欠誰了。」

盧豫海笑著搖頭道：「我才不吃這個虧！我們是兩條命，可你連你手下是整整七條命！老田，殺人的營生咱別幹了，不就是船嗎？我一到煙臺，先給你弄兩艘好船，不出兩年就買他娘的機輪船，你還是船老大，好好給咱們鈞興堂在天津、旅順和煙臺之間運貨，你看成不成？」

田老大身子一震，倘若真如他所說，不但可以從此脫了這身賊皮，做正經生意，還一下子有了吃飯的本錢，這可是他做夢也夢不到的好事啊！一旁的孫老二邊給苗象林鬆綁邊豎起耳朵聽得熱淚盈眶，道：「老大，你還猶豫什麼！盧老闆是條真漢子，他不會騙咱們的！」

盧豫海咯咯一笑道：「老田，你若是信不過我，我就當著大夥的面跟你結拜兄弟，從此你是哥哥，我是弟弟，咱哥兒倆一起在煙臺搞個天翻地覆！」

田老大滿腔豪情給他激了起來，慨然道：「成了！兄弟，大哥我從今往後，就跟著你去幹！」說著，把剛才盧豫海刺進船側身的短刀拔出來，伸手在刀刃上滑過，頓時鮮血湧出。盧豫海毫不猶豫地接過短刀，往手指上一劃。孫老二捧了兩碗酒上來，兩人把血滴在碗裡，一飲而盡。苗象林在一旁看得瞠目結舌，直到酒碗被他們砸碎在地上，才相信這一切都是真的，不由得靠著船舷癱軟下去。

旅順口與煙臺隔海相望，船行一天就能到達。盧豫海和苗象天經過九死一生，終於平安地在煙臺山碼頭下船，由田老大領著來到商埠區。自咸豐十一年到光緒二十一年，煙臺雖然開埠已有三十多年，登萊青道的道臺衙門也設於此，但它依然只是福山縣下的一個區而已。由洋人擔任稅務司，赫赫有名的東海關就在此地。盧豫海來到最繁華的卡皮萊街，但見兩旁全是西洋建築，洋行、教堂林立，連招牌文字都是中西並列。田老大指著一旁的兩個洋行道：「你瞧瞧，這個是和記洋行，那個是滙昌洋行，都是英國人開的，可厲害呢！人家專做洋人的外貿生意，占了整個煙臺生意的一半以上！」

盧豫海深深地點頭，道：「大哥，事不宜遲，咱們說幹就幹！我手裡有八萬兩銀子的銀票，明天我去附近州府的日昇昌票號兌銀子，讓你的兩個夥計跟我一起去。而你和象林去船塢看看，有沒有合適的船，也不貪多，兩艘就足夠了！加上『興字一號』，咱就有三艘船，你把船隊好好建起來，人手也由你去挑，過幾天就去鈞興堂的津號運貨！我得好好琢磨琢磨，怎麼把生意的局面打開！」

田老大一時無法言語。盧豫海說要苗象林陪他去看船，其實是怕他不放心，故意留個人質給他，連盧豫海去兌銀子也要自己的人跟著。這點田老大看得明白。而這一路上，盧豫海閉口不問誰是幕後主使，但他憋在心裡著實難受，又見盧豫海處處替他著想，便道：「豫海，象林也不懂船，他跟著我有什麼用？再說船塢裡那些老闆，見了我誰敢提銀子的事？我又不是信不過兄弟你，何苦這麼見外，非得留個人質？我田老大也是條漢子，既然答應跟兄弟一起闖天下，就一點也不含糊！我實話告訴你，這次請我……」

「大哥別說，我也不想知道！」盧豫海大聲道，「大哥沒要我的命，已是壞了道上的規矩。我再問你誰是上家，豈不是逼你爲難？人無信不立！大哥和我都是講信義的漢子，犯不著說這些！」田老大默默點了點頭，伸出大拇指道：「兄弟好大的胸襟！也罷，我明日就把錢退回去，從今往後，死心塌地給鈞興堂運貨！」

盧豫海哈哈大笑道：「這樣才對！你快去船塢吧，我就在前面那個蕭記老鋪落腳，咱們明天下午，在那裡碰頭！」

苗象林看田老大一行遠去，憤憤道：「二爺，不是我說你，要是老爺知道你交了個江洋大盜做朋友，肯定要用家法的！他們像好人嗎？依我看，咱們趕緊去衙門報官……」

盧豫海狠狠瞪了他一眼，大步朝蕭記老鋪走去，頭也不回道：「這裡是道臺衙門所在，一定有電報局。你去給總號拍封電報，就說遼東局勢險惡，根本無法上岸，不得已轉道煙臺。再問問家裡有什麼事，讓他們速速回電。」

苗象林驚道：「我的老天啊，一個字八兩銀子，這麼多話得多少兩啊！」

盧豫海哭笑不得道：「不學無術的東西！你就寫這幾句：『旅順兵封，落腳煙臺，家事望告』，明白了嗎？」

「那也得百兩銀子！老天爺，抵得上一個跑街夥計十年的工錢了！洋人的玩意兒真他娘的貴。」苗象林嘟囔不已，提著箱子隨盧豫海進了蕭記老鋪。

鬥智

盧豫海萬萬沒有料到，神垕鎮此刻已是滿城風雨了。盧維章病重，無法主持鈞興堂燒造禹王九鼎，被巡撫馬千山一紙鈞令所逼，居然真的交出了盧家宋鈞祕法！交割祕法的儀式上，盧家只派出盧豫川，而董家卻是董振魁父子三人到齊。當著馬千山的面，盧豫川把副抄本交給了董克溫。董克溫恭恭敬敬地對著祕法深施一禮，便要揣進懷中。盧豫川冷笑道：「董大少爺好急的性子，豫川還有話沒說呢。」

馬千山皺眉道：「你還有什麼話要說？難道要反悔嗎？」

「非也。」盧豫川不慌不忙地道，「祕法是給了董家，但董家若拿了祕法自行篡改，反過來誣陷盧家沒有交出真祕法，以至於造不出九鼎，那該如何是好？」董克良勃然大怒道：「盧豫川，你少血口噴人！」盧豫川一笑置之，「你還是毛頭小子，我不跟你計較。馬大人，豫川有個主意。這份祕法，就由董大少爺當場謄抄兩份，一份他們帶走，一份密封起來交給我，若是今後有了是非，兩方一對照，不就真相大白了？請馬大人恩准！」

馬千山懶得動這些腦筋，便道：「也好，醜話說在前頭不爲醜！那就有勞董大少爺了。」

董克溫看了眼董振魁，見他並無異議，便取了紙筆謄寫起來。待謄抄完畢，董克溫自己留了一份，將另外兩份交給了盧豫川，盧豫川又當眾封好匣子，所有程序這才結束。馬千山見狀笑道：「好了，這下盧大東家的病該好些了吧？真是天有不測風雲啊，好端端的怎麼突然就病了？不然何至於連祕法都交出來？我敢問豫川東家一句，這份祕法沒什麼毛病吧？該不會又摻了什麼東西？要是弄出個炸窯之類的事情可不好喲。」

盧豫川不自覺看了董克溫一眼，董克溫那隻僅存的眼睛裡滿是仇恨。盧豫川不動聲色地微微一笑道：「回馬大人，草民就是有再大的膽子，也不敢貽誤皇差！叔叔有病在身，楊建凡老相公年事已高，而我二弟又去南方巡視生意了，眼下鈞興堂就是有祕法也沒人來做。豫川盼著董老伯能早日完成大業，到時候請務必將盧家祕法完璧歸趙！」

董振魁冷冷道：「禹王九鼎不造出來，誰也不知道這祕法是不是真的！老漢也盼著維章兄弟能早日康復。不過維章兄弟寧願交出祕法，也不願承接這個皇差，老漢還是十分佩服啊。告辭！」

馬千山巴不得他們兩家現在就拚個你死我活，見董振魁就這麼走了，不免有些遺憾，便道：「豫川東家，我兒子馬垂理也來到開封府了，什麼時候你們兄弟倆也見見面？」

盧豫川笑道：「待叔叔身體康復，豫川一定到府上叨擾。馬大人，草民家裡還有些事情，不便久留，告辭了。」一說罷躬身離去。馬千山看著他的背影，從齒縫裡擠出幾個字：

「全是他娘的奸商！」

盧豫川並沒有急著去鈞興堂交還祕法，而是先回到了鈞惠堂，直接進到書房裡，呆呆地坐著，反覆思量叔叔的驚人之舉。誰都知道祕法對盧家意味著什麼，他也斷定叔叔交出去的肯定是假祕法，可這能瞞得過在宋鈞上造詣非凡的董克溫嗎？一旦真相敗露，盧家就大禍臨頭了！但按叔叔平生處事謹慎的作風，若不是胸有成竹，是不會貿然做出如此決斷的。盧豫川雖百思不解，卻也不敢再耽擱下去，忙找出紙筆來把祕法又謄寫了一份。此時，蘇文娟推門進來，笑道：「大爺，二爺的電報來了！」

「電報？」盧豫川眉頭一動，道，「從哪裡發過來的？」

「煙臺。二爺沒去成旅順口，輾轉到了煙臺。」

盧豫川看了看電報，嘆道：「就這麼一張紙，整整九十六兩銀子啊！文娟，這個東西妳好生收起來，千萬別讓第三個人知道！」

蘇文娟接過那疊紙，瞥了一眼，驚道：「是祕法！」

「對，正是祕法。現在我還不知道這祕法是真是假，多半是假的，可也有不少真東西。不管它了，這是盧家的命根子，妳務必保管好！」

「你私自謄抄祕法，叔叔若是知道了該怎麼辦？」

「只要妳不說，還有誰會知道？留個後路總沒錯！何況董家也得了，我難道還不如一個外姓的仇人嗎？妳莫要再說了，就照我的意思辦。我還得趕緊去叔叔那裡交差呢。」他抓起祕法，跟電報放在一起，大步走出了書房。

盧豫川進了鈞興堂，老平告訴他盧維章一大早就去了祠堂，到現在還沒回來。盧豫川只得轉身趕奔祠堂。雖然盧豫川剛才振振有詞，可一見到盧維章，心裡還是七上八下，尤其是在這擺了祖宗遺像和爹娘牌位的地方。好在盧維章並沒有問祕法的事，而是握著電報踱步良久，才道：「煙臺，煙臺，是登州府福山縣那個煙臺吧？那裡原先是商埠，咸豐年間開埠，跟旅順口隔著海……豫川，你給他回封信，叫他沒大事少用電報！電報快是快，一來不保密，二來也太貴了……電報局的人就認個錢，你當他們之中沒有董家的眼線？說不定董振魁這會兒已經知道豫海在煙臺了！成事不足，敗事有餘的畜生！」

盧豫川陪笑道：「豫海也是怕家裡著急。叔叔，您給董家的祕法，究竟……」

「自然是假的，我還沒迷糊到那個地步！」盧維章莞爾道，「唉，不過裡頭也有不少好東西，董克溫若是能舉一反三，也算是盧家命中該有此劫啊！」

盧豫川瞠目道：「可、可一旦被董克溫發現是假的，那……」

「這件事你莫要操心了。我自有主意。你還是多操心兩個堂口的生意吧，順便給津號的張文芳去封信，眼下盧家的分號裡，距離煙臺最近的就是津號了，讓他務必全力支持豫海！」

「我已經讓總號調過去十萬兩銀子，應該能應付一陣子。張文芳是盧家的老人了，看了信自然知道該怎麼做……叔叔，沒事我就先下去了？」

「不忙。你把這份祕法的抄本拿走，好生保管著，早晚能用到。」盧維章指了指桌上的抄本，笑道，「雖然是假的，可仔細看看，多少能長些見識！你這輩子最吃虧的就是不肯下功夫琢磨燒窯，總把我和你楊叔的話當耳邊風……」

盧豫川實在不願在這昏暗的祠堂裡多待，他耐著性子聽了半晌，覺得叔叔果真是老了，不然怎會變得如此囉唆！盧維章說了好一陣，才讓他下去。待盧豫川走遠了，盧維章默默一嘆，轉身跪倒在靈位前，兩行淚水奪眶而出。肅穆冷清的祠堂裡，只有他一個人的聲音，顯得分外寂寥，「列位祖宗、大哥、大嫂，盧維章給先人請罪了！維章自承接家業以來，處處嚴守家規，時時鞭策律己，不敢有違。唯獨這件事，維章既壞了盧家的家法，也破了豫商的古訓，明知有大罪而故犯。祖宗明鑒，維章不敢為自己開脫，但害人不是維章的本意，這是萬般無奈之舉……既不能洩露盧家祕法，更不能讓國家的顏面掃地！於公於私，於情於理，維章實在想不出別的法子了……維章自知時日無多，害人便是害己，此計一出，必損陽壽。這是維章一生中做的唯一一件有悖家訓的事，是維章一生最大的汙點，也是維章能為盧家做的最後一件事了。但求祖宗英靈庇佑，讓豫川和豫海不辱祖先，繼承盧家衣缽，兄弟攜手共圖大業！不肖子孫盧維章，再拜叩謝列祖列宗……」

事實證明，盧豫海與田老大結拜兄弟是筆一本萬利的買賣。田老大縱橫黃海船運生意二十年，黑白兩道都有朋友無數，他到船塢走了一趟，相中了兩條正在修葺的商船。船塢老闆一見是田老大，哪裡還敢要銀子？情願雙手奉送，只求田老大別一時惱火，找他們的麻煩。田老大有心放下屠刀，堅持要花錢買。船塢老闆明知道兩艘船成本是二萬兩，卻只開價一千兩，見田老大瞪圓了雙眼，立刻改口說八百兩。田老大哼了一聲，扔下一張銀票就走了。船塢老闆像送走了瘟神一般，好半天才回過神來，撿起來一看，卻是張二百兩的銀票，頓時哭笑不得，長吁短嘆起來。

在田老大的張羅下，鈞興堂一下子又多了兩條商船，分別塗上了「興字二號」和「興字三號」的大字，只等盧豫海來驗收下水。田老大又當著盧豫海的面，請來黃海海面上十三路黑道海匪在會賢樓喝酒，當場立下規矩，凡是塗著「鈞興堂」標記的商船，一律都是自己人，其他的商船儘管搶，可這三艘船動也別想動。盧豫海這才知道田老大在江湖中的地位，連陪著喝酒的苗象林都不禁咋舌，對田老大刮目相看了。

盧豫海挑了個吉日，與田老大一起領著三艘商船出海來到天津碼頭。張文芳早按照二爺的要求備好了貨，整整八十箱上等宋鈞，還有一百箱日用粗瓷。盧豫海讓田老大幫著招呼裝船，對張文芳笑道：「光緒十一年你這個老狐狸請辭號，被我駁了，看來還真駁對了！幹得好！二爺我打通了商路，你們津號的生意必能好三成！」

張文芳笑著抹淚道：「二爺讓苗象林來傳話，說了『知道了，好好幹』，這六個字老漢我一輩子都忘不了！我那點小心眼給二爺瞧得清清楚楚，慚愧啊……」

盧豫海拍拍這位快七十歲的大相公，道：「老張，身股漲得差不多了吧？你別急著榮休，楊老爺子七十多了，老相公幹得挺好的！你給我好好坐鎮津號，有的你忙了！我走啦，還是那句話，好好幹！」

張文芳不肯讓他連津號都不回就走，可再三挽留也沒能留住他，只得站在碼頭上揮手送行。田老大吼道：「起——錨！」盧豫海忙攔住他，笑道：「大哥，這船上寫的是誰家的字號？」田老大納悶道：「是盧家鈞興堂啊。」「我們鈞興堂的人不管生意做到哪裡，都是豫商。今後這喊號子的規矩得改改，不叫起錨……」

「那叫啥？」

「得勁！」

「得勁？」田老大撓了撓後腦杓，笑道，「好，我明白了！山東河南大屌連著蛋，我知道這『得勁』是啥意思！」說著便大吼道，「弟兄們，都聽好了！東家發話了，從今往後，起錨的號子改成得勁了！都記住了嗎？」三艘船上的人都應道：「記住了！」

田老大吼道：「得——勁！」

三艘船上的夥計們紛紛跟著吼道：「得——勁嘍！」

三副巨錨緩緩拉出水面，船上的人都哈哈大笑起來。張文芳聽到這許久未聽到的家鄉話，竟老淚縱橫，一把白鬍顫抖不已。

煙臺卡皮萊街上的蕭記老鋪，一共有二十多個房間，已被盧豫海全部包下來了，一半住人一半做了庫房。轉眼間盧豫海已待了十多天，這些日子他除了去天津進貨，其餘的時間全在煙臺的大街小巷溜達。田老大雖然對盧豫海的豪氣干雲很是佩服，但也想不到他會怎麼做生意。「家有黃金萬貫，不如鈞瓷一片」的俗話他也知道，可這一百多箱的貨怎麼變成銀子，他心裡還是沒有底。煙臺開埠之來，從洋人那裡進口的多是棉布、火柴、鐵器、胡椒、糖等洋貨，由此出口的多是大豆、豆餅、棉花、棗、鹹魚等土貨，沒聽說有人做鈞瓷生意的。田老大好歹幹過船運，知道做生意的難處，也暗暗替盧豫海捏一把汗。這位二爺實在讓人提心吊膽，不見他去洋行找生意交朋友，只見他在街上晃蕩，眼看又是十多天過去了，田老大實在憋不住，找到盧豫海，開門見山地問道：「兄弟，那麼多夥計等著你發財呢，你究竟打算怎麼辦啊？」

盧豫海笑道：「大哥著急了？」

「可不是嗎？咱的船老在港裡等，我得領著夥計們接點別家的活計。不管怎麼說，人家衝著我老田的面子來了，總不能讓人家乾坐著沒生意啊？」

盧豫海含笑拉著他進屋，轉身把房門關好，這才嘆氣道：「大哥，別說你著急，我他娘的比誰都急！我看出門道了，這煙臺街上，大大小小的洋行六十多家，還沒一個幹過鈞瓷生意的！這是好事，也是壞事！好是好在沒人做過，等於給咱一個黃花大閨女；壞就壞在這黃花大閨女長得好，可他娘的太笨，看不懂咱們手裡的貨！你說去接點別的生意，我也贊成，不過你等著吧，不出兩個月，我會讓大哥再沒功夫接別人的活！」

田老大一瞪眼，道：「兄弟，我這可不是幹私活啊！掙的銀子除了發工錢，咱倆五五分帳！」

盧豫海擺手笑道：「我一分不要！大哥，我可把話說在前頭，咱鈞興堂的船一不拉鴉片，二不拉軍火。除了這兩條，大哥儘管放手去做吧！」

「我親弟弟就死在鴉片上，我以前做海盜，專搶鴉片船！軍火嘛，嘿嘿，大哥就聽你的，也不做它的生意！只要夠夥計們吃喝就成。」田老大笑了笑，又正色道，「不過時間可真得抓緊了，好在鈞瓷不會爛，要是鹹魚海貨，哪裡能等這麼長時間？」盧豫海點頭道：「謝大哥提醒！」送走了他，盧豫海的表情越發凝重。這一個月勘察下來，結果實在不樂觀。他裝成購買鈞瓷的買辦掮客，到大大小小的洋行裡問過，不僅沒一家做鈞瓷生意，人家對鈞瓷生意還根本看不在眼裡！神垕瓷業在這條商路上荒廢已久，要重新打開無異於開天闢地，難上加難。盧豫海苦思多日，始終想不出個好計策。雖然離開神垕的時候對此有所準備，但沒料到要打開局面竟會如此艱難。

盧豫海在外奔波了一天，此刻夜已深，卻了無睡意。他呆呆地看著燭火，漫無邊際地想著心事。也不知道家裡怎麼樣了，大哥來信說一切都好，陳司畫來信也這麼說，可他們越是異口同聲，他越是覺得惴惴不安。兩處堂口，那麼多窯工夥計，哪能一點麻煩都沒有？肯定是爹的意思，唯恐他分心，故而報喜不報憂。可司畫應該說實話啊？她跟關荷表面上都是一個比一個寬容，可說到底，女人的心眼比他娘的針眼還小，自己在家裡尚且照應不周，何況是遠在千里之外？盧豫海嘆了口氣，腦子裡不由得又想起眼前的生意。那幫洋鬼子、假洋鬼子太可恨了，一聽見宋鈞、瓷器就搖頭。神垕鈞瓷位列「鈞、汝、官、定、哥」五大名窯之首，他們多少都聽說過，可宋鈞是啥模樣，卻都不知道！萬事起頭難啊。不過話說回來，人家的土貨生意做得好好的，對鈞瓷生意又一無所知，誰肯貿然進入一個完全陌生的領域呢？想到這裡，盧豫海一時千頭萬緒交雜在一起，再也理不清了。

苗象林端著盆熱水進來，笑容滿面道：「二爺，暖暖腳吧，跑一天了。」盧豫海沒好氣道：「你他娘的又不是長隨，堂堂盧家老號總號的帳房相公，弄這個不覺得丟人嗎？」

「我大哥說了，二爺走到哪裡，我伺候到哪裡。就算是個長隨又有何妨？」

盧豫海搶過盆子，脫了鞋襪洗腳。苗象林陪笑道，「二爺，我瞧你不高興，就給你講個笑話，我今天自己碰上的！」他也不管盧豫海有沒有在聽，兀自道，「我按二爺的吩吋，去洋行裡打聽鈞瓷的事，一個假洋鬼子見了我，嘰哩呱啦說了半天，我說你說什麼呢？他傻眼了，說你不是日本人啊？我當時就火了，大罵他一頓，說你少給爺們兒添麻煩，老子是大清國的子民，你說老子是日本人，這不是罵人嗎？」

盧豫海聽著聽著，腦子飛快地轉了起來，猛地抬頭道：「人家說你是日本人？」「是啊，我堂堂中華男子漢，有日本人那麼寒磣嗎？」

盧豫海光著兩隻腳站起來，來回踱了幾步，大笑道：「有了！象林，你可給鈞興堂立了頭功！」

苗象林目瞪口呆道：「二爺，我可是除了算帳，別的啥也不會……」

「要的就是你啥也不會！明天咱倆去和記洋行，會會他娘的洋人！」

盧豫海越說越激動，連鞋也沒穿，光腳跑到田老大房裡，硬是把他從床上拉起來。也不知道他們嘀咕了什麼，兩人竟一起哈哈大笑。苗象林明白他們在商量大事，守在門口不敢進去。不一會兒盧豫海出來了，手上拿著一套衣服，對苗象林道：「象林，明天就看你的了！好好睡一覺，明天穿上這身衣服，跟二爺我演一齣雙簧！」說完，盧豫海樂呵呵地朝自己房裡走去，邊走邊唱：「刀劈三關……我這威名大，殺得那胡兒……亂如麻！」苗象林滿腹狐疑地抖開一看，竟是套日本人的衣服！他立刻嚷道：「這不是、這不是寒磣我嗎？我才不丟這個人！」

苗象林就是再不樂意，也不能不聽盧豫海的話。第二天一早，他只得穿上日本人的衣服，萬般委屈地跟盧豫海一起走進和記洋行。一個中國買辦見來了個日本人，立刻迎上來，滿臉堆笑道：「這位先生，是日本來的嗎？」

盧豫海一身買辦的裝扮，上前道，「兄弟，這位日本人叫小山平一郎，是個——」他湊近了買辦的耳朵，低聲道，「是個啞巴，不會說話！我是他的翻譯，今天來貴行談點生意，您看……」

買辦立刻會意，也低聲道：「沒問題！形形色色的洋人咱見多了，有您傳話，不耽誤生意！我姓劉，您叫我老劉吧。」盧豫海回到苗象林身邊，不知嘀咕了什麼，苗象林裝得很嚴肅地點點頭，趾高氣揚地跟著老劉進了會客室。和記洋行是典型的英式建築，在陡立的房坡上凸出一排閣樓窗，東面是觀景的最佳方位，可觀賞日出與海景，三面設有外廊，會客室就在東面外廊裡側。不一會兒茶水擺上，老劉滿臉含笑道：「不知小山先生想做些什麼生意？洋貨有棉布、鐵器、糖等等，土貨有大豆、豆餅、大棗、海產，只要您開個口，要啥有啥！」

盧豫海裝模作樣地在「小山平一郎」耳邊說了幾句，苗象林揮了揮手，重重地點頭。盧豫海轉向老劉，笑道：「咱小山先生不要你說的那些土貨，只要一樣東西。」

「什麼東西？」

「神垕的宋鈞！老劉你也知道，日本國跟咱大清國一衣帶水，風俗嗜好也差不到哪裡去，那邊的人就喜歡這個玩意兒！煙臺離日本最近，海路又快又便宜，小山先生想做些宋鈞的生意，不知老兄能辦到不？」

「宋鈞？是瓷器吧！哎喲，這玩意兒我們這裡還真沒有！不知小山先生想買多少銀子的宋鈞？」

盧豫海又是裝模作樣地翻譯一番，苗象林嚴肅地伸出五根手指。老劉笑道：「五千兩？」

「不！」盧豫海斬釘截鐵道，「五萬兩！要是老兄能辦到，銀票今天就給你，不然我們就去別家看看了。」

老劉大吃一驚道：「五萬兩？今天就給銀票？」

「可不是嗎？不瞞老兄說，我們昨天去了三家，沒一家做宋鈞生意的！您這兒是第四家了……唉，難道真要我們跑到北京嗎？」

「不用您去第五家了！您拿銀票吧，我這就給您開收據！一旬為限，我們弄不到宋鈞，銀子全部退還，還有一分的利息！」

盧豫海驚喜道：「真的嗎？太好了！」他又跟苗象林耳語了一陣，苗象林只覺得好笑，按照約好的計策，有模有樣地上前朝老劉鞠了個躬。老劉慌忙回禮。下面的事就好辦了，盧豫海跟著老劉去帳房交割了銀票，拿了蓋著和記洋行小章的收據，和苗象林一起離開。兩人不敢馬上回去，又在煙臺街上晃了半天，才一前一後地回到蕭記老鋪。一進門，苗象林就著了火般脫掉那身衣服，扔得遠遠的。盧豫海放聲大笑起來，道：「象林，你做得很好！你不用做帳房相公了，登臺唱戲去吧。」苗象林噘嘴道：「平白無故穿了這身衣服，真他娘的晦氣！二爺，咱這回賠定了！那五萬兩銀子，少說也得給洋人抽四五千兩！」

「一萬兩都不嫌多！你放心，捨不了孩子套不住狼！」

兩天後，煙臺的街頭巷尾傳開了一個驚天動地的消息：專門燒造宋鈞的盧家老號鈞興堂津號的貨船，在黃海上給人劫了，田老大一時大意沒跟著押船護送，白白損失了十萬兩銀子的貨。田老大大發雷霆，揚言要大開殺戒，報仇雪恨，開出了一萬兩懸賞銀子！與此同時，鈞興堂煙臺分號的牌子也掛了出來，津號大相公張文芳親自兼任煙號的大相公，又押送來價值五萬兩銀子的宋鈞！煙臺港每年進出的銀子也就二百萬兩上下，十幾萬兩的生意就算是大買賣了。可鈞興堂剛剛損失十萬兩銀子，居然連眉頭都不皺一下，又續上了五萬兩的貨。若不是有底子的商號，誰敢這麼幹？鈞興堂一下子出了名。張文芳趁機在會賢樓設宴，遍請煙臺各大洋行的經理、買辦，還把一件件珍品宋鈞陳列出來。酒至半酣，張文芳給眾人一一敬酒，在眾人面前把宋鈞誇得天花亂墜。筵席散了時，也少不了一人捎帶上一兩件壺、瓶、樽、洗之類的禮物。如此一來各大洋行都知道了宋鈞值錢，做宋鈞生意大有賺頭。和記洋行的買辦老劉更是在宴後找到了張文芳，張口就吞下了那批五萬兩銀子的宋鈞。張文芳暗中偷笑，慷慨地給了他一個驚人的折扣。老劉粗略算下來，這筆五萬兩的買賣居然能賺四千兩銀子，毛利率將近一成！那些大棗、海產、大豆之類的土貨，就是數量再大，也沒有這宋鈞生意的利潤大啊。

到了約定的日子，盧豫海又陪著「小山平一郎」來交割貨物，直接把貨拉到煙臺山碼頭裝船運回日本。當然，這些都是給外人看的。那批貨本就是盧豫海從津號運過來的，在海上兜了個大圈，又在天津港過了一圈，才重新裝上田老大的船，在一片「得勁」聲裡浩浩蕩蕩地再次直奔煙臺而來。鈞興堂三艘商船停在煙臺山碼頭，與上次冷冷清清的場面不同，這次可是萬眾矚目。張文芳領著一干夥計在碼頭等著，興高采烈地接了貨，一路敲鑼打鼓地回到煙號，新僱的七八個本地跑街夥計又是吆喝又是發傳單，忙得不亦樂乎。經過這番煞費苦心的安排，煙臺各大洋行都聽說了鈞興堂跟和記洋行的買賣，對宋鈞生意無不刮目相看。煙臺開埠幾十年了，民風與內地迥然不同，重商之風深入人心，洋行不分大小都圖一個「利」字。誰家的買賣好做，自然是一傳十十傳百，鈞興堂的煙號一時間顧客盈門。張文芳牢記盧豫海的叮囑，訂單不分大小，折扣都給得很高。滙昌洋行與和記洋行都是英國人開的，在煙臺商界舉足輕重，滙昌見和記賺了一筆日本人的銀子，索性也訂了一萬兩的宋鈞，直接拉到日本去賣，居然真的獲利甚豐。原來日本國內對宋鈞的需求很大，但這條商路中斷已久，多年來只能通過上海、廣州等港口購買。煙臺商路一開，海路距離縮短了一半多，鈞興堂供貨的陸路也少了許多周折，成本一下子降低了三成以上！日本人多年不見如此質優價廉的宋鈞，滙昌的貨一到日本就被搶購一空。滙昌洋行吃到了甜頭，立刻跟鈞興堂簽了五年的供貨契約，包銷八十萬兩的宋鈞。

這筆大單子簽下來時，已是光緒二十一年的深秋。盧豫海來到煙臺差不多半年，他耗費了許多心血，終於打開了局面。張文芳見大局已定，就把跟煙號做商伙的洋行經理、買辦請到會賢樓，隆重地請出東家盧豫海。各位經理、買辦大多還記得這個曾經上門光顧的年輕人，和記洋行的老劉更是一眼就認出他是那個什麼「小山平一郎」的翻譯。敢情他就是盧家老號鈞興堂的東家！當下便參透了那次生意的玄機所在，不由得一陣頓足長嘆。

盧豫海跟眾人見了面，寒暄一陣後，笑道：「諸位，馬上就是洋人的節日了，我知道在座的有英國的、美國的、法國的、意大利的，還有俄國、德國的商伙！你們西洋人過節，是替你們的聖人過生日，聖誕節嘛！我們中國的聖人就是山東老鄉，叫孔子，他老人家說『來而不往，非禮也』。諸位商伙給鈞興堂招徠了這麼多生意，過節不送點禮說不過去。老張，把咱們準備的禮物拿上來。」

張文芳揮揮手，幾個夥計端著禮物匣子上來，給在座的客人人手一份。眾人道謝後打開來看，是個圓潤晶瑩的絞胎掛盤，盤上畫的，竟是天主教裡聖母生下耶穌基督的場景。聖母懷抱耶穌，神態慈愛安詳，耶穌安然躺在聖母懷抱中，母子二人栩栩如生，呼之欲出。清末在華的洋人有兩種，一種是爲了經商，一種是爲了傳教，再加上洋人大多信教，乍見這玩意無不心潮起伏，連連畫十字，念洋經。盧豫海見他們看呆了，便笑道：「各位把盤子翻過來，後面還有玄機呢！」眾人紛紛倒過掛盤，見後面畫著各國的國旗，旁邊還有大清國的龍旗。盧豫海笑道：「各位商伙，不成敬意，就當是聖誕節的禮物吧！」

美國保利洋行的經理馬歇里道：「盧先生，我能不能訂一批貨，全部照這個樣子做呢？還有，從煙臺到美國舊金山，大約要走一個多月的海路，不知道盧先生能否趕在聖誕節前全部做出來？」

「照這個樣品做，當然沒問題！」盧豫海狡黠地笑道，「按時交貨也沒問題，我們盧家老號十處窯場，六七千個夥計，要多少都能應付！不過咱也說實話，你這是訂做的生意，價錢嘛……也好說，只比普通宋鈞高兩成，你看如何？要是你答應，先趕做你的單子！」

馬歇里當即道：「OK！這筆生意我訂下了，我要十萬兩銀子的貨，馬上就可以付一半的訂金！」盧豫海拊掌大笑道：「這位洋商伙真是爽快！就衝你這是頭一筆買賣，我再給你打個折上折！這可是優惠到底啦！」

馬歇里這麼一帶頭，在座的洋人們都坐不住了，紛紛嚷著要下訂單。盧豫海擺擺手，讓眾人平靜下來，道：「各位，我們豫商做事，講究量力而為，有多大胃口吃多少肉，不然怕給撐死了！距離西洋聖誕節只剩兩個多月了，各位還要把回國的路程算上，盧家老號就是澈夜燒窯，也難以全部供應。我算過了，最多只能做一百萬兩銀子的生意。想下訂單的商伙們聽好了，等酒席散了，隔壁有人專門伺候，按順序排，累計到一百萬兩銀子就打住。我盧豫海對不住各位，凡是沒能排上號的，每位商伙可以領一千兩銀子的禮物，就當是鈞興堂給諸位賠罪！好了，大家繼續喝酒！」

洋行的經理買辦們都眼紅馬歇里得到的優惠，又聽人家鈞興堂不是照單全收，哪裡還有心思喝酒，一個個悄悄溜了出去，直奔隔壁下單去了。腦筋轉得慢的人等明白過來，再心急火燎地跑去下單時，鈞興堂早做滿了一百萬兩的定數。苗象林呵呵笑著給人賠不是道：「對不住了。您別急著走，拿著這個條子，明天去鈞興堂煙號領禮品吧。」

一頓酒宴的功夫，一百萬兩的生意就順順利利地做成了。張文芳對盧豫海的手段佩服得五體投地，有了這樣年輕有為的東家，鈞興堂何愁做不了大事業？回煙號的路上，盧豫海和張文芳沒坐車，兩人並肩而行，走在煙臺燈紅酒綠的大街上。張文芳邊走邊笑道：「二爺，老漢真是枉活了這麼大歲數，我還以為幹不成呢！沒想到洋人那麼好哄！」

盧豫海喟然搖頭道：「你以為那個馬歇里那麼好打發？不瞞你老張，我跟他磨了整整三天了，把折扣打到了八五折，他才答應我第一個出頭。其實洋人也是人，都喜歡捧個人場，我算是琢磨透了，不管哪國的商人，都圖個『利』字！咱想掙錢，人家也想掙錢，無利不起早嘛！」

「二爺是跟馬歇里唱了齣雙簧嗎？」張文芳大吃一驚，隨即讚道，「二爺真是用心良苦！難怪生意會如此順利。」

盧豫海並沒接話，表情慢慢凝重起來，道：「來煙臺一晃就是半年了，我琢磨出來幾句話，老張你看有沒有道理。」此時他跟張文芳已經走到了海關街，前面不遠處就是隱匿在夜幕中波濤起伏的大海。盧豫海停下腳步，迎著海風道：「這幾句都是大白話，我不像老張你是秀才出身，之乎者也的話我說不出來。身為豫商，要把世故摸得透澈，把商路打得順暢，把工本降得極小，把銀子搞得極大！只要能做到這四句話，就沒有做不好的生意！」

張文芳乍聽到這幾句話，不禁莞爾，可細細琢磨下來，居然無一不是道出了商道的精髓。世故者，就是經商的環境，商伙的底細；商路者，是經商的根本，不然商路受阻，要去哪裡賣貨？至於工本、銀子，一個是因，一個是果，這一小一大之間，就是源源不絕的毛利啊！張文芳深有感觸道：「二爺，你這四句話，我看可以寫進《陶朱公經商十八法・補遺篇》了！二爺今年三十多了，經商也有十幾個年頭，這四句話就是二爺的商道心得吧？二爺說什麼也得給我個面子，這四句話由我向總號匯報過去，讓大東家也高興高興！」

盧豫海笑而不答，指著一望無際的大海道：「老張，你可知我這半年最大的遺憾是什麼？那就是始終不能到大海對岸去，到旅順口去掙俄國老毛子的錢！我聽說日本人已經放棄了遼東，但又生生從朝廷手裡搶走了三千萬兩銀子，說是他娘的軍費！在咱們的地盤打仗，霸占咱們的江山，還跟咱們要賠償的銀子，這是什麼道理？三千萬兩啊……父親總對我說，『士農工商』四行裡，商人的地位最低，但眼下能給中國人揚眉吐氣的，就是咱們商人了！」

張文芳肅然道：「二爺還是想去遼東？」

「近在咫尺的地方，若老是望洋興嘆，還是男人嗎？還是豫商嗎？朝廷已經派人接管遼東了，說是接管，其實還是老毛子占著。等過了年，我非得去旅順口、大連灣看看，他娘的我就是不服！」

「西洋各國裡，俄國人最講究奢華，只要能把生意做過去，銀子肯定是大把大把地賺！二爺，我跟你一起去吧，這把老骨頭總憋在津號，他娘的我也不服啊！」

盧豫海哈哈笑道：「你這麼大年紀了，衝鋒陷陣還是我們年輕人去吧，不然老毛子一看來了個白鬍子老頭，還不嘲笑鈞興堂沒人嗎？」他拉了張文芳的手，回身朝煙號的方向走去，邊走邊道：「老張，沒你在津號坐鎮，我心裡不踏實！你還是好好在津號給我周轉貨物吧。對了，這半年裡神垕那邊怎麼樣？我一下子弄了上百萬兩銀子的訂單，老號能如期交貨嗎？可別又跟光緒十年那次一樣……」

張文芳笑道：「二爺放心，我跟苗老相公再三核計過了，一百萬兩銀子的貨，絕對萬無一失！再說，光緒十年時，總號只有五處窯場，眼下咱們有十處！那次還是有人故意設下圈套，咱們中了奸計。這次可是二爺親手做下的生意，情況截然不同。」

「我給爹娘去信，說過年想回家一趟，可爹回信上對此隻字不提，我也不知道他是怎麼想的。老張，你知道些什麼嗎？」

張文芳一時語塞。董家承接禹王九鼎的皇差，盧家被迫獻出祕法之事，他按照盧維章的嚴命，一直封鎖著消息，連津號的人都不知道，盧豫海對此更是一無所知。張文芳想了想，道：「神垕的消息，老漢也是從電報、書信上得知的，跟二爺了解的也差不了多少。這樣吧，我回到津號後，替二爺求求情，讓大東家准許二爺回家過年，你看如何？」

盧豫海黯然道：「爹一直盼著我把遼東的商路打開，可我連大連灣都沒去成，爹對我是大失所望啊！這筆生意做成之後，爹或許會開恩讓我回去……」